PHILLIP FINCH

Die Silhouette

Buch

In San Francisco werden eine Frau und ein Mann kurz hintereinander auf bizarre Weise ermordet. Beide waren Mitglieder eines Computerclubs, in dem sich die Teilnehmer persönlich nicht kennen und nur via Computer miteinander kommunizieren. Und beide kamen in einem ausgeklügelten Computerspiel ums Leben, das der Mörder für seine Opfer in die Wirklichkeit projiziert hat. Ein Motiv für die Morde ist nicht zu erkennen. Offensichtlich ist der Mörder ein Computergenie, das seine Taten so perfekt inszeniert, daß ihm mit herkömmlichen Polizeimethoden nicht beizukommen ist. Trotzdem erwächst ihm ein ebenbürtiger Gegenspieler. Ellis Hoile, selbst ein leidenschaftlicher Computerfreak, wird zufällig beim »Mörderspiel« auf seinem Bildschirm auf den Killer aufmerksam. Und als er dahinterkommt, wie dieser mit seiner Exfrau Kate, die Ellis immer noch liebt, Kontakt aufnimmt, ihr sogar den Hof macht, beginnt eine gnadenlose Verfolgungsjagd, bei der alle technischen Mittel des modernen Computerzeitalters zum Einsatz kommen. Denn natürlich hat der Killer Kate als sein nächstes Opfer ausersehen. Und für sie hat er sich ein besonders grausames »Mörderspiel« ausgedacht.

Autor

Phillip Finch ist Autor vielbeachteter Thriller, die zunächst noch als Geheimtip gehandelt wurden. Mit »Die Silhouette« gelang ihm der internationale Durchbruch, nachdem Bantam die Buchrechte für eine sechsstellige Dollarsumme erworben hatte. Phillip Finch lebt in New York.

PHILLIP
FINCH

Die Silhouette

Roman

Aus dem Amerikanischen von
Mechtild Sandberg-Ciletti

GOLDMANN

Die Originalausgabe erschien unter dem Titel
»f2f« bei Bantam Books, New York

Umwelthinweis:
Alle bedruckten Materialien dieses Taschenbuches
sind chlorfrei und umweltschonend.
Das Papier enthält Recycling-Anteile.

Der Goldmann Verlag
ist ein Unternehmen der Verlagsgruppe Bertelsmann

Deutsche Erstausgabe 3/97

Umschlaggestaltung: Design Team München
Umschlagmotiv: Tony Stone Bilderwelten
Satz: DTP-Service Apel, Laatzen
Druck: Elsnerdruck, Berlin
Verlagsnummer: 42980
Ge · Redaktion: Jochen Stremmel
Herstellung: Heidrun Nawrot
Made in Germany
ISBN 3-442-42980-3

1 3 5 7 9 10 8 6 4 2

ERSTER TEIL

Snowflake

24.–25. März

Prolog

Eine Warnung

Dein Leben ist in Gefahr. Während du dies liest, bist du schon in Reichweite eines Mörders. Der Tod steht hinter dir, still und unsichtbar. Jeden Moment vielleicht wirst du seinen kalten Hauch im Nacken spüren, wenn er sich anschickt, dir die Hand auf die Schulter zu legen . . .

Sehr bald wird irgend jemand in Reichweite dieser Botschaft auf groteske und schreckliche Weise von meiner Hand sterben. (Vielleicht du!)

Du sagst dir: Unmöglich. Doch nicht ich.

Denn du glaubst, du seist unerkannt und unbemerkt. Du glaubst an den Puffer der Distanz zwischen dir und dem Autor dieser Botschaft. Du fühlst dich sicher und geborgen in deiner Privatsphäre.

Aber es gibt keinen Puffer. Die Tatsache, daß diese Botschaft dich erreicht hat, beweist, daß, wo immer du bist, auch ich sein kann.

Und was unsere Privatsphäre angeht, so existiert sie nicht mehr. Wir haben sie dem Komfort geopfert; sie ist unser Brandopfer an den Gott Elektron. Die digitalisierten Details deiner Existenz sind Allgemeingut, jedem zugänglich, der über einen Funken Intelligenz und Sachkenntnis verfügt. Du bist entblößt. Du bist mir so preisgegeben wie eine nackte Hure, die an die vier Pfosten eines Betts gekettet ist. Mit Muße werde ich dich ausforschen. Sorgfältig und ohne Eile werde ich dich sezieren und untersuchen und auseinandernehmen. Du bist mir ausgeliefert.

Ich weiß von dir.

Wissen ist Macht.
Die Macht ist mein.
Du kannst dich nicht verstecken.
Reaktionen?

So kündigte sich der Killer an, um neunzehn Uhr achtundvierzig an einem Freitagabend in der letzten Märzwoche. Er sendete den Text – »lud« ihn – in das öffentliche Diskussionsforum von Verba Interchange.

Verba war einer von vielen Tausenden von Online-Diensten, die Computerbenutzern zur Verfügung standen. Einige, wie die kommerziell betriebenen Riesen CompuServe und Prodigy, waren gigantische Daten- und Informationsbasare, die Millionen zahlender Kunden bedienten.

Verba war von dieser Größenordnung weit entfernt. Er war ein kostenloser Dienst, von einer sozialen Forschungsstiftung in San Francisco gesponsert. Diese wiederum erhielt ihre Mittel von einer Gruppe von Software-Autoren und anderen Spendern, die ihren Wohlstand dem Computer und der elektronischen Revolution verdankten. Dennoch war Verba für Online-Kenner ein beliebter Tummelplatz. Seine Benutzer waren in der Regel gebildet, zumindest einigermaßen wohlhabend und unter fünfzig. Fast alle teilten sie ein begeistertes Interesse an der elektronischen Zukunft und das Vertrauen darauf, in dieser Zukunft einen Platz zu haben. Dieses Merkmal allein schon trennte sie vom größten Teil der Menschheit.

In physischer Hinsicht bestand Verba aus einem Haufen Hardware, die im Büro der Stiftung im South-of-Market-Bezirk von San Francisco an einen Verteiler mit vierundachtzig Telefonleitungen angeschlossen war. Mehr als die Hälfte der Verba-Benutzer lebte im Großraum San Francisco; sie kostete die Verbindung mit dem Dienst nur ein Ortsgespräch. In gewisser Weise jedoch wird mit Online-Netzwerken wie Verba alle Geographie akademisch. Für jemanden, der über einen Computer und ein Modem verfügt, ist ein Online-Netzwerk so nahe wie die nächste Telefonbuchse.

Jede Woche verzeichnete Verba etwa achttausend Log-ins – Einzelanmeldungen über externe Telefonleitungen. Die Benutzer trafen sich in Verbas elektronischem System, wo sie plauschten, diskutierten, stritten, spekulierten und flirteten; dies alles über das digitale Medium von Anschlägen auf einer Computertastatur.

Nachrichten und Meldungen für das öffentliche Diskussionsforum und andere Stellen im Dienst wurden weder überprüft noch zensiert. Verba war als wahrhaft offenes Medium entworfen worden. Verboten war einzig die Veröffentlichung von Material, das unter Urheberrecht stand; das hatte rechtliche Gründe.

Zwar gestatteten fast alle Online-Dienste informelle Pseudonyme – sogenannte *handles* –, die meisten jedoch verlangten von ihren Benutzern die Registrierung ihrer Adressen und wahren Namen.

Verba tat das nicht. Viele Benutzer trugen sich dennoch ein, um sich das Exklusivrecht auf ein gewähltes Pseudonym und die Benutzung eines elektronischen Briefkastens für den Empfang und die Aufbewahrung persönlicher Botschaften zu sichern. Doch selbst registrierte Benutzer pflegten manchmal mit neuen *handles* einzuloggen, um gewissermaßen ein anderes Gesicht anzunehmen und als Neulinge das System zu durchstreifen.

Im Grunde war Verba ein gigantischer Maskenball, jeder konnte kommen und gehen oder die Maske wechseln, wie es im beliebte.

Snowflake war daher absolut unidentifizierbar.

Verbas Aufzeichnungen würden lediglich zeigen, daß sein Anruf weniger als zwei Minuten gedauert hatte, gerade lang genug, daß er einloggen und die Botschaft durchgeben konnte.

Snowflake hätte überall sein können.

Snowflake hätte jeder sein können.

Das öffentliche Diskussionsforum war Verbas populärster Bereich. Oberflächlich betrachtet zumindest glich Snowflakes Warnung vielen anderen skurrilen Bekanntmachungen, die dort häufig erschienen. Sie rief keine Beunruhigung hervor.

Fünf verschiedene Benutzer reagierten zunächst auf die Warnung. Ihre Antworten waren zwar an Snowflake adressiert, doch sie wurden am Brett veröffentlicht und waren daher jedermann zugänglich.

AN: Snowflake
VON: Joyboy
Habe ich das richtig verstanden: Du willst jemanden umbringen und kündigst das schon vorher aller Welt an?
Na prima.
Vielleicht darf ich eine kleine literarische Kritik anbringen.
Ich meine: ». . . Der Tod steht hinter dir, still und unsichtbar . . .« Findest du das nicht ein bißchen überspannt?
Und was dein *handle* angeht: Snowflake ist ja ganz nett, aber Spinner wäre passender.

AN: Snowflake
VON: DeeTeeDude
Du bist erkannt. Du bist entblößt.
Als ARSCHLOCH!!!

AN: Snowflake
VON: Chaz
Du bist typisch für das amoralische Gesindel, das diese ansonsten ausgezeichnete Einrichtung verseucht. Ich würde vorschlagen, daß ein Ad-hoc-Zensurausschuß eine Methode einführt, die es erlaubt, solches Material zu überprüfen, ehe es anständige und für äußere Eindrücke empfängliche Motherboards erreicht.
Der Fairneß halber muß ich zugeben, daß ich fasziniert

bin vom Bild der nackten Hure. In Fesseln. Die mit Muße ausgeforscht wird. Das macht mich echt an.

AN: Snowflake und Chaz
VON: Portia
Ich möchte euch beide daran erinnern, daß die sexistischen Schweine von heute das Hackfleisch von morgen sind.

AN: Snowflake
VON: Avatar
Das ist eine recht interessante Mitteilung. Du machst einige ausgezeichnete Beobachtungen bezüglich der Privatsphäre. Wir sind in der Tat verletzlich, und ich bin überzeugt, daß irgendwo irgendwann irgendwer unsere Verletzlichkeit genauso ausnutzen wird, wie du das beschreibst.

Ob du diese Person bist, ist allerdings zweifelhaft.

Du bellst. Aber beißt du auch?

Der spöttische Ton der meisten Erwiderungen war nicht ungewöhnlich. Verbas ernsthafte Benutzer hatten für kindisches Geschwätz wenig übrig. Im Jargon des Netzes: Snowflake wurde flambiert.

Zum zweitenmal loggte Snowflake am folgenden Morgen um fünf Uhr achtundvierzig ein. Er suchte unverzüglich das öffentliche Diskussionsforum auf und sah die Botschaften durch, die an seinen Namen aufgegeben worden waren.

Wenige Minuten später lud er seinen zweiten Text.

AN: Flambierer
VON: Snowflake

Gestattet mir zu antworten.
DEE TEE DUDE – Dein Sarkasmus ist ein Dolch in meinem Herzen. Ich werde mich revanchieren müssen.
PORTIA – Wenn das Hackbeil fällt, denk dran: Du selbst hast die Schlachthausmetapher eingeführt.
CHAZ – Großartiger Witz. Man könnte sagen: zum Sterben komisch.
JOYBOY – Überspannt? Abwarten. Das war noch gar nichts.
AVATAR – Ich nehme das als freundschaftliche Herausforderung. Du kannst dir von meinen Bemühungen selbst ein Bild machen, ich denke, du wirst nicht enttäuscht sein.
Deine nachdenkliche Reaktion ist erfrischend. Leider bringt sie dir keine Immunität ein. Für dich gilt wie für die anderen: Du bist bemerkt worden.

Snowflake stieg nicht gleich wieder aus dem System aus. Er blieb online, im öffentlichen Diskussionsforum.

Einige Minuten später empfing das System eine neue Nachricht.

AN: Snowflake
VON: Ziggy
Bitte laß den Unsinn. Gegen einen netten Scherz hat niemand etwas einzuwenden, aber du bringst einen brutalen Ton rein, der an diesem Brett nichts zu suchen hat. Und es ist um so beunruhigender, weil du es so gekonnt tust.
Du bist offensichtlich ein sehr kluger und intelligenter Mensch. Bestimmt bist du zu weit Besserem fähig als zu dieser scheußlichen Farce. Damit vergeudest du doch nur deine eigenen Fähigkeiten und die Möglichkeiten dieses wunderbaren Kommunikationsmittels.

Snowflake antwortete sofort. Dank dem geringen Verkehr zu dieser Stunde konnte Verbas Computer – ein Sun Sparcserver 1000 – Botschaften für das Brett beinahe augenblicklich übermitteln. Snowflake und Ziggy hatten einen schwerfälligen Dialog begonnen.

AN: Ziggy
VON: Snowflake
Das ist kein Scherz.

AN: Snowflake
VON: Ziggy
Vielleicht sollten wir ein bißchen plaudern? Forum?

Damit schlug Ziggy einen von Verbas beliebtesten Diensten vor. In einem Forum würden sie sich in Echtzeit miteinander unterhalten, das hieß, jeder Tastenanschlag des einen würde im selben Moment auf dem Bildschirm des anderen erscheinen.

Andere konnten dem Gespräch beiwohnen und ihre eigenen Kommentare beisteuern. Praktisch wurde zur Diskussion zwischen Ziggy und Snowflake durch Verba ein elektronischer Versammlungsraum geschaffen, dessen Tür weit offen stand, so daß jeder, der wollte, eintreten konnte.

AN: Ziggy
VON: Snowflake
Ich bin für *back-channel.*

Auch das war eine Art der Direktverbindung, die jedoch auf sie beide beschränkt bleiben würde. Kein anderer Benutzer würde teilhaben können. Praktisch lief Snowflakes Vorschlag darauf hinaus, daß sie den Raum betreten und die Tür hinter sich abschließen sollten.

AN: Snowflake
VON: Ziggy
Warum *back-channel?*

AN: Ziggy
VON: Snowflake
Sagen wir, ich bin der scheue, zurückhaltende Typ.

Ziggy ließ mehr als drei Minuten nichts von sich hören.

AN: Ziggy
VON: Snowflake
Bist du noch da?

AN: Snowflake
VON: Ziggy
Okay, *back-channel.*

Sie verließen das öffentliche Diskussionsforum und forderten die private Verbindung an, die automatisch geschaffen wurde.

Im elektronischen Sinn trafen sich Snowflake und Ziggy jetzt unter vier Augen.

Snowflake> Du bist eine Frau.
Ziggy> Mein Geschlecht tut nichts zur Sache.
Snowflake> Ein Mann hätte verneint. Ja, definitiv eine Frau. Du zeigst eine weibliche Neigung auszuweichen, ein weibliches Zögern, dich einzulassen. Weibliche Vorsicht. Das ist gut.
Ziggy> Wieso?
Snowflake> Vorsicht ist angebracht. Da draußen ist eine kalte, grausame Welt. Hier drinnen auch. Besonders jetzt, da ich beschlossen habe, mich durchzusetzen.

Ziggy> Bitte laß das doch. Das findet niemand komisch.

Snowflake> Ich wiederhole – das ist kein Scherz. Aber du glaubst mir nicht.

Ziggy> Nimm an, ich glaube dir. Bist du bereit, darüber zu sprechen?

Snowflake> Sorg dafür, daß es interessant bleibt.

Ziggy> Weshalb solltest du jemanden töten wollen?

Snowflake> Weil ich es kann. Um etwas zu beweisen. Um zu zeigen, daß es möglich ist. Außerdem gibt es hier am Brett eine Menge kluger Leute. Mich interessieren besonders die Klugen.

Ziggy> Warum?

Snowflake> Weil sie sich einbilden, sie hätten alles unter Kontrolle.

Ziggy> Ach, du bist also klüger als alle anderen?

Snowflake> »Klug« reicht nicht mal annähernd.

Ziggy> Ach so, du bist Extraklasse. Ein echtes Genie.

Snowflake> So ist es. Du kannst davon halten, was du willst.

Ziggy> Und wie willst du es anstellen?

Snowflake> Du verlangst von mir, die schönsten Überraschungen platzen zu lassen.

Ziggy> Überraschungen? Plural?

Snowflake> Ich setze mir keine Grenzen.

Ziggy> Du hast wohl vor, einfach durch das System zu marschieren und einen Mord zu befehlen.

Snowflake> Damit bist du der Wahrheit näher, als du glaubst. Das Netzwerk dient meinen Zwecken bis zu dem Moment, in dem der Gnadenstoß fällig wird. Für die Handarbeit ist dann ein gewisser persönlicher Kontakt notwendig.

Ziggy> Und wie willst du an uns herankommen? Wir sind hier alle anonym.

Snowflake> Anonymität ist nur so lange gegeben, bis man bemerkt wird.

Ziggy> Ich mag dich nicht besonders. Mir wäre es lieber, du würdest aus dem Netzwerk verschwinden.

Snowflake> Tut mir leid. Das wird sicher nicht passieren. Aber dir würde ich es raten.

Ziggy> Warum sollte ich verschwinden?

Snowflake> Weil es hier gefährlich geworden ist. Und weil es mit Dir ein Kinderspiel wäre.

Ziggy> Nun sag bloß nicht, daß sich ein Superhirn wie du mit leichter Beute zufriedengeben würde.

Snowflake> Das war deine zweite Warnung. Das sind zwei Warnungen mehr, als die meisten Leute in ihrem Leben bekommen.

Ziggy> Ich breche dieses Gespräch jetzt ab.

Snowflake> Das ist zweifellos die gesündeste Idee, die du seit langem gehabt hast. Nur kommt sie leider ein bißchen spät.

Ziggy> Wieso?

Snowflake> Du bist bemerkt worden.

Die junge Frau, die sich des Pseudonyms Ziggy bediente, beendete ihr Gespräch mit Snowflake auf unübliche Weise: Sie griff über ihren Schreibtisch und schaltete ihren Computer ab.

Sie sah zu, wie der Bildschirm grau wurde. Das leise Hintergrundsummen des Computers brach ab.

Sie hatte Hunderte von Online-Stunden bei Verba oder anderen Online-Diensten auf ihrem Konto; nie hatte sie eine Verbindung so abrupt – so unhöflich – abgebrochen. Aber Snowflake stieß sie ab. Sie hatte nur noch den überwältigenden Wunsch verspürt, ihm so fern wie möglich zu sein. Indem sie den Schalter ausknipste, verbannte sie ihn mit einem Schlag aus ihrem Universum.

Glaubte sie jedenfalls.

Snowflake loggte sich aus Verba aus, kurz nachdem er seine Online-Verbindung zu Ziggy verloren hatte. Sofort danach klinkte er sich wieder ins System ein, diesmal über eine nicht registrierte Nummer, die den Systemverwaltern für technische Zwecke vorbehalten war.

Obwohl solche Nummern eigentlich der Geheimhaltung unterliegen sollten, kann man mit listiger Beharrlichkeit an sie herankommen.

Als die Verbindung hergestellt war, verlangte das Betriebssystem des Computers ein Paßwort. Auch diese Paßwörter kann man sich mit einem gewissen Maß an listiger Beharrlichkeit und Tücke beschaffen.

Snowflake tippte eine Folge von sieben Zeichen ein, und der Computer gewährte ihm Zugang.

Diesmal gab es keine Begrüßungsformel. Er war jetzt jenseits aller öffentlichen Bildschirme im Inneren des Systems selbst.

Sogleich machte er sich an die Arbeit. Sich der Hilfsprogramme des Computers bedienend, suchte er sämtliche Nachrichten heraus, die das Wort »Snowflake« enthielten und im Lauf der vergangenen vierzehn Stunden eingegeben worden waren.

Um die Inhaltsdateien im Verba-Computer zu ändern oder zu löschen, brauchte man höchste Zugriffsberechtigung: Man mußte den »Root«- oder »Superuser«-Status besitzen. Das Paßwort, mit dem Snowflake arbeitete, gestattete ihm diese Privilegien nicht.

Er konnte jedoch das elektronische Label ändern, mit dessen Hilfe das System jede gesendete Nachricht identifizierte. Die im Label enthaltene Information schloß auch Datum und Uhrzeit des Nachrichteneingangs ein.

Snowflake änderte nun das Datum auf jeder Datei, die der Computer ihm ermittelte. Dazu gehörten alle Nachrichten, die er aufgegeben hatte, sowie alle Antworten auf seine Meldungen. Er datierte diese Dateien zurück, so daß sie eine Woche älter zu sein schienen, als sie tatsächlich waren.

Um sechs Uhr sechsundfünfzig loggte er aus.

Vier Minuten später, um sieben Uhr, nahm Verbas Hauptcomputer zwei der Aufgaben in Angriff, die zu seiner täglichen Hausarbeit gehörten.

Zunächst ging es darum, alle Verzeichnisse zu scannen, um die Textdateien herauszusuchen, die im Lauf der letzten vierundzwanzig Stunden eingegangen waren, und diese neuen Meldungen auf ein Magnetband zu übertragen, das ein Verba-Techniker später in einen Tresor legen würde.

Diese Dateien waren einer der Hauptgründe für Verbas Existenz. Das Netzwerk war als laufendes soziales Experiment gedacht; die Direktoren der Stiftung waren der Meinung, das Bandarchiv würde vielleicht eines Tages zukünftigen Forschern einen breiten Überblick über die Entwicklung der Anwendung von Online-Computern im ausgehenden zwanzigsten Jahrhundert liefern.

Als der Computer an diesem Morgen die neuen Nachrichten heraussuchte, übersprang er die, die Snowflake zurückdatiert hatte.

Weder die Nachrichten, die Snowflake gesendet, noch die Antworten, die er erhalten hatte, wurden auf das Archivband kopiert.

Nach diesem ersten Arbeitsgang führte der Computer die zweite seiner täglichen Aufgaben aus. Bei seiner Überprüfung der Verzeichnisse hatte er bereits alle Nachrichtendateien markiert, die älter als eine Woche waren. An diesem Morgen gehörten dazu auch die Nachrichten, deren Datum Snowflake geändert hatte.

Der Computer löschte nun in Übereinstimmung mit Verbas Prinzip, daß keine öffentliche Nachricht länger als sieben Tage im System bleiben sollte, alle markierten Dateien. Jeder Hinweis auf Snowflake verschwand somit aus dem System.

Snowflake hatte aufgehört zu existieren. Aber der Mann, der sich dieses *handles* bedient hatte, loggte schon kurz nach sieben wieder in Verbas öffentliches Netz ein, diesmal allerdings unter einem anderen *handle*.

Er hatte ein »bot« geschrieben – von »Roboter« –, ein Skript, das automatisch Verba anwählen und in sein Kommunikationssystem einloggen würde. War das *bot* erst einmal online, so waren seine Aktionen von denen eines Menschen nicht zu unterscheiden.

Er sollte auf das Einloggen verschiedener Benutzer in Verba warten und dann ihre Nachrichten kopieren, so daß Snowflake sie später würde lesen können. Sollte eine der Zielpersonen sich in ein Forum begeben, so würden sämtliche Aktivitäten in diesem Forum aufgezeichnet werden, solange die betreffende Person sich in der Gruppe aufhielt.

Um nicht aufzufallen, würde das *bot* gemäß seiner Anweisung nicht länger als jeweils eine Stunde online bleiben. Nach Ablauf dieser Zeit würde es ausloggen, den Dienst neu anwählen, unter einem neuen Namen wieder einsteigen und die Überwachungsarbeit im System wiederaufnehmen. Das *bot* war sogar, falls das Wort an ihn gerichtet werden sollte, fähig, einen rudimentären Dialog zu führen.

Das *bot* gestattete Snowflake, Verba nahezu ununterbrochen zu überwachen, selbst wenn er schlief. Seine Zielobjekte waren sechs verschiedene *handles*, die er in den Befehlssatz des Programms eintippte.

Die sechs Zielobjekte waren:

Chaz
DeeTeeDude
Avatar
Portia
Joyboy
Ziggy

Bemerkt.

ZWEITER TEIL

Salome

17.–26. April

1

Der Leichnam auf dem Tisch trug eine breiige rote Maske. So jedenfalls schien es auf den ersten Blick. Man hatte ihm die Haut von Stirn und Nase und Schläfen, von Wangen, Kiefer und Kinn geschält und abgeschabt.

Alle Haut: von Ohr zu Ohr, vom Haaransatz bis zum Unterkiefer. Das nackte Fleisch war roh und aufgescheuert. Aus ihm traten die lidlosen weißen Augen und die wie zu einem leichten Grinsen verzogenen Lippen hervor.

Lee Wade ging ein paar Schritte zur Seite, als einer der Pathologen die Overhead-Kamera direkt über den Kopf des Leichnams schob. Der Apparat befand sich in einer Hülle, die von der Decke des Obduktionsraums herabhing, und ließ sich am Ende eines Schwenkarms bequem bewegen. Ein dünnes schwarzes Kabel ringelte sich von der Hülle zu einem Plastikteil, das der Pathologe in der linken Hand hielt.

Jedesmal, wenn der Pathologe mit dem Daumen auf den schwarzen Knopf an dem Plastikteil drückte, flammte das Blitzlicht der Kamera auf.

Wapp, Kopf und Schultern.

Wapp, das gleiche aus geringerer Entfernung.

Wapp, linkes Profil.

Wapp, rechtes Profil.

Nach jeder Aufnahme schwenkte der Pathologe die Kamera, um einen anderen Winkel zu erhalten. Er erinnerte Wade an einen Kaufhausfotografen. Schnell und routiniert.

Wapp.

Der Pathologe sagte: »Wir haben am Tatort keinerlei Hautreste gefunden, ist das richtig?«

»Richtig«, bestätigte Wade.

»Dann ist der Killer wahrscheinlich Asiate, würde ich sagen.«

»Verdammt noch mal, das ist gut«, sagte Wade. »Woher nehmen Sie das.«

»Sieht aus, als wollte er das Gesicht wahren«, erwiderte der Pathologe, ohne eine Miene zu verziehen, so daß Wade – achtunddreißig Jahre alt, Detective Sergeant bei der Polizei von San Francisco – zwei Sekunden brauchte, um zu kapieren.

»Super«, sagte Wade, als der Groschen fiel. Der Pathologe hielt nicht einen Moment in seiner Arbeit inne, fuhr nur fort, die Kamera zu schwenken, den Knopf zu drücken, und arbeitete sich so den ganzen Leichnam hinunter. *Wapp, wapp, wapp.*

Aus der Verschalung um die Kamera ragte ein Mikrophon hervor. Der Pathologe diktierte, während er schwenkte und blitzte.

»Ein gut genährter, gut entwickelter Weißer, Mitte Zwanzig. In den Extremitäten ist die Leichenstarre voll entwickelt. Leichenflecken sind im ganzen Rückenbereich zu beobachten. Eine kreisrunde Einstichwunde von etwa einem Zentimeter Durchmesser ist am unteren Rand des Warzenhofs der linken Brustwarze. Eine ähnliche Wunde befindet sich an entsprechender Stelle am Rücken links oben.«

Die beiden Wunden gehörten offenbar zusammen, beide hervorgerufen durch einen einmaligen Stoß mit einer langen, spitzen Waffe, einem Eispickel ähnlich, die das Herz des Opfers durchbohrt hatte, als sie durch seine Brust eingedrungen und im Rücken wieder ausgetreten war.

Der Mann war seit ungefähr zwölf Stunden tot. Ein Jogger hatte ihn gegen sechs Uhr morgens in der Nähe des Eingangs zum Golden Gate Park an der Twelfth Avenue gefunden, wo er unter einem Eukalyptusbaum auf dem Rücken gelegen hatte.

Lee Wade sah schweigend zu, als der Pathologe ein Skalpell ergriff und zu dem Y-förmigen Schnitt ansetzte, mit dem die Leiche von der Brust bis zum Genitalbereich hinunter geöffnet wurde. Etwa vierzig Minuten später, beim Entfernen der Eingeweide, deutete der Pathologe auf eine Ausbuchtung im oberen Ende des Mastdarms. Er öffnete das Gewebe und fand eine durchsichtige Plastikkapsel von etwa zweieinhalb Zentimetern Durchmesser.

Sie sah aus wie – und war in der Tat – eine jener Kapseln, die, mit kleinen Überraschungen gefüllt, von Supermarktautomaten ausgespuckt wurden, wenn man einen Vierteldollar oder fünfzig Cents hineinsteckt. Ihre beiden Hälften waren zusammengeklebt worden, mit Sekundenkleber, wie später festgestellt wurde.

Im Inneren der Kapsel befand sich, deutlich sichtbar, ein weißes Papierröllchen.

Der Pathologe schnitt die Kapsel mit einer Knochensäge auf. Mit einer Pinzette entnahm er das Röllchen und öffnete es: Papier nimmt Fingerabdrücke an, dieses Fetzchen jedoch trug, wie sich später zeigte, keine.

Wade stellte sich schräg hinter den Pathologen, um den kleinen Zettel sehen zu können. Auf dem Zettel stand, in 12-Punkt-Courier-Type, der Text:

FLEISCHWARE Version 1
16. 4.
Aufnahme: 17424 05071
Schlachtung: 17441 05086

Lee Wade wußte, daß man manchmal in diesen Regionen, wo niemals die Sonne scheint, recht eigenartige Dinge finden konnte. Kleinigkeit, die abhanden kommen, wenn die Spielchen außer Kontrolle geraten. Aber in diesem Fall sah es nicht so aus, als sei die Kapsel durch Zufall an diesen Ort gelangt. Er hatte das starke Gefühl, daß sie genau für diesen

Moment dort hinterlegt worden war, um gefunden zu werden. Wie eine Flaschenpost.

»Sagt Ihnen das was?« fragte Wade den Pathologen.

»Überhaupt nichts.«

»Mir auch nicht«, sagte Lee Wade. »Da treibt einer Spielchen. Ich hasse diesen Scheiß.«

Die Fingerabdrücke gehörten einem Donald Arthur Trask, letzte bekannte Adresse: Chestnut Street im Marina-Bezirk. Als Wade draußen vor dem Haus parkte, sah er, daß es sich um ein kleines Mietshaus handelte, drei Stockwerke, in jedem vier Wohnungen. Im Gegensatz zu vielen anderen in diesem Bezirk hatte es das Erdbeben von neunundachtzig überlebt.

D. A. Trask, stand auf dem Schildchen am Briefkasten von Apartment 3 C.

Die Hausmeisterin, die Apartment 1 A bewohnte, war eine Mrs. Alexander. Auf dem Weg nach oben erzählte sie Wade, Don Trask sei ein netter junger Mann, der allein lebe, niemals Ärger mache und die Miete stets pünktlich bezahle.

Sie war eine dicke alte Frau mit grauem Haar, das ihr in dünnen Strähnen aus dem Knoten im Nacken hing. Sie erinnerte Wade an ein Bild von Mrs. Chruschtschow, das er einmal gesehen hatte, als er noch sehr jung war.

»Hatte er Freunde?« fragte er. »Hat ihn irgend jemand regelmäßig besucht?«

»Ich hab nie Freunde gesehen«, antwortete sie.

»Wie steht's mit Mädchen? Oder Jungs?«

»Ich hab nie jemanden gesehen.«

»Na hören Sie mal«, sagte Wade. »Sie haben eine Erdgeschoßwohnung direkt zwischen der Haustür und dem Treppenhaus. Und das ganze Haus hat – wieviel? – elf Wohnungen außer Ihrer eigenen, für die Sie zuständig sind. Wollen Sie mir vielleicht sagen, daß Sie nicht drauf achten, wer hier kommt und geht?«

»Doch, klar«, entgegnete sie. »Natürlich achte ich drauf. Drum weiß ich ja, daß Donald keine Freunde hatte.«

Sie schloß die Tür auf und ließ ihn vorangehen.

Die Wohnung war einfach und sauber. Größtenteils skandinavische Möbel, sah Wade, von der Art, die man im Karton kauft und selbst zusammenbaut. Etwas Geschirr im Spülbecken, ein feuchtes Handtuch, das von der Vorhangstange der Dusche herabhing. Sonst schien alles aufgeräumt zu sein.

Es sah nicht nach dem Tatort eines Verbrechens aus. Es war kein Ort, wo einem Menschen das Herz durchbohrt und dann die Gesichtshaut abgezogen worden war. Hier war das Opfer nicht getötet worden.

Wade verbrachte ungefähr eine Stunde in der Wohnung. Vor allem suchte er nach Papieren, die ihm darüber Auskunft geben konnten, wer Donald Trask war, wer seine Bekannten waren und warum jemand es für nötig gehalten haben sollte, ihn zu töten.

Viel fand er nicht. Ein Bündel Briefe, die in Valparaiso, Indiana, abgestempelt waren: von seinen Eltern. Ein weiteres Bündel aus Bloomington, Indiana: von seiner älteren Schwester. Eingelöste Schecks und zwei unbezahlte Rechnungen.

Donald Trask war Besitzer eines Fernsehgeräts, einer Stereoanlage und eines Computers gewesen, der auf einem mit Eiche furnierten Arbeitstisch in einer Ecke des Wohnzimmers stand.

Wade blieb kurz vor dem Computer stehen. Der Bildschirm war ausgeschaltet, aber das Gerät selbst summte.

Er schaltete den Bildschirm ein und beobachtete, wie er langsam hell wurde.

Lee Wade, achtunddreißig Jahre alt, war in die letzte amerikanische Generation hineingeboren, die Computer erst als Erwachsene kennenlernte und nicht schon im Kindesalter, wenn man noch unendlich anpassungsfähig ist. Er gehörte der letzten Generation an, für die Computer noch ein verwirrendes Phänomen waren. Es war eine echte Entweder-Oder-Situation, dachte er – entweder man freundete sich mit den verdammten Dingern an, oder man tat es nicht.

Er tat es nie! Allmählich eroberten sich Computer auch im Polizeialltag einen Platz und machten sich auf einigen Schreibtischen im Dienstraum breit. Er wußte über Computer nur eines: Wenn man wirklich mal einen brauchte, suchte man sich schleunigst einen zweiundzwanzigjährigen Grünschnabel, der mit dem Ding umgehen konnte.

Als der Bildschirm lebendig wurde, war Wades erste Reaktion daher Verblüffung. Denn was er sah, waren fliegende Toaster. Schwärme fliegender Toaster, die unablässig über den Bildschirm sausten. Das kann nur ein Witz sein, dachte er. Da muß doch noch was anderes passieren. Aber das Bild veränderte sich nicht, es zeigte nur Toaster, fröhlich fliegende Toaster, und er konnte es nicht fassen, daß Donald Trask oder irgend jemand sonst sich so was auf Dauer ansehen würde.

Lee Wade hatte nie von Bildschirmschonern gehört. Er wußte nicht, daß kein Mensch sich fliegende Toaster ansah; daß er nur auf eine der Tasten hätte zu drücken brauchen, um die Toaster vom Schirm zu verbannen und zu sehen, was Donald Trask getan hatte, ehe er seine Wohnung verlassen hatte und seinem Tod begegnet war.

Wade berührte die Tastatur nicht. Statt dessen schaltete er den Bildschirm aus, griff hinter das Gerät, fand den Stromschalter des Computers und knipste auch diesen aus.

Das Summen des Geräts brach ab. Die Stille war Leere. Lee Wade hatte seine Chance vertan, nicht nur den Mord an dem gesichtslosen Menschen auf dem Obduktionstisch zu verstehen, sondern auch vieles andere, was um ihn herum geschah, ungesehen und unbemerkt.

2

Kate Lavins Cutter, ein junger Mann namens Terrence, warf um fünf Uhr morgens das Handtuch. Ohne ein Wort verzog er sich in eine Ecke des kleinen Schneideraums, rollte sich auf dem Boden zusammen und schlief sofort ein.

Kate übernahm seinen Platz an der Tastatur und arbeitete weiter, noch einmal zwei Stunden ohne Pause. Sie rief Aufnahmen aus dem digitalen Arbeitsspeicher des computergestützten Avid Editors ab, betrachtete sie aufmerksam, spielte sie zurück, ließ die Bilder vorwärts und rückwärts laufen, manchmal Frame um Frame: Heißluftballons über New Mexico.

Sie war eine kleine, gertenschlanke Frau von dreiunddreißig, in Jeans und einfachem weißem T-Shirt, mit einem Piepser am Gürtel. Ihr Haar war kurz geschnitten und gepflegt. Sie hatte ein sehr hübsches Gesicht, das vielen Leuten nicht gleich auffiel. Die meisten, die ihr zum erstenmal begegneten, fühlten sich sofort von ihren Augen angezogen, deren Blick schnell und ruhelos und intelligent war.

Um sieben Uhr dreiundzwanzig, als ihr die Augen vor Müdigkeit brannten, stieß sie ihren Stuhl von der Konsole zurück. Sie war seit vierundzwanzig Stunden beinahe ununterbrochen im Schneideraum gewesen.

Und sie war immer noch nicht fertig. Der Rohschnitt war in zwei Stunden und siebenunddreißig Minuten fällig.

Sie stand auf, streckte sich und ging aus dem Raum hinaus in einen mit Teppich ausgelegten Korridor. Auf der einen Seite dieses Gangs waren die Türen zu zwei weiteren kleinen Räumen, identisch mit dem, den sie soeben verlassen hatte. Auf der anderen Seite war ein breites Fenster, durch das man in einen Kontrollraum hineinsehen konnte: ein Dutzend Monitore, mehrere Videotape-Decks, Mischpulte und Schalttafeln.

Sie ging durch den Korridor und trat durch die Brandschutztür an seinem Ende in ein dunkles Fernsehstudio, das beinahe die Größe einer Turnhalle hatte. Hier standen weitere Monitore und Fernsehgeräte auf Wandborden und beweglichen Ständern. Über Kabel und elektrische Leitungen hinwegsteigend, an Kameras vorbei, durchquerte Kate das Atelier zu einer zweiflügeligen Tür am anderen Ende des Raums.

Die Tür führte ins Freie. Kate trat in den Morgen hinaus. Sausalito, Kalifornien, Tor sieben, direkt an der Bucht.

Die Luft war feucht und der Asphalt des Parkplatzes, auf dem sie stand, glitschig. Tiefhängende Wolken über dem Wasser begannen soeben, sich langsam zu lichten. Geradeaus war ein Meeresarm, dahinter der struppige grüne Buckel von Angel Island und noch weiter entfernt die Skyline von San Francisco, blau und grau jenseits der weiten Gewässer der Bucht.

Kate Lavin blieb stehen und atmete die kühle Luft ein. Sie erfrischte sie und versetzte sie zurück in Zeit und Raum.

Ein Wagen fuhr jetzt über den Parkplatz. Der Fahrer war ungefähr in Kates Alter. Er stellte den Wagen ab, stieg aus und ging auf den Haupteingang des Gebäudes zu, ein Mann auf dem Weg zur Arbeit.

Der Gehweg führte ihn ein paar Meter links an Kate vorbei. Im Vorübergehen winkte er ihr zu, sagte gedämpft guten Morgen und neigte dabei respektvoll den Kopf. Etwa wie ein Angestellter seinen Arbeitgeber grüßen würde.

Weil ihr der ganze Laden hier gehörte. Es war alles ihr Eigentum: das Grundstück direkt an der Bucht, das Gebäude mit dem Schild ›KL MEDIA‹ an der Fassade und alles, was das Gebäude enthielt. Volle Studio- und Telefonkonferenzeinrichtungen einschließlich Satellitenanschluß; komplettes Schneide- und Post-production-Equipment, Film und Video.

Ellis Hoile knauserte nicht.

Den Anfang hatten sie ungefähr ein Jahr nach ihrer Heirat gemacht, als Ellis in den Tantiemen für seine ungeheuer erfolgreiche kommerzielle Software schwamm: ein Grafikprogramm und ein Datenbank-Management-System, die beide zu Hunderttausenden verkauft wurden. Sie wollte Dokumentarfilme machen. Ellis begann sich für die technischen Aspekte der Produktion zu interessieren.

Er war nicht der Mann, der raffiniertem elektronischen Spielzeug widerstehen konnte. Als er seine Einkäufe abgeschlossen hatte, waren sie Besitzer einer Videoproduktionsanlage, die es mit den fortschrittlichsten an der Westküste aufnehmen konnte. Sie waren im Geschäft.

Nach vier Jahren ließen sie sich scheiden. Ihre Idee, aber Ellis erhob keine Einwände und ließ es geschehen. Obwohl das Studio weit mehr als die Hälfte ihres gemeinsamen Vermögens darstellte, bot Ellis es ihr bei der Vermögensauseinandersetzung an. Er machte die Trennung leicht; leichter wahrscheinlich, als sie hätte sein sollen, dachte Kate.

Manchmal fragte sie sich, warum er das getan hatte. Vielleicht aus Liebe, um die Freundschaft zwischen ihnen zu erhalten. Oder vielleicht war er des Studios auch müde gewesen, so wie er früher oder später all seiner Spielsachen müde wurde.

Was auch immer der Grund war, sie hatte das Studio bekommen, frei von allen Belastungen. Ein Geschäftsführer kümmerte sich um den täglichen Betrieb, weil Kate weiterhin Filme machen wollte. Das war das, was sie am meisten befriedigte, ihr das größte Vergnügen machte. Sie war gut darin.

Sie ging jetzt wieder zurück ins Gebäude. In der Toilette wusch sie sich das Gesicht, trocknete es und kehrte in den Schneideraum zurück.

Terrence lag immer noch zusammengerollt in der Ecke. Die Uhr an der Wand zeigte sieben Uhr vierunddreißig an, und ihr Kaffee war kalt geworden.

Der Film war eine Dokumentation von einundfünfzig Minuten Dauer, die eine Kabelfernsehgesellschaft in Auftrag gegeben hatte. Sie hatte versprochen, den Rohschnitt spätestens um zehn Uhr vormittags über Satellit zu liefern, um dem Auftraggeber einen ersten Blick auf das Produkt zu gewähren. Es war kein unumstößlicher Termin, aber sie bemühte sich, jeden Termin einzuhalten, und wollte bei einem Preis von 1400 Dollar pro Stunde auf keinen Fall Satellitenzeit verschwenden.

Der Film war fertig bis auf eine Dreieinhalb-Minuten-Sequenz, die das Ende des ersten Abschnitts bildete. Es war eine Schlüsselszene, die für die Stimmung des Films entscheidend war. Sie wollte eine lyrische Passage, von Musik untermalt, um die Anmut und Schönheit der Ballons zur Geltung zu bringen.

Sie hatte Mozarts Symphonie Nr. 35 gewählt, den zweiten Satz, der wie die Ballons spielerisch und majestätisch zugleich wirkte. Und sie hatte sich einige ihrer spektakulärsten Aufnahmen – Ballons, die über die Wüstenlandschaft bei Albuquerque schwebten – aufgehoben.

Aber es ging nicht einfach darum, schöne Musik und schöne Bilder zusammenzuklatschen. Die Aufnahmen sollten nicht nur zum Tempo der Musik geschnitten sein, sie sollten irgendwie auch die wechselnden Stimmungen der Musik ausdrücken.

Diese Sequenz war die Schlüsselszene des ganzen Films, dessen war sie sich sicher. Sie mußte stimmen.

Bis in die späten achtziger Jahre hinein wäre das, was sie versuchen wollte, in zwei Stunden unmöglich zu schaffen gewesen. Dokumentarfilme wurden damals auf Steenbeck-Schneidetischen geschnitten. In den Schneideräumen pflegten Hunderte von Filmstreifen, einzelne Aufnahmen, zu hängen, die geprüft, angesehen und dann buchstäblich geschnitten und geklebt werden mußten.

Mit der elektronischen Filmschnitttechnik – mit Erfindungen wie dem Avid, dem Rank Scanner und George Lucas' Editdroid – hatte sich das alles geändert. Auf Filmnegativen eingefangene Bilder wurden digitalisiert und auf Computerfestplatten gespeichert, wobei jedem Frame ein eigener Zeitcode zugeteilt wurde. Ein Cutter bediente sich einer Tastatur, um Aufnahmen zurückzuholen und eine Sequenz, vielleicht auch mehrere verschiedene Versionen einer Sequenz, zu schneiden.

Ein Avid basierte auf einem Apple Macintosh. Der Computer übernahm alle mechanischen Schneidearbeiten, aber keine Maschine war künstlerischer Impulse fähig. Das blieb die Domäne des Menschen, in der menschliche Intelligenz, Intuition und Emotion wirkten.

Und menschliche Energie.

Kate Lavin setzte sich wieder an die Tastatur und versuchte, die Müdigkeit zu besiegen. Sich auf die Arbeit konzentrieren, alles andere beiseite schieben, alle Kraft bündeln. Sie hatte das schon oft getan. Und sie tat es jetzt wieder.

Sie arbeitete. Es gab nur die Arbeit, die Bilder und die Musik. Sie vergaß die Müdigkeit, und sie vergaß die Zeit.

Schließlich arbeitete sie die letzte Einstellung ein, eine lange Luftaufnahme von einem einzelnen Ballon, der über einer Sandsteinmesa dahinglitt, bis im Blick der zurückweichenden Kamera fünfzehn, zwanzig weitere Ballons sichtbar wurden, die über der Landschaft schwebten, während Mozarts Streicher anschwollen, aufbrandeten und verklangen.

Sie sah auf die Uhr. Neun Uhr siebenunddreißig.

Sie gab einen Befehl ein, lehnte sich zurück und sah sich die ganze Sequenz von Anfang bis Ende an. Dann noch einmal.

Neun Uhr fünfundvierzig.

Sie stand auf, schüttelte Terrence wach und ging in den Korridor hinaus. Sie klopfte an die Glastür des Kontrollraums, und als eine Technikerin öffnete, sagte sie: »Das

Schätzchen hier ist für zehn auf dem Vogel gebucht, Galaxy vier – lassen Sie's fliegen.«

Dann ging sie schnurstracks aus dem Gebäude hinaus und direkt nach Hause, wo sie ins Bett fiel und eingeschlafen war, noch ehe sie ihre Schuhe ausgezogen hatte.

Die dünnen Signaltöne ihres Piepsers weckten sie. Das Zimmer war dunkel. Sie mußte nach der Nachttischlampe tasten, ehe sie die Nachricht lesen konnte.

Sie bestand aus einem einzigen Wort:

PATSY

Das konnte nur Ellis sein. Immer wenn er mit ihr reden wollte, schickte er einen Namen, den Vornamen einer Sängerin, jedesmal einen anderen. Je bedeutender die Sängerin – zumindest in Ellis' Augen –, desto wichtiger der Anruf. Man mußte also nicht nur die Sängerinnen kennen, man mußte auch wissen, was Ellis von ihnen hielt.

Er machte das seit Jahren so, einen Grund dafür gab es nicht, außer, daß eben bei Ellis nichts einfach sein konnte.

Patsy, dachte sie. Patsy.

Patsy Cline. Das sollte sie besser nicht sausen lassen.

Sie versuchte ihn anzurufen. Besetzt.

Sie hatte das Gefühl, als hätte sie ihre Kleider seit Wochen nicht gewechselt. Sie zog sich aus und ging nackt in die Küche. Sie lebte auf einem Hausboot am Ende von Pier 7, fünf Minuten zu Fuß von ihrem Studio entfernt.

Auf der einen Seite der Küche war eine Schiebetür aus Glas. Draußen dehnte sich die schwarze Weite der Bucht, und in der Ferne flimmerten die Lichter von San Francisco.

Sie nahm eine Flasche Wasser aus dem Kühlschrank und trank, dann versuchte sie vom Telefon in der Küche aus nochmals, Ellis zu erreichen.

»E?« sagte sie.

Und er sagte: »Was ist aus unserem Abendessen geworden?«

»Abendessen«, wiederholte sie verwirrt. »Abendessen? Ach, Mist, E, das hab ich vermasselt.«

»Stimmt genau.« Sein Ton war liebenswürdig.

»Ich hab eine Marathonsitzung im Schneideraum hinter mir – ich hab geschlafen. Es ist mir einfach entfallen.«

»Nicht so schlimm«, sagte er.

Und er sagte die Wahrheit, dachte sie. Er fand es wirklich nicht schlimm. Es gab kaum etwas, das Ellis aus der Ruhe bringen konnte. In einer Hinsicht war das eine wunderbare Eigenschaft, diese Gelassenheit, diese Unempfindlichkeit gegen die kleinen Ärgernisse und heftigen Gefühlsaufwallungen, die das Gleichmaß des Lebens störten.

Andererseits verrieten einem solche Erschütterungen, daß Gefühle da waren. Wenn man auf Widerstand stieß, wußte man, daß etwas dahintersteckte. Man erhielt wenigstens eine Reaktion.

Das vor allem war der Grund, weshalb sie gegangen war. Nicht die kleinen Ärgernisse, die Verschrobenheiten. Sondern weil man bei Ellis nie wußte, woran man war.

»Wie spät ist es?« fragte sie jetzt.

»Gleich elf.«

»Ach, Mist«, sagte sie. »Es tut mir leid, E. Wirklich.«

»Kein Problem.«

»Wie wär's morgen abend? Ich könnte zu dir kommen und unterwegs was zum Essen kaufen.«

»Wie du willst.«

»Nun komm schon, willst du oder willst du nicht?«

»Doch«, sagte er. »Ja. Ich muß dir was zeigen.«

Klar, dachte sie. *Ich freu mich auch, dich zu sehen.*

»Hast du dir wieder ein neues Spielzeug zugelegt?« fragte sie. Sie konnte es an seinem Ton hören.

»Ich habe es selbst gemacht.« Er war Feuer und Flamme.

»Das mußt du wirklich sehen. *Das* Spielzeug, das alle anderen in die Tasche steckt.«

3

Jane Regalia erwachte kurz vor Tagesanbruch, zog einen dicken Aran-Pulli über und kletterte aus ihrer Schlafkoje unter dem Dach nach unten. Sie ging zum Küchentresen – die Hütte bestand aus einem einzigen großen Raum, in den auf einer Seite der offene Dachboden hineinragte und eine Nische bildete, wo sie ihr kleines Büro eingerichtet hatte.

Sie war in den Vierzigern, eine schlanke Frau, die jetzt aber etwas Hageres bekam. Sie hatte immer jünger ausgesehen, als sie tatsächlich war, aber sie war nicht sicher, daß das noch galt. Die letzten vier Monate waren schrecklich gewesen, die schlimmsten ihres Lebens. Heiligabend hatte ihr Mann ihr eröffnet, daß er eine sechsundzwanzigjährige Freundin hatte, die er heiraten wollte, um mit ihr zusammen eine Familie zu gründen.

Am Küchenfenster blieb sie stehen. Sie konnte nicht weiter als vielleicht einen Meter sehen, so dicht war der Nebel, der sich hier in den Bergen der Nordküste morgens und abends zusammenzuziehen pflegte und stets eine Kälte mitbrachte, die einem durch Mark und Bein ging.

Sie ging hinaus, um Feuerholz zu holen, das hinter der spitzgiebligen Hütte in zwei ordentlichen Stößen gestapelt war. Das Häuschen stand allein, auf halber Höhe einer bewaldeten Schlucht, etwa eine Meile vom Pazifik entfernt und mehr als hundert Meilen nördlich von San Francisco. Es stand auf einer von Redwood-Bäumen umgebenen Lichtung. Tag und Nacht trugen die aufwärts ziehenden Winde Gerüche nach Meersalz, feuchter Erde und immergrünem Tang hier herauf; es war die sauberste Luft, die sie je gerochen hatte.

Trotz des Nebels und der Kälte war es ideal, genau das, was sie brauchte: ein Ort, wo sie allein sein und nachdenken, wo sie die Trümmer ihres Lebens untersuchen konnte, um sich darüber klar zu werden, auf welchen von ihnen sie neu aufbauen wollte. Und welche sie für immer hinter sich lassen wollte.

Sie schleppte eine Ladung Holz hinein und legte mehrere Scheite auf die Feuerböcke über der glühenden Asche im steinernen Kamin. Bald begannen die Flammen am Holz zu züngeln.

Dann ging sie zu der Nische unter dem Dachboden und setzte sich an die Tastatur auf ihrem Schreibtisch.

Der Computer lief schon. Ein Voice-Mail-Programm erlaubte ihr, ihn als Anrufbeantworter zu benutzen, darum schaltete sie den Strom selten ab.

In Sekunden sandte das Modem die Signaltöne eines Ferngesprächs nach San Francisco aus. Es summte und piepte, dann hatte sie ihre Verbindung.

Verba Interchange.

Sie loggte ein und gab sofort ihr E-Mail-Konto ein, wie sie das jeden Morgen bald nach dem Aufstehen und danach noch mehrmals am Tag zu tun pflegte. Sie führte ein in vieler Hinsicht frugales Leben, aber sie erlaubte sich den Luxus dieser Ferngesprächsgebühren. Der Computer war eine Verbindung zur Außenwelt. Und E-Mail konnte süchtig machen, wie sie festgestellt hatte.

Ein Signal zeigte ihr an, daß seit dem vergangenen Abend zwei Sendungen eingegangen waren.

Die erste Nachricht war von ihrem Mann. Sie öffnete die Datei.

Liebste Jane,
habe die letzte Nacht kaum geschlafen, und heute nacht ist es nicht anders. Ich bin völlig durcheinander, voller Schuldgefühle und Zweifel. Hundertmal wollte ich dich

gestern nacht anrufen und hätte es auch getan, wenn da nicht dein Verbot wäre. Das ich eigentlich überflüssig finde. Selbstverständlich verstehe und respektiere ich dein Verlangen nach Abstand. Ich möchte dich keinesfalls in deiner wohlverdienten Einsamkeit stören. Aber ein Anruf ab und zu wäre doch bestimmt für keinen von uns beiden gefährlich.

Ehrlich gesagt, ich finde diese Art der Kommunikation furchtbar. So unpersönlich. Die halbe Zeit bin ich damit beschäftigt, Tippfehler zu korrigieren. Es kommt mir vor, als spräche ich mit irgendeiner blöden Maschine, und dann schieße ich meine Epistel, die mir aus tiefstem Herzen kommt, ins All hinaus und weiß nicht einmal, ob du sie überhaupt erhalten hast. Laß mich wenigstens einen richtigen Brief schreiben!

Geht es dir gut? Ich denke oft an dich und versuche mir dein bukolisches Leben vorzustellen. Es muß schön sein da oben.

Laß mich ganz offen sein und dir die Gründe meiner Beunruhigung bekennen: Triffst du dich mit jemandem? Ich weiß, das geht mich nichts an, aber ich werde den Verdacht nicht los.

Es ist Jahre her, daß wir zusammen in Mendocino waren. Ich könnte dieses Wochenende rauffahren, natürlich in einem Motel übernachten – was meinst du?

Dein Mann, der dich liebt,

Albert

Sie begann, ihre Antwort im Eingabefeld des Mail Programms abzufassen.

Albert,

es wäre schön gewesen, wenn sich nur ein kleines Maß an Zweifeln und Schuldgefühlen bei dir geregt hätte, bevor du mein Leben zerstört hast. Ich will deine Stimme nicht hören. Ich will deine Handschrift nicht sehen. Wenn du es wagst, dich hier oben sehen zu lassen, verlierst du mich für immer. Dieser Ort hier gehört mir. Ich habe hier eine gewisse Ruhe gefunden, und wenn du sie mit deiner Anwesenheit störst, kannst Du mich für alle Zeiten zu deinen Feinden zählen.

Deine Idee, von mir Rechenschaft über mein Tun und Lassen zu verlangen, ist eine Frechheit. Aber nur um das einmal festzuhalten, ich »treffe« keinen Menschen. Im wahrsten Sinne des Wortes. Das Haus ist abgelegen. Ich bin hier ganz allein und unbekannt. Ich sehe keine Menschenseele, es sei denn, ich fahre nach Point Arena, um einzukaufen und nach meinem Postfach zu sehen.

Deine Nachrichten kommen immer an. Mir behagt diese Art der Kommunikation sehr. Und du solltest dankbar sein, daß ich dich in die zweite Hälfte des zwanzigsten Jahrhunderts mitgezogen habe.

Alberts Ton klang diesmal anders, dachte sie. Fürsorglich, beinahe unterwürfig.

Zweifel und Schuldgefühle?

Sie begriff plötzlich. Es war nur eine Vermutung, aber sie wußte, daß sie recht hatte: Albert hatte den Laufpaß bekommen.

Sie fügte eine letzte Zeile an:

Keine Sorge, ich weiß, was los ist.

JR

4

An diesem Morgen nahm Roberta Hudgins am TransBay Terminal ein Taxi. Der Fahrer war Mexikaner, vielleicht auch Guatemalteke oder Salvadorianer – auf jeden Fall neu in der Stadt nach dem verständnislosen Blick zu urteilen, mit dem er sie ansah, als sie ihm die Adresse nannte, Tesla Street, gleich bei der Kearney Street.

»*Qué?*« sagte er.

»Telegraph Hill«, sagte sie.

Er dachte nach, und sein Gesicht hellte sich auf. Seine rechte Hand schraubte sich in Spiralbewegungen in die Höhe, bis sie ans Wagendach stieß.

»Richtig, Sportsfreund«, sagte sie, und er schoß mit quietschenden Reifen die Fremont Street hinauf.

Der Verkehr war schleppend: Es war kurz nach acht, der morgendliche Berufsverkehr erreichte gerade seinen Höhepunkt. Sie hatte Ellis Hoile nicht gesagt, daß sie später kommen würde. Sie wußte, es würde ihm nichts ausmachen. Es war gut möglich, daß er es nicht einmal bemerkte: Die Tageszeit bedeutete diesem Mann nichts.

Der Fahrer kannte sich doch ganz gut aus. Fremont zur Folsom Street, ein Stück die Folsom hinunter, dann bog er links ab auf den Embarcadero und gab Gas.

Rechts war die Bucht, die durch die schmalen Spalten zwischen den langen Lagerhäusern immer wieder mal sichtbar wurde. Voraus war der Coit Tower, ein zylindrischer Betonmast, der sich vom grünen Gipfel des Telegraph Hill gerade zum Himmel reckte.

Direkt unterhalb des Turms war Ellis Hoiles Haus. Sie konnte es von hier aus sehen, eingezwängt zwischen den anderen Häusern, die dicht gedrängt am Hang klebten.

Sie lotste den Fahrer vom Embarcadero weg ins Straßengewirr am Hügelhang. Die Straßen waren steil und schmal.

Häuser kauerten Schulter an Schulter direkt an den Bürgersteigen.

Früher einmal hatten in diesem Viertel italienische Fischer gelebt, die jeden Morgen den Hügel hinunter zu ihren Booten gegangen waren. Kleine Einfamilien- und Doppelhäuser hatten die Straßen gesäumt. Aber in den letzten dreißig Jahren waren viele der alten Häuser Wohnblöcken gewichen, eckigen Kästen, die die Grundstücke bis auf den letzten Quadratmeter ausfüllten.

In der Tesla Street war es ruhig und still. Es war eine schmale Straße, zusätzlich eingeengt durch parkende Autos. Auf halber Höhe sagte sie dem Fahrer, er solle halten. Direkt vor ihnen ragte der Coit Tower zum Himmel hinauf.

Sie bezahlte und stieg vor Ellis Hoiles Haus aus dem Wagen. Von der Straße aus sah es eher bescheiden aus, ein kleiner weißer Bungalow. Vergitterte Fenster. Die Jalousien wie gewöhnlich geschlossen.

Roberta kramte den Schlüssel aus ihrer Handtasche und sperrte auf. Die Tür war aus massivem Hartholz, ungefähr fünf Zentimeter dick, auf Hochglanz poliert – eine prächtige Tür, der erste Hinweis darauf, daß vielleicht doch etwas mehr dahintersteckte als nur ein simpler Allerweltsbungalow.

Sie trat ein und schloß die Tür hinter sich. Dunkel.

Sie machte Licht. Hinter der Haustür, wo man vielleicht eine Diele oder ein Wohnzimmer erwartet hatte, war statt dessen eine breite, offene Galerie, die die ganze Breite des Hauses einnahm. Geradeaus, am Rande der Galerie, war ein Panoramafenster.

Dessen Rouleaus immer geschlossen waren.

Roberta stieg die schwarze, schmiedeeiserne Treppe an dem einen Ende der Galerie hinunter. Das Haus war an den Hang des Telegraph Hill gebaut. Das untere Geschoß war geräumiger, und wenn man vom Straßengeschoß hinunterstieg, gelangte man in den Wohnbereich, wo sich das eigentliche Leben abspielte – wenn man das, was Ellis Hoile trieb, leben nennen konnte.

Sie roch Kaffee, als sie zum Fuß der Treppe kam. Düsternis auch hier unten. Licht spendete nur der Bildschirm des Computers, ein blasses, kränkliches Licht, das Ellis Hoiles Gesicht beschien, während er, die Finger über der Tastatur, auf den Bildschirm starrte. Er war ein Mann in den Dreißigern mit ungekämmtem Haar und einem Zweitagebart. Er schien sich wieder mal die ganze Nacht um die Ohren geschlagen zu haben.

Er verschwendete nicht einen Blick an sie. Irgendwas auf diesem Bildschirm schien seine Aufmerksamkeit zu fesseln. Wie fast immer.

Er saß in seiner Höhle. Anders konnte man es nicht nennen. Am hinteren Ende des großen Wohnraums, neben einem zweiten großen Panoramafenster – wo jeder andere eine Sitzgruppe mit Blick auf die Aussicht aufgestellt hätte – hatte Ellis Hoile in Hufeisenform sechs Schreibtische gruppiert. Sein Drehsessel stand in der Mitte dieses Hufeisens.

Die Schreibtische waren alle voll beladen, mit Computern und Monitoren, einem Drucker, einer Faxmaschine, einem Kopierapparat und allen möglichen elektronischen Geräten, deren Namen sie nicht kannte. Und rundherum stapelten sich Papiere, Bücher und Zeitschriften zu solchen Höhen, daß sie praktisch drei Mauern um Hoile bildeten. Eine Höhle eben. Auf der anderen Seite der Schreibtische waren Regale voll elektronischer Geräte, Videokameras, Kassettenrecorder sowie Zubehör- und Ersatzteile.

Auch hier unten machte sie Licht. Er hob den Blick nicht vom Bildschirm. Er mußte wissen, daß sie da war, aber er starrte nur auf den Monitor, völlig absorbiert, wie immer.

Ein geselliger Mensch ist er weiß Gott nicht, dachte sie. Um es milde auszudrücken. Sie sagte sich, daß ihr das die Arbeit erleichterte; wenigstens brauchte sie hier keine Zeit mit belanglosem Gequassel zu vertun. Außerdem war er ein ungewöhnlich gescheiter Mann. Da mußte man Zugeständnisse machen.

Dennoch verdroß es sie, auf diese Weise ignoriert zu werden. Seit sechs Monaten kam sie nun zweimal wöchentlich zu ihm ins Haus, um sauberzumachen, für ihn zu waschen und hin und wieder auch zu kochen – nachdem verrückterweise seine Exfrau, die dafür sorgen wollte, daß er ein halbwegs geregeltes Leben führte, sie eingestellt hatte.

Sie müßte sich, sagte sie sich, doch inzwischen an seine Eigenart gewöhnt haben, gleichzeitig aber fand sie, sie hätte Besseres verdient.

Sie ging in die Küche, schenkte ihm eine Tasse Kaffee ein, fand im Brotkasten ein Blueberry-Muffin und legte es auf einen Teller. Sie brachte ihm Kaffee und Muffin auf einem Tablett, das sie auf dem niedrigen Bücherstapel neben seinem Ellbogen abstellte.

Jetzt flogen seine Finger über die Tastatur.

Sie wollte gerade in die Küche zurückkehren, als sie rund um den Rand eines der Vorhänge am Fenster einen schmalen Saum buttergelben Lichts bemerkte. Er wirkte irgendwie anstößig auf sie, dieser armselige kleine Streifen Sonnenlicht in dem dunklen Raum.

Sie tat, was sie schon immer hatte tun wollen, seit sie das Haus das erstemal betreten hatte.

Sie ging zum Fenster, packte den Vorhang und riß ihn auf. Helles Tageslicht ergoß sich ins Zimmer.

Roberta Hudgins blieb am Fenster stehen und ließ ihren Blick schweifen. Die Aussicht reichte weit über das Wasser bis zur East Bay. Geradeaus wölbte sich die Bay Bridge nach Oakland hinüber. Das Licht blitzte auf den Windschutzscheiben der Autos auf dem oberen Brückendeck. Draußen, in Richtung Alcatraz, durchpflügte eine Fähre auf dem Weg nach Marin County das Wasser. Näher waren die Docks, der

Embarcadero, Fisherman's Wharf, das wie eine Ansammlung von Rummelplatz-Bruchstücken aussah, und dann die Fenster der Wohnhäuser und Bürogebäude hangabwärts, die beinahe zum Greifen nahe schienen.

Wie so oft zuvor schon hätte sie Ellis Hoile am liebsten gefragt, ob er nicht eine Weile mit ihr das Haus tauschen wolle. He, ein dunkles Zimmer ist doch wie das andere, hätte sie sagen können. Ich hab ein Vierzimmerhaus gleich am M. L. King Parkway für Sie, ideal, Sie können die Fenster mit Brettern vernageln und werden sich da so wohl fühlen wie eine Muschel.

Sie wandte sich vom Fenster ab.

Ellis Hoile hatte sich endlich vom Bildschirm losgerissen. Über die Schulter hinweg sah er sie an. Er wirkte leicht amüsiert. Jedenfalls zeigte er ein schmales, kleines Lächeln. Er sähe gar nicht übel aus, wenn er ein bißchen auf sich halten würde.

»Hallo, Mrs. Hudgins«, sagte er.

»Hallo«, antwortete sie.

Sie ging in die Küche und begann die Kartons mit Lebensmitteln auszuräumen, die auf der Arbeitsplatte standen. Ellis Hoile ließ sich alles anliefern. Zweimal in der Woche bereitete sie mehrere Mahlzeiten für ihn zu, die sie im Gefrierschrank deponierte. Er war nicht heikel: Alles, was man einfach in einen Topf geben und dann in die Mikrowelle schieben konnte, war ihm recht.

Sie räumte das schmutzige Geschirr aus dem Spülbecken, verstaute die Lebensmittel, ließ die Geschirrspülmaschine an. Dann kehrte sie in den Wohnraum zurück.

Es war wieder dunkel. Ellis Hoile hatte den Vorhang vor seinem Millionen-Dollar-Panorama geschlossen.

Er hockte wieder in seiner Höhle. In diesem gespenstischen Licht. Sie beobachtete ihn einen Moment lang: Den Blick unverwandt auf den Schirm gerichtet, saß er da und hieb auf die Tasten ein, hielt inne, begann von neuem zu tippen. Und wirkte auf eine seltsame Art glücklich und zufrieden dabei.

Aber so war Ellis Hoile nun mal. Seltsam.

5

Jane Regalia machte an diesem Tag eine lange Wanderung durch die Berge hinter ihrem Häuschen. Erst spät am Abend kehrte sie an ihren Computer zurück.

Erst da wurde ihr bewußt, daß sie die zweite Nachricht, die an diesem Morgen in ihrem E-Mail-Folder auf sie gewartet hatte, nicht gelesen hatte – Alberts Brief hatte sie abgelenkt.

Sie öffnete jetzt ihren Mail-Index. Da war sie, die zweite Mitteilung: Absender, Zeit, Betreff.

stoma @ verba. org. 03:26 Überraschung!

Sie kannte das Pseudonym nicht. Sie überlegte, ob sie Stoma schon einmal begegnet war. Vielleicht hatten sie irgendwann einmal Nachrichten ausgetauscht.

Nein, dachte sie. Stoma – daran hätte sie sich erinnert.

Sie öffnete die Datei. Sie enthielt eine einzige Zeile –

Versuch dein Glück!

– und die Anmerkung, daß Stoma der Nachricht eine Binärdatei beigefügt habe.

Das war nichts Ungewöhnliches. Codierung gestattete den Anwendern, Fotografien, Zeichnungen, Programme, sogar Musik und Geräuscheffekte als gewöhnliche E-Mail zu übermitteln.

Das Mail-Programm fragte:

Willst du die Beilage entschlüsseln und entgegennehmen?

Sie tippte:

J

Augenblicklich begann das Festplattenlaufwerk zu rattern. Mehrere Minuten lang war es damit beschäftigt, die Datei zu laden und zu entschlüsseln.

Sie loggte aus, als die Arbeit beendet war, und stellte fest, daß der volle Name der Datei, die Stoma übermittelt hatte, »TRY_ME.EXE« lautete. Die Abkürzung EXE bedeutete, daß es sich um ein Programm handelte.

Das mußte ein Irrtum sein, sagte sie sich. Stoma hatte sie mit jemand anderem verwechselt. Also ging das alles sie nichts an. Sie würde Stoma eine Nachricht senden und das klären müssen.

Aber sie war neugierig. Und sie hatte noch keine Lust, ins Bett zu gehen. Sie beschloß, das Programm zu öffnen, nachzusehen, worum es sich handelte.

Sie ging in die Küche und setzte Wasser für den Kräutertee auf, den sie im allgemeinen vor dem Zubettgehen trank.

Wieder an ihrem Schreibtisch, bootete sie Stomas Programm mit dem Befehl:

TRY_ME

Das Festplattenlaufwerk begann zu arbeiten und speiste dabei Tausende von Zeilen Software-Code in den Speicher des Computers ein. Der Bildschirm wurde schwarz, dann zeigte er die Frage:

Willst du mich ausprobieren?

(J)a oder (N)ein

Sie tippte:

J

Der Bildschirm antwortete:

GUT

Wieder trat die Festplatte in Aktion, und wieder veränderte sich der Bildschirm. Er versank einen Moment in Schwärze, dann brachte er ein Bild hervor, das vor schwarzem Hintergrund einen Laufsteg aus Stahl zeigte. Eine einzige nackte Glühbirne beleuchtete von oben einen Teil des Laufstegs, tauchte nur dieses eine Stück in eine Lichtpfütze, so daß es aussah, als schwebte der Laufsteg in der Dunkelheit.

Es war eine computererzeugte Grafik, bis ins kleinste Detail ausgearbeitet, aus der Perspektive einer Person wiedergegeben, die auf dem Laufsteg stand und zum Licht hinaufblickte. Der Laufsteg schien aus einem wabenähnlich durchbrochenen Metallrost zu bestehen. Auf der einen Seite hatte er einen niedrigen Handlauf, auf der anderen Seite war er offen. Die von der Glühbirne erzeugten Schatten verliehen dem Bild eine dreidimensionale, fotorealistische Wirkung.

Gut gemacht, dachte sie. Wenn man was für schwindelerregende Laufstege aus Stahl übrig hatte.

Dann sagte ein Mann: »Beweg die Maus!«

Beinahe wäre sie zusammengefahren beim plötzlichen Klang dieser robusten Männerstimme aus den beiden Stereolautsprechern, die an die Audiokarte des Computers angeschlossen waren.

Ein paar Sekunden lang tat sie gar nichts.

Wieder die Männerstimme: »Na los, nimm die Maus!«

Sie legte ihre linke Hand auf die Kunststoffmaus, die

neben der Tastatur lag, und bewegte sie ein wenig. Die Ansicht auf dem Bildschirm veränderte sich, bewegte sich vorwärts, auf die nackte Glühbirne über dem Laufsteg zu. Sie hielt inne und bewegte die Maus auf ihrem Schreibtisch ein paar Zentimeter nach rechts. Wieder veränderte sich das Bild, schwenkte diesmal nach rechts, als stünde sie selbst auf dem Laufsteg, und drehte sich herum.

»Sehr gut«, sagte die Männerstimme.

Sie führte die Maus weiter, und der Blickwinkel veränderte sich ständig, bis sie auf dem Laufsteg in die entgegengesetzte Richtung sah, zu einer zweiten nackten Glühbirne oberhalb einer zweiten Lichtpfütze, die einen Teil des Laufstegs aus der Finsternis hob.

Okay, ich hab verstanden. Ich befinde mich auf einem Laufsteg aus Stahl. Ich kann umhergehen. Ich kann sehen, wohin ich gehe.

Diese ganze Übung mußte doch irgendeinen Zweck haben. Sie steuerte die Maus vorwärts und begann den Laufsteg entlangzugehen. Ein klirrendes Geräusch ertönte aus den Lautsprechern – Schuhe auf Stahl –, als sie sich zu der zweiten Glühbirne hinbewegte, dann durch ihren Lichtschein hindurch in das Halbdunkel trat. Der Laufsteg schien schmal zu sein. Sie ging langsam und vorsichtig.

Es ist nur eine Abbildung, dachte sie. Dennoch achtete sie darauf, ja nicht über die ungesicherte Kante zu treten.

Jetzt schälte sich eine Form aus der Dunkelheit vor ihr: das Ende des Laufstegs, ein Betonpodest. Aber sie konnte nicht auf das Podest gelangen – es war, wie es schien, von einem Maschendrahtzaun umschlossen wie von einem Käfig. Direkt vor ihr befand sich ein schwarzer Türrahmen; die Tür selbst war gleichfalls aus dem dicken Maschendraht.

Aber sie wußte nicht, wie sie die Tür öffnen sollte; sie wußte nicht, ob sie es überhaupt wollte.

Denn am hinteren Ende des Podestes, beinahe mit den

Schatten verschmolzen, war die Gestalt eines Mannes zu erkennen. Der sie beobachtete.

»Du willst nicht bloß da rumstehen«, erklang die Stimme aus den Lautsprechern – vielleicht sollte es die Stimme der Gestalt auf dem Bild sein. »Keine gute Idee.«

Die Stimme klang ruhig, gleichmütig und doch irgendwie bedrohlich.

Sie weicht einige Schritte vor dem Drahtkäfig zurück. Der Mann geht vorwärts, immer noch im Schatten. Er streckt den Arm aus, stößt die Maschendrahttür auf und tritt auf den Laufsteg hinaus.

Ihr wird eiskalt. Es liegt an seiner Art, sich zu bewegen.

Als er näher kommt, kann sie erkennen, daß er einen Knüppel in der Hand hält. Vielleicht ein Stück Rohr oder einen Baseballschläger.

»Ich an deiner Stelle würde hier schleunigst verschwinden«, sagt er, und obwohl es für sie keinen Ausweg gibt – es gibt nur den Laufsteg und die gähnende Schwärze rund um ihn herum –, macht sie kehrt und entfernt sich von dem Mann, um zu den Lichtern zurückzugehen.

Ihre Schuhe klirren auf dem Stahl. Sie geht schneller, das Tempo der Schritte nimmt zu. Nicht nur ihrer eigenen. Sie kann den Klang der Schritte hinter sich hören, entschlossen, beharrlich.

Er kommt ihr nach.

Sie beginnt zu laufen.

Der Mann hinter ihr wird schneller.

Sie rennt unter der ersten Glühbirne durch, durch ihren Lichtschein in die finstere Lücke zwischen den beiden Lichtpfützen. Er ist jetzt näher, seine Schritte sind lauter. Hat sie fast eingeholt, als sie unter der zweiten Birne her läuft.

Und sie stolpert. Sie fällt vornüber und schlägt auf den Wabenrost des Laufstegs.

Sie rollt sich herum und sieht, daß der Mann über ihr

steht. Das Licht der Glühbirne beleuchtet ihn von hinten, so daß er nur eine gesichtslose dunkle Gestalt ist, formlos, aber irgendwie bedrohlich.

Einen Moment lang bewegt sich keiner von beiden.

Dann schwingt er den Knüppel in die Höhe – es ist ein schweres Rohr, das sieht sie jetzt ganz deutlich. Er schwingt es über seinen Kopf und läßt es auf sie hinuntersausen, und sie schreit . . .

An ihrem Computer wurde sich Jane Regalia bewußt, daß es kein Schrei war, sondern das Pfeifen des Teekessels.

Der Kessel dampfte und pfiff wie verrückt. Sie hatte es bis zu diesem Moment überhaupt nicht wahrgenommen.

Sie stand auf, goß das kochende Wasser in eine Teekanne und blieb am Tisch stehen, während sie die Kräutermischung ziehen ließ. Immer noch sah sie den Laufsteg vor sich, die dunkle Gestalt des Mannes. Immer noch hörte sie diese Schritte.

Grausig, dachte sie.

Sie goß Tee in eine Tasse und trank, bevor sie an ihren Schreibtisch zurückkehrte.

Auf dem Bildschirm standen die Worte:

Willst du mich noch mal ausprobieren?
(J)a oder (N)ein?

Sie tippte N. Mit Nachdruck.

Dann löschte sie das Programm aus ihrem System; prüfte sogar das Verzeichnis, um sicher zu sein, daß es gelöscht war.

In dieser Nacht, während Jane Regalia schlief, plünderte der Eindringling ihr Leben.

Die große Programmdatei von »Stoma« hatte ein zweites, kleineres Programm enthalten, das automatisch aktiviert wurde, als Jane Regalia TRY_ME eingab.

Im Jargon ausgedrückt, war TRY_ME ein trojanisches

Pferd. Das kleine Programm, das es verbarg, war ein »Daemon«. Der Daemon nistete sich sofort im elektronischen Speicher des Computers ein, in einem Sektor der Festplatte, wo versteckte Dateien gespeichert waren. Er war intakt geblieben, auch nachdem sie TRY_ME aus ihrem System gelöscht hatte, und wartete im Hintergrund auf bestimmte Ereignisse, die ihn aktivieren würden.

Dieser Moment trat ein, als die interne Uhr des Computers auf 04:00:00 rückte. Der Daemon reagierte augenblicklich: Er veränderte vorübergehend die internen Einstellungen des Systems – ein Vorgang, der Millisekunden beanspruchte –, so daß Eingaben durch das Modem empfangen werden würden, als wären sie an der Tastatur eingetippt worden.

Das Programm stellte das Modem sodann darauf ein, daß es jeden Telefonanruf beim ersten Signal annahm. Es suchte den Lautsprecher des Modems und schaltete ihn aus. Auch das war eine fast augenblickliche Änderung von Software-Einstellungen.

In den folgenden dreißig Minuten würde jeder, der von außen den Computer anrief, ungehinderten Zugriff auf seine gespeicherten Dateien haben.

Jane Regalia schlief ahnungslos.

Zwei Minuten später wurde lautlos eine telefonische Verbindung hergestellt. Nur das Flackern roter Dioden außen am Modem verriet, was geschah.

Der Anrufer war der Mann, der sich Stoma, manchmal auch Snowflake nannte. Er bediente sich jetzt des Computers, als hätte er seine Tastatur vor sich. Über die Telefonleitung hatte er sich die Kontrolle über das Gerät verschafft.

Er begann, Dateien und Verzeichnisse Jane Regalias durchzugehen und direkt auf seinen eigenen Computer zu kopieren.

Jane Regalia hatte sich das Konzept des Computers voll zu eigen gemacht. Sie benutzte ihn für Dutzende von Aufgaben, von der Korrespondenz bis zum Analysieren ihrer täglichen Ernährung, bis zur Bezahlung ihrer Rechnungen. Und sie hatte ihm auch einige der intimsten und enthüllendsten Einzelheiten ihres Lebens anvertraut: Fakten und Gefühle, Statistiken und Gedanken.

Diese Dinge waren ihre Geheimnisse – sie waren sie selbst.

Und während sie ruhig schlief, kopierte der Eindringling all diese Daten in sein eigenes Gerät.

Das ging fast eine halbe Stunde lang so. Die Festplatte arbeitete ununterbrochen und gab alles preis, was Jane Regalia in der Gewißheit, daß es hier vor Schnüfflern sicher sei, in ihrem Computer gespeichert hatte.

Dann unterbrach Stoma die Verbindung und verschwand, ohne eine Spur zu hinterlassen.

6

Kate Lavin duschte, putzte sich die Zähne und fönte mit Sorgfalt ihr Haar. Sie nahm eine Bluse und eine lange Hose aus dem Schrank, überlegte einen Moment, was man wohl am besten zu einem späten Abendessen mit dem verflossenen Ehemann anzog, hängte die schwarze Bluse und die Hose wieder hinein und griff statt dessen nach einem grünen Seidenkleid von DKNY. Zum Teufel, warum nicht?

Sie und Ellis waren seit einem Jahr geschieden, nachdem sie vorher vier Jahre verheiratet gewesen waren, und kannten sich seit ihrer Studienzeit.

Und sie wußte immer noch nicht, was sie einander eigentlich bedeuteten.

Sie wußte, daß Ellis etwas Besonderes war. Ungewöhnliche Menschen hatten sie immer schon angezogen, und Ellis Hoile stand ganz oben auf dieser Liste.

Er konnte sie zum Lachen bringen. Er konnte ihre Bewunderung und ihre Ehrfurcht wecken. Und immer lehrte er sie etwas. Er war ihren Gedanken niemals fern. Manchmal sorgte sie sich um ihn – und das war komisch, denn in vieler Hinsicht war Ellis ungemein tüchtig.

Ellis war ein Teil ihres Lebens und würde es auch immer bleiben.

Seine Gefühle waren ihr weniger klar. Er liebte sie auf seine Weise. Er verließ sich auf seine Weise auf sie. Aber Hingabe und liebevolle Aufmerksamkeit waren nicht seine Sache. Er war nicht jemand, der andere brauchte. Das war einfach nicht seine Art.

Kate schlüpfte in ein Paar hochhackige Schuhe und legte blassen Lippenstift auf. Nach kurzem Zögern warf sie ihr Diaphragma und eine Tube Orthogynol in ihre Handtasche. Sie hatte seit der Scheidung mehrmals die Nacht mit ihm verbracht; es war nie geplant gewesen, hatte sich einfach ergeben. Sie hatte keine Ahnung, ob es diesmal wieder geschehen würde.

Durch die Scheidung war das alles so kompliziert geworden: Wie man sich zueinander verhielt, welche Fragen man stellen durfte und welche nicht.

Sich scheiden zu lassen war einfach gewesen. Geschieden *zu sein* war weit schwieriger.

Sie wußte, daß Ellis sich nicht auf diese Weise quälte, mit dem Bemühen, sich über ihre Beziehung klar zu werden. Er konnte stundenlang auf einem Rechner Datenströme verfolgen, bis er das Ding erforscht und begriffen hatte, aber in Herzensdingen war er unbekümmert vage. Er war nur zu bereit, sie einfach geschehen zu lassen.

Das war etwas, das man akzeptieren mußte, wenn man Ellis Hoile nahesein wollte. Man mußte lernen, mit unbeantworteten Fragen zu leben.

Sie sperrte die große Haustür in der Tesla Street mit dem Schlüssel auf, der an ihrem Bund hing, seit sie und Ellis vor sechs Jahren zusammen in das Haus eingezogen waren. Er hatte ihn nie zurückverlangt.

Sie trug das Essen nach unten. Ellis saß im ehemaligen Wohnzimmer, das jetzt sein Arbeitszimmer war, beim Fenster und beobachtete einen Monitor, während er mit der linken Hand einen Kontrollknopf an einem schwarzen Metallkasten bewegte; ein Ding mit vielen Knöpfen und Digitaldisplays, das sie noch nicht gesehen hatte.

Aber sie achtete nicht auf die Einzelheiten, denn sie sah, halleluja!, daß die Vorhänge aufgezogen waren und die große schöne Brücke das Fenster füllte.

Er wandte sich vom Bildschirm ab und sah zu ihr auf, stand dann auf, um sie zu begrüßen. Er hatte eine zerknitterte Khakihose an, die ihm eine Nummer zu groß war, und ein kariertes Hemd. Als sie seine Wange küßte, merkte sie, daß er sich rasiert hatte.

Bei einem anderen Mann hätte man das vielleicht nicht weiter bemerkenswert gefunden. Anständige Kleidung und eine Rasur. Aber bei Ellis Hoile hieß das alle Register ziehen. Er schenkte ihr sogar für ein paar Stunden den Blick aus diesem Zimmer, den sie so geliebt hatte.

»Du siehst gut aus, E«, sagte sie. »Richtig smart.«

»Na klar«, sagte er. Und dann, wie ein Kind in der Grundschule, das sich plötzlich seines Texts erinnert: »Und du siehst großartig aus, Kate.«

»Danke, Ellis.«

Sie trug die Tüten mit dem Essen ins Eßzimmer. Der Tisch war aufgeräumt und für zwei gedeckt, mit ihrem alten Porzellan und Silber. Ellis hatte ihr auch das überlassen wollen, aber sie hatte darauf bestanden, daß er alles, was zum Haus gehörte, für sich behielt. Sie wußte, daß er das meiste davon nicht ersetzt hätte, und sie hatte gehofft, der Besitz solcher Dinge wie ordentliches Geschirr und ordentliche Handtücher und Möbel würde ihn wenigstens halbwegs zivilisiert halten.

Auf der Arbeitsplatte in der Küche standen eine Flasche Chandon in einem Eiskübel – wahrscheinlich aus dem Karton, den sie zurückgelassen hatte – und zwei langstielige Gläser. Sie öffnete die Flasche und goß Wein in die Gläser.

Er folgte ihr in die Küche und nahm eines der Gläser, als sie es ihm reichte.

Sie trank einen Schluck aus dem ihren.

»Schön hast du das gemacht, E«, sagte sie. »Das finde ich wirklich nett von dir. Ich bin ganz bezaubert.«

Er antwortete mit einem jungenhaften Achselzucken.

Der Wein tat ihr gut. Albern vielleicht, aber der Anblick des Porzellans auf dem Tisch weckte beinahe nostalgische Gefühle. Und ließ sie den Eindruck gewinnen, als gehörte sie die nächsten Stunden hierher.

Sie war froh, daß sie das Diaphragma mitgenommen hatte.

Er half ihr, das Essen aus den Behältern auf die Teller zu verteilen. Sie setzten sich und aßen. Sie waren hungrig, und Ellis gab sowieso nichts auf Förmlichkeiten, schon gar nicht bei Tisch.

Sie aß viel, schenkte sich ein zweites und ein drittes Glas Wein ein. Sie fühlte sich gut, erwärmt und entspannt.

Bei einem anderen hätte sie in diesem Moment über den Tisch gegriffen und ihm die Hand gedrückt. Sie wären zum Sofa gegangen, hätten Wein getrunken und geredet und vielleicht mehr.

Aber bei Ellis verlangte die Situation anderes.

»Okay, Superhirn«, sagte sie. »Wo ist das neue Wunderspielzeug?«

Sie folgte ihm ins Wohnzimmer – ihr herrliches Wohnzimmer, aus dem seit ihrer Trennung ein Schlachtfeld geworden war – zu einem Arbeitstisch in der Nähe des Fensters.

Er setzte sich an den schwarzen Kasten neben dem Fenster. Der Kasten war ein Metallschrank etwa von der Größe eines Aktenkoffers, schwarz lackiert. Zwei digitale LED-Displays, eine Reihe Schalter und Knöpfe.

Zwei Videokabel führten zu einer langen Antenne auf einem Stativ, die fensterwärts gerichtet war. Eine zweite Kabelgarnitur führte zu einem PC, der seinerseits an einen NEC-Multiscan-Bildschirm angeschlossen war. Der NEC zeigte ... *Die Partridge-Familie*, dachte sie, *soll das ein Witz sein?*

»Das ist ein modifizierter Van-Eck-Video-Scanner«, sagte Ellis. »Ich habe die Pläne in einem zehn Jahre alten holländischen Journal gefunden, und sie hörten sich hervorragend an, bis ich gesehen habe, daß Van Eck einige der entscheidenden Komponenten ausgelassen hat.

Aber das hab ich gelöst. Er erzeugt eine Oszillation, die verbindet man mit der elektromagnetischen Strahlung eines Fernsehers, jeder Art von Bildröhre, die horizontale und die vertikale Synchronisation werden wiederhergestellt, und man bekommt so das Video zurück.«

Ihr sagte das alles fast nichts. Sie sah, daß das Bild etwas körnig war, wie beim Fernsehen, wenn man an der Grenze des Sendebereichs war. Die Horizontaleinstellung begann zu rutschen; Ellis fummelte an einem der Knöpfe, und das Bild wurde wieder ruhig.

Sie sagte: »Wo ist der Ton?«

»Kein Ton. Das kommt aus der Bildröhre, daher nur das Bild.«

»Aha, und wir schauen uns jetzt hier *Die Partridge-Familie* ohne Ton an, wie zwei hirntote Arschlöcher.«

»Nein«, entgegnete er und lachte mit Genugtuung. »Wir beobachten die Strahlung eines Fernsehers, vor dem andere hirntote Arschlöcher sitzen und sich *Die Partridge-Familie* anschauen. Das ist ein großer Unterschied.«

Er sah ihr an, daß sie nichts verstand.

»Aber gut«, sagte er, »wenn dich das nicht vom Hocker reißt, schauen wir eben mal weiter unten am Hügel irgendwo rein.«

Er trat ans Fenster. Er hielt ein Ding, das aussah wie eine

Infrarot-Fernbedienung, und tippte auf einen Knopf darauf. In winzigen Schritten begann die Antenne sich auf dem Stativ zu bewegen.

Sie sah jetzt, daß sie auf einem ferngesteuerten Kopf saß. Sie hatte selbst zwei solche Stative im Studio. Zwei Steuerungsempfänger bestimmten die Neigung und den Schwenk der Kamera – oder, in diesem Fall, der Antenne –, je nach den Befehlen, die man in die Fernbedienung eingab. Soviel immerhin begriff sie.

Die Familie Partridge verabschiedete sich vom Bildschirm. Nur Flimmern war jetzt zu sehen. Ellis fuhr fort, die Antenne zu bewegen, wobei sein Blick ständig zwischen dem Bildschirm und dem Fenster hin- und herglitt.

Ein neues Bild erschien auf dem Monitor. Larry King, der seinen Mund bewegte. Zunächst konnte sie das Bild kaum erkennen, aber nachdem Ellis zweimal auf die Fernbedienung getippt und die Antenne sich beinahe unmerklich auf ihrem Stativ bewegt hatte, kam Larry klar ins Bild.

Und ihr schossen, sobald sie begriff, was da vor sich ging, zwei Gedanken durch den Kopf.

Erstens, er hatte die Vorhänge nicht geöffnet, um ihr den Ausblick zu gönnen, dieser Mistkerl; er wollte nur sehen, wie die Antenne gerichtet war.

Das ärgerte sie, aber sie hatte keine Zeit, bei ihrem Ärger zu verweilen, weil sie im selben Moment klar erkannte, was er tat.

Die Antenne war auf ein Privathaus gerichtet. Durch die Mauern beobachtete Ellis das Bild auf dem Fernsehapparat wildfremder Leute.

»Bisher hab ich eine Reichweite von sechshundert Metern«, sagte er. »Aber das läßt sich verbessern. Mit einer Höchstverstärkerantenne. Ich hab auch schon ein paar Ideen für die Schaltungen. Das Wesentliche ist, die Such-Algorithmen zu verbessern. Und die Frequenz-Diskriminierung – dazu hab ich auch schon ein paar Ideen. Ich bin ziemlich sicher, daß ich die Reichweite ohne Probleme auf vierzehnhundert Meter erhöhen kann.«

Vierzehnhundert Meter, fast eine Meile.

»Das ist wirklich beeindruckend, E«, sagte sie. Und es war ihr ernst damit, die Vorstellung, daß er so etwas hatte entwickeln können.

Er begann wieder die Antenne zu bewegen. Sie trat neben ihn. Die Antenne war jetzt auf ein Apartmenthaus fast unten am Fluß des Telegraph Hill gerichtet. Beinahe sofort bekam er ein anderes Bild herein. Robin Leach, *Lifestyles of the Rich and Famous*.

Wieder tippte er mehrmals auf die Fernbedienung. Er tastete jetzt das oberste Stockwerk des Apartmenthauses ab.

Tip, tip. Rush Limbaugh.

Wieder ein paarmal tip, tip. Videospiel, *Super Mario Brothers*.

Tip, tip. Ein Schwulenporno.

Sie fügte hinzu: »Aber, ehrlich gesagt, ich versteh den Zweck der Übung nicht.«

»Na hör mal«, sagte er. »Das mußt du doch verstehen.«

Tip, tip. Ein Werbespot, Jane Fondas neues Aerobic-Video.

»Falls du damit beweisen willst«, sagte sie, »daß da draußen ein Haufen Leute sich jeden Abend den Kopf mit Dreck zudröhnt, kann ich nur sagen, daß du damit offene Türen einrennst. Keiner wird dir widersprechen.«

»Ich will überhaupt nichts beweisen«, entgegnete er, während er den Bildschirm im Auge behielt und dabei auf die Fernbedienung drückte. *Celebrity Bloopers and Practical Jokes*. »Das ist reine Beobachtung.«

»Ja«, sagte sie, »du beobachtest einen Haufen Dreck.«

»Nein. Ich beobachte Menschen. Früher hieß es mal – du bist das, was du ißt. Quatsch. Du bist das, was du dir anschaust, das kommt der Wahrheit verdammt viel näher.«

Seine Stimme klang scharf; es war ungewöhnlich, ihn wegen irgend etwas so angespannt zu sehen.

»Zeig mir, was du dir auf den Bildschirm holst«, sagte er, »was du dir ansiehst und was du abschaltest, und innerhalb eines Monats weiß ich, was für ein Mensch du bist.«

Er hielt einen Moment inne, um auf die Fernbedienung zu tippen, bis MTV, Pearl Jam, auf dem Monitor erschien.

»Vor zwanzig Jahren hat das vielleicht noch nicht gestimmt«, fuhr er fort. »Da hatten wir vielleicht drei Sender, und alle mußten sich denselben Quatsch ansehen. Aber jetzt haben wir Kabel. Wir haben Videobänder, die Auswahl ist viel größer und aussagefähiger.

Warte mal zwei Jahre, dann haben wir fünfhundert Programme und das Internet kommt über Glasfiberkabel in unser Wohnzimmer. Dann brauch ich keinen Monat mehr, um dahinterzukommen, wer du bist. Dann brauch ich nur einen Tag lang zu beobachten, was für Programme du wählst, und ich weiß, wen ich vor mir habe.«

Wieder tippte er ein paarmal auf die Fernbedienung. Jetzt zeigte der Bildschirm . . . Zahlen. Aber sie konnte sie kaum entziffern.

Er ging vom Fenster weg und drehte an zwei Knöpfen an dem schwarzen Metallkasten.

Die Zahlen waren jetzt besser erkennbar. Sie konnte sogar den schwarzen Pfeil eines Cursors sehen, der über ein Formular glitt. Es sah aus wie ein Formular für eine Einkommensteuererklärung.

Sie erkannte, was sie da beobachtete. Nicht Netz- oder Kabelfernsehen; einen Computermonitor. Irgendwo unten am Telegraph Hill arbeitete jemand mit einem der Computer-Steuerprogramme, die einem gestatteten, eine elektronische Einkommensteuererklärung abzugeben.

Sie sah einem Fremden dabei zu, wie er seine Steuererklärung machte.

Der Fremde unten am Hügel scrollte zur ersten Seite des

Formulars. Sie konnte die Namen lesen – die eines Ehepaars –, die Adresse und die Sozialversicherungsnummern der beiden. Sie las die Namen und Geburtsdaten ihrer zwei Kinder, und sie las die Einkommenszahlen.

Es war, als blickte man jemandem über die Schulter.

Nein, schlimmer. Es war, als bespitzelte man jemanden durch sein offenes Fenster.

Eigentlich sogar noch schlimmer, dachte sie. Denn jemand, der die Jalousien nicht schließt, muß mit ein wenig Neugier von den Nachbarn rechnen. Dieser arme Kerl aber saß in einem Zimmer hinter vier Wänden und glaubte, er sei allein.

Sie wandte sich vom Bildschirm ab. Sie konnte nicht mehr hinsehen. Sie hatte das Gefühl, als müßte sie all diese Leute morgen anrufen und sich entschuldigen.

»Siehst du«, sagte Ellis, »es ist nicht nur Dreck.«

Okay, dachte sie, *jetzt habe ich verstanden.*

Aber ich verstehe immer noch nicht, wozu.

Er betätigte wieder die Fernbedienung und entfernte sich von der Einkommensteuererklärung. Aber sie wollte nichts mehr sehen. Der Scanner machte ihr angst. Die ganze Sache erschien ihr schmutzig – einfach falsch.

Ellis jedoch konnte offenbar nicht genug bekommen. Sie wünschte, er würde aufhören, das Ding abschalten, sie in die Arme nehmen, küssen, zum Bett führen.

Aber er war absorbiert von seiner Erfindung.

Sie hatte sich in den Jahren ihres Zusammenlebens an diese Art von ihm gewöhnt. Sie hatte gelernt, so etwas nicht persönlich zu nehmen.

Sie beschloß zu warten, eine Weile wenigstens. Sie ging im Zimmer umher, trat in das Hufeisen, das seine Computertische bildeten. Unter den Computern entdeckte sie ein Gerät, das sie vorher noch nie gesehen hatte, etwa von der Größe eines PC, aber ohne einen Monitor, ohne Disk Drives . . .

... ein Telefonapparat, ein Koaxialkabel, das hinten in das Gehäuse eingeschraubt war, was war das, und was hatte es an seinem Arbeitsplatz zu suchen?

Er bemerkte ihren Blick.

»Noch ein neues Spielzeug«, sagte er.

»Das hast du aber nicht selbst gemacht«, erwiderte sie.

»Nein, das habe ich mir zugelegt.«

»Stört's dich, wenn ich frage?« sagte sie.

Fast bevor sie es ausgesprochen hatte, sagte er: »Das ist ein Funkpeilgerät.«

»Funk«, sagte sie, »wie im Telefon.«

»Richtig«, sagte er. Er wirkte leicht verlegen, als hätte sie ihn bei etwas Verbotenem ertappt. »Die Dinger werden von den Funktelefonbetriebsgesellschaften benutzt und manchmal auch von der Polizei. Zur Überwachung. Grundsätzlich dokumentiert es Benutzung, identifiziert die Seriennummer jedes Funktelefons, das an einem beliebigen Gespräch beteiligt ist, und sagt einem, von welcher Vermittlungsstelle es ausgeht. Ich habe auf dem Dach eine Antenne; sie funktioniert prima auf dieser Höhe, ich habe ungehinderten Zugang zu allen Anrufen, die über alle Vermittlungsknoten innerhalb Sichtweite laufen.«

Innerhalb Sichtweite, dachte sie, das umfaßte mindestens die halbe Stadt, einen großen Teil von Marin County und der East Bay, halbwegs die Halbinsel San Francisco hinunter ...

»Jetzt erzähl mir nicht, daß das auch legal ist.«

»Nicht direkt, nein. Aber ich habe einen Bekannten, der mir einen großen Gefallen schuldig war. Dem habe ich das Ding abgeluchst. Es ist irre, was man damit alles machen kann.«

»Und wozu?« fragte sie.

»Na ja, die Betriebsgesellschaften möchten wissen, wer wann ihr Equipment benutzt. Und die Polizei – na, das kannst du dir ja denken ...«

»Ich meine, wozu brauchst *du* so was?«

»Es ist ein Spiel«, antwortete er. »Man könnte sagen, es ist mein neuestes Phreakprojekt. Menschen, das absolute Phreakprojekt. Du suchst dir irgendein Funktelefongespräch aus. Du versuchst, möglichst genau herauszubekommen, wer die Leute sind. Manchmal fängst du nur mit einer Telefonnummer an. Manchmal sagen sie vielleicht auch was, das dir weiterhilft. Manchmal tippen sie vielleicht den Code für ihre Voice-Mail ein, das ist immer interessant, wenn man da reinkommen kann.«

Sie konnte es kaum fassen, dieses breite Grinsen auf seinem Gesicht, dieses Vergnügen daran, sich die Voice-Mail-Botschaften anderer Leute anzuhören.

»Na ja, und von da machst du weiter«, fuhr er fort. »Du versuchst, soviel wie möglich über die Leute herauszukriegen. Es ist verblüffend, was da draußen alles rumschwirrt, einfach so, im freien Raum. Du würdest es nicht glauben – Immobilientransaktionen, alle Arten von Lizenzanträgen, Kreditinformationen – alles befindet sich irgendwo in einer Datenbank. Und wenn du dann irgendwie noch an die Sozialversicherungsnummer kommst, kannst du dir beinahe alle Informationen holen.«

Er wurde richtig eifrig, ganz entgegen seiner Art.

»Man kann ganze Dossiers über die Leute zusammenstellen, mit Dingen, die sie selbst nicht mal über sich wissen«, sagte er.

»Das ist geschmacklos, Ellis.«

»Und man braucht nicht mal Sam Spade zu sein. Man setzt sich einfach an die Tastatur und ruft die richtigen Nummern an.«

»Das ist ekelhaft, Ellis.«

»Es ist ein Zeitvertreib, nichts weiter.«

»Wann hast du damit angefangen?«

»Irgendwann im letzten Sommer.«

Kurz nach der Scheidung.

»Und was fängst du mit deinen Daten an?«

»Nichts. Ich will eigentlich nur sehen, was ich zusammenbringen kann. Es ist eine Übung.«

»Triffst du dich mit diesen Leuten?«

»Nie im Leben.« Sein Ton klang schockiert. »Warum sollte ich das denn tun? Das verstieße gegen die Regeln.«

»Ach, es gibt Regeln?«

»Natürlich.«

»Und wer macht die Regeln?« fragte sie.

»Ich.«

Er wartete ein paar Sekunden darauf, daß sie noch etwas sagen würde, aber sie tat es nicht. Was hätte sie schon sagen können?

Er wandte sich wieder der Fernbedienung und dem Bildschirm des Video-Scanners zu. Noch ein Bespitzelungsgerät, dachte sie. Was ging hier vor? Sie näherte sich ihm; er hielt den Blick auf den Monitor gerichtet. Sie stellte sich dicht neben ihn. Berührte seine Schulter.

Sie sagte: »Hast du in letzter Zeit irgendwelche Software geschrieben?«

»Eigentlich nicht.«

»Einer deiner Hackerkumpel hat mal zu mir gesagt, du schriebst die besten Programme, die er je gesehen hätte. Programme wie Diamanten, hat er gesagt.«

»Kann schon sein.«

»Ich weiß, daß du der beste Techniker bist, mit dem ich im Videostudio je zusammengearbeitet habe.«

»Na ja, manchmal war ich ganz gut.«

»Du bist mit Sicherheit der intelligenteste Mensch, den ich je gekannt habe. Oder je kennen werde.«

Er wandte sich ihr zu.

»Was willst du mir sagen, Kate?« fragte er.

Sie wies auf den schwarzen Kasten und ließ ihre Hand in fließender Bewegung zu dem Computer und dem, was der Bildschirm zeigte, schwenken.

»Warum vertust du damit deine Zeit?« sagte sie.

Er schüttelte den Kopf. Es hätte alles mögliche heißen können. Ich weiß es nicht. Das werde ich dir nicht sagen. Es ist unwichtig. Es geht dich nichts an.

»Ist dir denn gar nichts mehr wichtig?« fragte sie.

Einen Moment lang nahm sein Gesicht einen schrecklichen Ausdruck der Verlorenheit an.

»Anscheinend nicht«, antwortete er.

Er blickte auf den Monitor. Er begann wieder, die Antenne zu bewegen.

»Du«, sagte er, ohne sie anzusehen. »Du bist mir wichtig.«

»Der ewige nachträgliche Einfall, das bin ich«, sagte sie.

Sie gab ihm einen Kuß auf den Nacken, nahm ihre Handtasche und ging zur Haustür.

»Wohin willst du?« fragte er.

»Nach Hause.«

»Nein. Bitte bleib.«

Der Ton in seiner Stimme hätte sie beinahe – beinahe – zurückgehalten.

Aber sie schüttelte den Kopf.

»Ich muß gehen«, sagte sie. »Ich muß.«

Sie stieg die Treppe hinauf und ging zur Tür hinaus.

7

Nachdem Kate gegangen war, wandte sich Ellis Hoile wieder dem Monitor zu. Wieder begann er mit der Fernbedienung zu arbeiten, und als die Antenne auf dem Stativ sich langsam bewegte, glitt ein Bild aus dem Schirm des Monitors heraus und ein neues schob sich hinein, um es zu ersetzen.

Das sah aus wie Eddie Murphy auf der Bühne, grinsend, stumm den Mund bewegend. Aber die Vertikaleinstellung funktionierte nicht. Eddie sah ganz verzerrt aus.

Ellis Hoile tippte ein paarmal auf die Fernbedienung, um das Bild festzustellen. Aber seine Hände zitterten. Und sehen konnte er auch nicht richtig.

Alles verschwamm. Ellis Hoiles Augen waren voller Tränen.

Er legte die Fernbedienung weg und ging in die Küche. Er ließ kaltes Wasser ins Spülbecken laufen und warf es sich in die Augen. Dann trocknete er sein Gesicht, goß Kaffee ein, gab Zucker dazu, trank einen Schluck und dann noch einen.

Er hielt den Becher in seinen Händen. Die alltäglichen Handlungen beruhigten ihn.

Noch ein Schluck Kaffee. Schon besser.

Er nahm den Becher mit zu einem der Computer. Er setzte sich und holte ein Programm auf den Bildschirm.

Ein paar Tastenanschläge, und das Modem wählte. Mehrere Sekunden später erschienen auf dem Bildschirm die Worte:

Willkommen.
Sie sind mit Verba Interchange verbunden.

Seine Finger bewegten sich über die Tastatur. Ein, zwei Minuten mußte er sich zwingen, sich auf den Bildschirm zu konzentrieren.

Aber die paar Minuten reichten. Schon war er wieder eingetaucht, versunken, allein in der zeitlosen Dunkelheit.

8

Es war später Abend, als Charles Obend seine Schreibtischschublade aufzog und ein Computer-Modem herausnahm. Er war allein in einem Büro, das er für gewöhnlich mit drei anderen Mitarbeitern teilte. Sie waren alle Juniorpartner in einer Firma von Versicherungsgutachtern außerhalb von Kansas City.

An dem Modem hingen ein langes Telefonkabel und ein breites, flaches serielles Kabel. Dieses steckte er hinten in seinen Tischcomputer ein. Dann stand er auf, um das Telefonkabel an eine Buchse auf der anderen Seite des Zimmers anzuschließen. Er war ein Mann mittlerer Größe, ein wenig übergewichtig. Sein Haar lichtete sich bereits, obwohl er erst zweiunddreißig war.

Charles Obend kehrte zu seinem Sessel zurück, und Augenblicke später begann das Modem Signale von sich zu geben. Dann erschien Verbas Empfangsbotschaft auf dem Bildschirm.

Charles Obend war bei Verba nicht registriert, aber er war ein regelmäßiger Benutzer, und er verwendete fast immer denselben Namen. Den tippte er auch jetzt wieder ein.

CHAZ

Und dann den Befehl:

Besuch VFB

Das System antwortete:

Sie betreten jetzt die Virtuelle Fern Bar, Treffpunkt für professionelle Singles, solche, die es werden möchten, und anderweitig Hoffnungsvolle. Diskretion, Ehrlichkeit und Gewandtheit werden empfohlen. Sie sind jedoch, wie im wirklichen Leben, auf sich gestellt.

Das System gab sein Eintreten bekannt und zählte dann siebzehn Anwender auf, die sich bereits im Forum befanden. Die meisten waren eindeutig männlichen Geschlechts. Drei oder vier schienen Frauen zu sein – der übliche Anteil an einem Freitagabend –, aber Charles Obend hatte den starken Verdacht, daß auch von diesen die meisten Männer waren, die sich einen Spaß machen wollten, sich auf diese Weise einen billigen Kitzel verschafften oder einfach nur ein bißchen Aufmerksamkeit suchten.

Geschlechts-Hacker.

Niemand schien Charles Obend zu bemerken. Er lehnte sich zurück und begann zu lesen.

Man brauchte eine Weile, um sich auf das Tempo und die Stimmung einzustellen. Wie in einer realen Single-Bar an einem Freitagabend herrschte auch hier Hochbetrieb. Meistens tippten mindestens zwei oder drei Anwender, die in unterschiedliche Gespräche verwickelt waren, zur gleichen Zeit. Nachrichten wurden unterbrochen und ein paar Sekunden später wiederaufgenommen.

An diesem Abend drehten sich die Gespräche wie immer vor allem um Sport, Autos und Computer – und natürlich um Frauen. Charles Obend fand, Verbas virtuelle Fern Bar habe eigentlich mehr Ähnlichkeit mit einem virtuellen Männerumkleideraum. Er hatte dort nie eine Frau getroffen, jedenfalls nicht nachweislich. Dennoch war er die meisten Abende dort.

Ein Unterschied zum wirklichen Leben war, daß man in der VFB die Leute ausblenden konnte, die man nicht hören wollte. Das System filterte jede Anzahl von Anwendern, die man angab. Charles Obend machte sich das manchmal zunutze, um einem einzigen Gespräch in dem ganzen Tohuwabohu folgen zu können.

Heute abend hätte er sie am liebsten alle gefiltert.

Dann erschien auf dem Bildschirm:

Sherm>   Hallo, Chaz.

Drei verschiedene Gespräche schoben sich dazwischen, ehe Charles Obend seine Anschläge auf den Bildschirm bringen konnte.

Chaz> Ja?
Sherm> Back-channel, Sportsfreund.

Charles Obend war an diesem Abend etwas verdrießlicher Stimmung. Er antwortete:

Chaz> Kennen wir uns?

Wieder funkten andere Anwender mit ihrem Geschwätz dazwischen. Dann:

Sherm> Back-channel.
Chaz> Hau ab!
Sherm> Du wirst dir das nicht entgehen lassen wollen. Glaub mir.
Chaz> Tu mir einen Gefallen . . .
Sherm> Wie meinst du das?
Chaz> Wenn du unbedingt Kerle anmachen mußt, gibt es andere Treffpunkte, wo du mit einem wärmeren Empfang rechnen kannst. Versuch's da. Okay? Aber das hier ist nicht der richtige Ort.
Sherm> Back-channel. Du wirst es nicht bereuen.

Wer ist dieser Idiot? dachte Charles Obend. Aber er besann sich und antwortete:

Chaz> Okay, aber nur für eine Minute.

Wenige Sekunden später waren sie unter sich.

Chaz> Also, was kann ich für dich tun?
Sherm> Zunächst einmal hoffe ich, du kannst anfangen, von mir als Suzanne zu denken. Das ist nämlich mein richtiger Name. Susie Q ist mein *handle*.

Chaz> Na klar.

Sherm> Du bist skeptisch. Soll ich ausloggen und mit dem richtigen Namen wieder einloggen?

Chaz> Nein. Ist schon okay.

Sherm> Versuch, jedesmal, wenn du »Sherm« siehst, »Susie Q« zu denken. Das würde uns helfen, einander kennenzulernen.

Charles Obend antwortete nicht gleich. Er wußte nicht recht, wie er das aufnehmen sollte.

Sherm> Jetzt hab ich dich wahrscheinlich überrascht.

Chaz> Das könnte man sagen.

Sherm> Ich komme manchmal als Mann ins VFB. Ich höre mich gern um, aber ich möchte nicht belästigt werden. Außerdem hat es was Aufregendes, das Geschlecht zu wechseln. Kannst du das verstehen?

Chaz> Ich denke schon.

Sherm> Das freut mich. Ich habe dich schon früher hier bemerkt. Ich halte immer nach dir Ausschau, wenn ich komme. Ich habe dich auch schon an anderen Treffpunkten gesehen. Ich habe den Eindruck, daß du ein netter Mensch bist.

Chaz> Danke.

Sherm> Ich lese deine Messages immer gern. Ich habe das Gefühl, daß ich dich schon ganz gut kenne. Manche würden behaupten, daß das nicht möglich ist, jemanden nur aus seinen Wörtern zu kennen. Aber wir zeigen uns in den Wörtern, die wir gebrauchen – auch in dem, was wir ungesagt lassen. Bist du nicht auch der Meinung?

Chaz> Ja, bin ich.

Sherm> Wie schön, daß du meiner Ansicht bist. Ich würde dich gern näher kennenlernen.

Chaz> Warum?

Sherm> Wir machen in diesem Leben viele Bekanntschaften, aber wir schließen nur sehr wenige intime und bedeutungsvolle Freundschaften. Wenn sich die Gelegenheit ergibt, sollten wir sie nicht verstreichen lassen. Siehst du das auch so?

Charles Obend, der allein in seinem Büro in Kansas City saß, sah das in der Tat auch so. Ganz besonders in diesem Moment. Er war noch nicht völlig überzeugt davon, daß Sherm eine Frau war. Aber er glaubte, daß er mit der Zeit die Wahrheit entdecken würde – daß kein Mann diese Charade ewig durchziehen könnte.

Er wünschte von Herzen, Susie Q möge echt sein. Und er kannte sich gut genug, um zu wissen, daß ihn diese Geschichte noch lange verfolgen würde, wenn er jetzt kniff. Er würde sich immer fragen, was gewesen wäre, wenn . . .

Er antwortete:

Chaz> Ja, das sehe ich auch so.

Sherm> Das freut mich. Willst du mir nicht ein bißchen was von dir erzählen?

Charles Obend verspürte ein innerliches Zögern. Es war weniger Vorsicht als eingefleischte Zurückhaltung. Er war noch nie ein guter Selbstdarsteller gewesen. Er wußte, daß er dazu neigte, andere auf Abstand zu halten.

Er wußte aber auch, daß es galt, diese Angewohnheit zu überwinden. Sonst würde er vielleicht noch tausend einsame Freitagabende an einer Computertastatur sitzen und am Bildschirm die Worte fremder Menschen lesen.

Auf dem Monitor erschien:

Sherm> Sieh es doch einfach mal so: Unter den gegebenen Umständen hast du sehr wenig zu verlieren und viel zu gewinnen.

Stimmt, dachte Charles Obend. *Stimmt genau.*

Und er begann zu tippen.

9

Als Kate Lavin an diesem Abend aus der Tesla Street wegging, fuhr sie nicht direkt nach Hause. Bei der Fahrt über die Brücke nach Marin County drängte sich immer wieder Ellis Hoile in ihre Gedanken.

Seine ersten Worte an sie, in einem Korridor der Redwood-High-School in Mill Valley, waren gewesen: »Hast du Lust, Marrakesch anzurufen?«

Sie waren beide im zweiten Jahr gewesen. Ihre Eltern waren erst vor kurzem nach Marin County gezogen. Er war ein frecher, angeberischer Lümmel gewesen: *Ärger*, überhaupt nicht der kleine Mathestreber, den man vielleicht erwartet hätte. Gleich zu Beginn des ersten Jahrs hatte er bei der Sitzung mit dem Studienberater zwei Kracher losgelassen; den ersten, als er seinen IQ-Test bereits nach zwanzig Minuten abgab, und behauptete, er sei fertig; den zweiten, als er bei diesem Test eine Punktzahl von 180 erreichte.

Obwohl, wie er später sagte, die Zahlen sehr bedeutungslos sind, wenn man in diesen Bereich hinaufkommt. Die Luft wird so dünn . . .

In diesem Jahr waren sie und Ellis zusammen in Lyrik und Physik. Ellis war, wenn er überhaupt erschien, gleichzeitig gelangweilt und genial. Sie selbst machte gerade eine Sylvia-Plath-Phase durch und sah Ellis als den neuen Baudelaire, vielleicht sogar den neuen Lou Reed.

Das war die Lyrik.

In Physik langweilte er sich nur. Ziemlich zu Anfang des Kurses nahmen sie den atmosphärischen Druck durch. Der Lehrer erklärte, wie ein Barometer funktionierte. Dann rief er Ellis auf; er sollte der Klasse erklären, wie man mit Hilfe eines Barometers die Höhe eines Wolkenkratzers bestimmen konnte.

Die erwartete Antwort lautete: Man liest den Barometerstand einmal unten im Erdgeschoß ab, fährt dann zum Dach hinauf und liest ihn ein zweites Mal ab; mit Hilfe des Unterschieds zwischen den beiden Messungen läßt sich die Höhe des Gebäudes berechnen. Diese Antwort gaben die Musterschüler in Physik seit fünfzig Jahren.

Ellis jedoch sagte: »Ich würde das Barometer vom Dach fallen lassen und messen, wie lange es braucht, bis es den Boden unten berührt. Diese Zahl setzt man in die Formel für die Beschleunigung eines fallenden Körpers ein, und dann bekommt man raus, wie hoch das Gebäude ist.«

Der Physiklehrer zwang sich zu einem dünnen Lächeln. »Das ist sehr klug, Ellis«, sagte er, »aber ich glaube, es gibt noch eine andere Methode.«

»Ja, klar«, antwortete Ellis. »Man geht zum Hausmeister und sagt: ›He, ich schenk Ihnen das schöne Barometer hier, wenn Sie mir sagen, wie hoch der Wolkenkratzer ist.‹«

In diesem Moment hatte sie sich in ihn verliebt.

Aber er sah sie nicht einmal an. Sie glaubte, sie gefalle ihm nicht. Sie kam überhaupt nicht auf den Gedanken, daß der Junge, der Mr. Willis' Physikstunde zum Kabarett machen konnte, keine Ahnung haben könnte, wie man sich an ein Mädchen ranmachte.

An diesem Tag ging sie nach dem Unterricht zu ihm und sagte: »Ich finde dich toll. Du bist so ein wunderbarer Mensch, wieso magst du mich nicht?«

Und er sagte: »Hast du Lust, Marrakesch anzurufen?«

Er griff in eine der großen Taschen der Kampfanzugshose,

die er anhatte, und zog einen kleinen blauen Kasten mit Knöpfen heraus, der beinahe wie ein selbstgebasteltes Telefon aussah. Später lernte sie, daß das Ding tatsächlich Blue Box genannt wurde. Die kleine Blue Box war ein Tongenerator, ähnlich einem Frequenzwahltelefon, nur konnte sie viel mehr als ein Telefon. Mit ihr konnte man kostenlos in der ganzen Welt herumtelefonieren. Mit ihr konnte man in das geheime Innenleben des Systems eindringen, und wenn man da erst einmal drin war, konnte man machen, was man wollte.

Sie riefen an diesem Tag tatsächlich Marrakesch an, von einem Münztelefon in der Kantine aus. Ellis kannte die Nummer einer Pension, in der die alten, abgedrehten Hippies wohnten. Er kannte die Nummern eines Bordells in Paris, eines italienischen Restaurants in Hongkong, einer Telefonzelle am Roten Platz.

Ellis war ein Phreaker; ein Forscher, jemand, der gern in Ecken linste, die andere lieber verborgen gehalten hätten. Man hörte etwa einen Computerhacker sagen, »Ich hab gestern abend die Mutual of Omaha gephreakt«, und das hieß dann, daß er sich mit Hilfe seines Computers Zutritt zu den Datenbanken des Unternehmens verschafft hatte. Nichts Bösartiges, man schaut nur, daß man reinkommt und stochert ein bißchen rum, um zu sehen, was die *big boys* so treiben.

Phreaker gingen ganz allgemein gern bis an die äußersten Grenzen, einfach um zu sehen, was möglich war. Und so einer war Ellis. Er hatte zwar mit der Zeit das Interesse daran verloren, im Telefonnetz herumzugeistern, aber er hatte nie aufgehört, dem System auf den Zahn zu fühlen. Jedem System. Um zu sehen, wie es funktionierte und wie er es unterlaufen konnte. Auf ewig ein Phreaker . . .

Der jetzt ein neues Projekt hatte. »Menschen«, hatte er gesagt, »das absolute Phreakprojekt.«

Sie wußte, sie würde nicht schlafen können, solange Ellis ihr im Kopf herumging, darum fuhr sie ins Studio. Es war ruhiger jetzt als bei Tag, aber es war lebendig, pochend im sachten Pulsschlag seiner eigenen Energie; eine Existenz, die unberührt blieb von Kates innerem Tumult.

Dem Studio und der Arbeit war es gleichgültig, ob es ihr gelang, Ellis Hoile wegzupacken.

Sie verbrachte ungefähr eine halbe Stunde an ihrem Schreibtisch, um die Rückstände aufzuarbeiten. Dann ging sie in einen Schneideraum und sah sich allein die Rohschnitte zweier Projekte an, an denen sie gerade arbeiteten. Das beanspruchte fast eine weitere Stunde.

Und sie war immer noch nicht reif für das Hausboot.

Sie kehrte in ihr Büro zurück und setzte sich an den Computer auf ihrem Schreibtisch. Sie fuhr das Kommunikationsprogramm hoch. Wenige Sekunden später hatte sie Verbas Begrüßungsfloskel auf dem Bildschirm.

Sie tippte ihr ID und ihr Paßwort ein.

Das *handle* hatte sie aus ihrer Teenagerzeit übernommen; es stammte von einem ihrer Lieblingssänger. Sie hatte es wegen seiner sexuellen Ambiguität gewählt: Sie wollte nicht sofort als Frau erkannt werden, wollte sich aber auch nicht als Mann ausgeben.

Der Sänger war David Bowie, der bei seinen Auftritten als Ziggy Stardust selbst nicht exakt einzuordnen gewesen war.

Das Verba-Programm begrüßte sie:

Willkommen, Ziggy.

10

Die Glückwunschkarte redete, als Stephen Leviste die vordere Klappe öffnete.

»Alles Gute zum Geburtstag, Stephen, wir haben dich lieb und wünschen dir noch viele, viele schöne Geburtstage«, sagten seine Eltern und seine Geschwister, vier Stimmen, die in schönem Einklang ihren Spruch begannen, der in großem Durcheinander endete.

Er klappte die Karte zu und öffnete sie wieder.

Von neuem erklang die Grußbotschaft.

Es dauerte zehn Sekunden – er stoppte die Zeit mit seinem Geburtstagsgeschenk, einer Digitalarmbanduhr.

Die Karte maß 12,5 cm mal 20 cm. Aber sie war ein wenig schwerer als normale Glückwunschkarten und ungefähr 6 mm dick.

Er fand einen Schlitz, durch den er die Eingeweide der Karte herausziehen konnte: einen Minilautsprecher und ein winziges flaches Mikrophon, beides angeschlossen an eine Leiterplatte, etwa zwei mal zwei Zentimeter, die von einer Knopfzelle gespeist wurde.

Der Preis der Karte betrug, wie auf ihrer Rückseite stand, 7 Dollar 95. Die Steuern mitgerechnet, waren das acht Dollar und ein paar Zerquetschte für ein komplettes digitales Aufnahme-/Wiedergabegerät mit einem Permanentspeicher, der ausreichte, um zehn Sekunden Audiomaterial aufzunehmen.

Er war beeindruckt.

Aber eine Speicherkapazität von zehn Sekunden war nicht genug für das, was ihm vorschwebte.

Während er über sein Dilemma nachdachte, vertilgte er Cremebonbons aus einer Schachtel. Eigentlich müßten zehn Sekunden gerade hinkommen, dachte er, wenn es ihm gelang, die *richtigen* zehn Sekunden aufzunehmen.

Das brachte ihn auf eine Idee.

Er suchte einen alten Kassettenrecorder heraus, den er bei einem privaten Flohmarkt für anderthalb Dollar gekauft hatte, öffnete das Gehäuse und entfernte mit einer Knipszange und einem kleinen Schraubenzieher den Geräuschsensor.

Der Recorder der Glückwunschkarte saß auf einem weißen Kunststoffrahmen. Er lötete den Lautsprecherdraht ab und verband ihn mit dem Mikrophon. Dann ersetzte er den Kontaktschalter durch den Geräuschsensor aus dem alten Kassettenrecorder.

Nun würde sich der Recorder nur beim Klang einer Stimme oder eines lauten Geräuschs einschalten. Ein Wählton würde reichen.

Nachdem er den überschüssigen Kunststoff weggeschnitten hatte, ließ sich der winzige Recorder mit Platine, Mikrophon und Batterie problemlos in die Bonbonschachtel schieben.

Die mittlerweile leer war.

Er legte die Schachtel an sein Telefon, so daß das Mikrophon flach an der Seite des Apparats anlag. Er hob ab, tippte in schneller Folge die Knöpfe 1-2-3-4-5-6 und legte wieder auf.

In diesem Moment öffnete sich die Tür zu seinem Zimmer. Seine Mutter kam herein.

Sie reichte ihm einen Briefumschlag – nein, er sah, daß es eine Diskettenversandpackung aus Karton war.

»Das ist eben für dich gekommen«, sagte sie.

Sie warf einen Blick auf die Glückwunschkarte, die er bei sich liegen hatte. Sie lächelte. Sie schien nicht zu merken, daß die Karte ausgeweidet worden war.

»Ist die nicht köstlich?« fragte sie. »Ich habe sie im Schreibwarengeschäft entdeckt und fand sie einfach köstlich.«

Impulsiv neigte sie sich zu ihm hinunter und gab ihm einen Kuß auf den Scheitel, zauste ihm das Haar.

So was machten sie immer noch mit ihm. Er war vor zwei Tagen zwölf geworden, aber er sah jünger aus. Seine Hüften und Schultern, seine Stimme, sein Gesicht hätten einem zehnjährigen Jungen gehören können.

Einem zehnjährigen Mädchen, was das anging.

Es machte ihn wütend.

Es machte ihn wütend, daß er wie ein Zehnjähriger aussah. Es machte ihn wütend, wenn Erwachsene ihn tätschelten und ihm durchs Haar fuhren, wie sie das bei kleinen Kindern zu tun pflegten.

Sie lächelte und schloß die Tür hinter sich.

Stephen riß das Päckchen auf. Es enthielt zwei 3,5-Zoll-Disketten mit der Aufschrift TRY ME DISK # 1 und DISK # 2 sowie einen Zettel, auf dem HEISSE WARE!!! stand.

Kein Absender. Er vermutete, einer seiner Freunde habe ihm das Päckchen geschickt. Aber kein wirklich guter Freund. Ein wirklich guter Freund hätte gewußt, daß Stephen aus kopierter Software-Ware herausgewachsen war.

Jeder, der ihn *wirklich* kannte, wußte, daß Stephen Leviste unter die Hacker gegangen war und daß er als Hacker nicht Software brauchte, sondern Codes.

Er legte die Disketten weg, schob den Minirecorder aus der Bonbonschachtel und schloß ihn zur Wiedergabe an die Audiokarte hinten an seinem Computer an.

Er schaltete den Minirecorder auf »Play«.

Augenblicklich zeigte der Bildschirm vor Stephen eine Wellenlängengraphik der Zehn-Sekunden-Wiedergabe aus dem Recorder, die jetzt als Audiodatei auf seiner Festplatte gespeichert war. Die Spitzen der Graphik bewiesen, daß das kleine Mikrophon, genau wie er vermutet hatte, Töne durch die dünne Pappe der Schachtel aufnahm – ja, die Schachtel schien sogar wie eine Art Resonanzboden zu wirken.

Er spielte die Datei noch einmal ab. Diesmal zeigte ein kleines Fenster in einer der unteren Ecken des Monitors die Ziffern 1 2 3 4 5 6 in der Folge der Töne.

Das Programm hatte die Töne analysiert und danach jede Taste, die er gedrückt hatte, identifiziert.

Jetzt ein weiteres Experiment. Ohne den Hörer abzunehmen, begann er von neuem die Tasten seines Telefons zu drücken, mit etwa normaler Geschwindigkeit. Nach zehn Sekunden hatte er, wie er feststellte, vierundzwanzigmal gedrückt.

Er exerzierte das Ganze noch einmal durch, aber etwas schneller diesmal: sechsundzwanzig Tasten in zehn Sekunden.

Ein drittes Mal, aber jetzt langsamer: zweiundzwanzig Tasten.

Wenn jemand von einem Münztelefon aus ein Ferngespräch führen wollte, würde er zuerst die Ziffer 1 wählen, dann die Vorwahl und die Nummer. Elf Tasten. Dann würde der Anrufer die Kreditkartennummer einer Telefongesellschaft eingeben, im allgemeinen vierzehn Stellen.

Insgesamt also fünfundzwanzig Tasten. Zehn Sekunden, wenn es schnell ging. Und den Leuten ging es ja meistens nicht schnell genug.

Andernfalls würden die zehn Sekunden nicht reichen, und der kleine Recorder würde die letzten Stellen verpassen.

Das wollte Stephen auf keinen Fall. Ihn interessierte nicht die Telefonnummer, die einer wählte – sie hatte keinen Nutzen für ihn. Ihn interessierten die Kreditkartennummern, manchmal auch Zugriffscodes genannt.

Codes.

11

Mehrere Tage Nebel und Nieselregen verbannten Jane Regalia ins Haus. Als endlich eines Morgens beim Erwachen die Sonne lachte, feierte sie das, indem sie sechs Stunden lang draußen im Freien blieb und den kleinen Gemüsegarten umgrub.

Es war harte Arbeit.

Obwohl sie Handschuhe anhatte, bildeten sich beinahe sofort Blasen an ihren Händen, die nach kurzer Zeit aufgingen. Aber die Erde war fett und fruchtbar, und sie sah sich schon, wie sie an nicht allzu fernen Sommermorgen Arme voll selbstgezogener Maiskolben, Tomaten und Kürbisse ins Haus trug.

Sie hielt bis zum späten Nachmittag durch. Dann ging sie ins Haus, setzte sich an ihren Computer und loggte in Verba ein.

Sie wurde begrüßt wie immer:

Willkommen.
Sie sind mit Verba Interchange verbunden.

Verba ist ein soziologisches und technologisches Experiment, das dem freien Austausch von Ideen und Informationen gewidmet ist. Sie können sich Verba als einen grenzenlosen öffentlichen Bereich denken. Innerhalb dieses Systems bewegen sich Menschen, deren Interessen und Wissen das gesamte Spektrum menschlicher Erfahrung umfassen. Wir laden Sie ein, diese Menschen kennenzulernen, geradeso wie wir diese einladen, Sie kennenzulernen.

Bitte geben Sie den Namen ein, unter dem Sie während dieser Sitzung bekannt sein wollen. Er sollte nicht mehr als zwölf Zeichen umfassen.

Sie tippte:

Portia.

Das System antwortete sofort:

Der Name, den Sie gewählt haben, ist von einem registrierten Anwender reserviert. Bitte geben Sie Ihr Paßwort ein oder drücken Sie ›Control‹-1, um ein neues Paßwort einzugeben.

Jane Regalia war seit nahezu zwölf Monaten bei Verba registriert. Sie tippte das Paßwort, und die Antwort erfolgte sogleich:

Willkommen, Jane Regalia

Letzter Logout: 17:44; 25. 4. 94

Bedenken Sie, Verba ist Ihr Dienst. Er ist das, was Sie aus ihm machen.

Sie tippte:

Besuch SF

Das Kommando leitete sie sofort zu einem von Verbas ständigen Foren weiter, und auf dem Bildschirm erschienen die Worte:

Ganz unter uns: Selbständige Frauen.

Acht weitere Anwenderinnen befanden sich im Forum, als sie dazukam. Die meisten von ihnen kannte sie. Sie war eine von etwa einem halben Dutzend, das sich beinahe täglich am späten Nachmittag einfand.

Zum erstenmal hatte sie sich vor ungefähr zwei Monaten in das Forum eingeklingt. Einige der anderen waren dort schon viel länger Stammgäste. Wenige unter ihnen hatten sich je von Angesicht zu Angesicht gesehen, dennoch glaubten sie, einander gut zu kennen.

Einige der anderen begrüßten sie.

Nancy-T>	Da ist sie ja – wurde langsam Zeit.
Carrie>	Sei umarmt von uns allen.
Michiko>	Wir haben schon auf dich gewartet.
Salome>	Ich hatte schon Angst, du würdest es heute nicht schaffen.
Portia>	Ich hatte zu tun. Tut mir leid, Sal.
Salome>	Auf dich zu warten lohnt sich immer, Schatz.

Jane Regalia lehnte sich in ihrem Sessel zurück und las die Gespräche mit. Sie waren heute nicht ganz auf ihrem normalen Niveau, fand sie.

Die meiste Zeit hielt sie den Blick auf den Bildschirm gerichtet. Nur ab und zu sah sie zu dem kleinen Fenster vor ihrem Schreibtisch hinaus. Der Monitor versperrte zum großen Teil die Sicht, aber wenn sie ihren Sessel verschob, konnte sie die schmale Zufahrt sehen, die vom Haus die Schlucht hinunter zum Küstenhighway führte.

Im Forum erzählte Michiko gerade, daß sie auf einer alten Telefonrechnung eine 900er-Nummer entdeckt hatte.

Michiko>	Es war eine von diesen Telefonsexnummern. Drei Wochen bevor unsere Ehe zu Bruch ging, haben wir jeden Monat mehrere hundert Dollar für Therapiesitzungen ausgegeben. Und während wir lernen sollten, die frühere Intimität wiederzufinden, treibt er es mit so einer Mietschlampe per Telefon. Es ist über ein Jahr her, wir sind getrennt, es sollte mir also eigentlich nichts mehr ausmachen. Aber es macht mir was aus. Es hat mir den ganzen Tag versaut. Ich bin immer noch stocksauer.

Jane Regalia schaltete sich ein.

Portia> Manchmal sind es die Kleinigkeiten, die einen fertigmachen. Ich habe in der Küche einen tropfenden Wasserhahn, der mich dauernd daran erinnert, wie blöd ich war.

Carrie> Ruf den Hauswirt an und laß es in Ordnung bringen.

Portia> Der ist in Boston, und wenn ich ihm mit jeder kleinen Panne käme, würde er mich wahrscheinlich an die Luft setzen. Aber darum geht es sowieso nicht. Bei uns hat immer mein Mann die kleinen Pannen behoben. Der Wasserhahn erinnert mich nur daran, was ich ihm alles überlassen habe, lauter Dinge, von denen ich jetzt keinen Schimmer habe.

Salome> Da kommt man sich so hilflos vor.

Portia> Ja.

Salome> Und es erinnert einen daran, wie weit der Weg zur Selbständigkeit noch ist.

Stimmt genau, dachte Jane Regalia. In mancher Hinsicht war Salome ihr die liebste unter den regelmäßigen Mitgliedern der Gruppe. Ein wenig zu schrill und bitter manchmal. Aber Salome verstand. Sal *wußte Bescheid.*

Jane Regalia antwortete:

Portia> Ja, ja, ja.

Salome> Also lernt man, alles selbst zu machen.

Portia> Es kommt einem so überwältigend vor. Dieser ganze Männerkram.

Salome> Nein, es ist überhaupt nichts dabei. Das ist eines der Geheimnisse der Männer. Sie tun so, als sei das eine Geheimwissenschaft, wie man einen Wasserhahn repariert oder einen Vergaser einstellt oder weiß der Himmel was. Die Männer bauschen das doch nur auf, damit

wir sie für unentbehrlich halten. In Wahrheit kann es jeder lernen.
Nancy-T> Männer sind nicht allwissend geboren.

Der Killer verfolgte diese Gespräche auf dem Bildschirm eines tragbaren PC, den er auf seinem Schoß hielt.

Nancy-T> Männer sind nicht allwissend geboren.
Carrie> Wenn sie es lernen können, können das andere auch.

Seine Finger bewegten sich zur Tastatur, und der Bildschirm gab die Wörter wieder, während er tippte.

Salome> Genau. So schwer kann es nicht sein.

Er machte eine kleine Pause, dann fuhr er fort:

Salome> He, ich seh gerade, wie spät es ist – ich muß weg.
Portia> So früh schon?
Salome> Die Pflicht ruft.

Das System gab sein Ausscheiden bekannt:

Salome hatte die Gruppe verlassen.

In der folgenden halben Stunde beobachtete Jane Regalia den Ablauf der Gespräche, während sie selbst meist im Hintergrund blieb.

Carrie beschwerte sich über den Anwalt, der sie bei ihrer Scheidung vertrat. Jemand namens Jaybee – Jane Regalia kannte das *handle* nicht – erzählte eine endlose Geschichte darüber, wie sie in einer Single-Bar angebaggert worden war.

Keines dieser Themen – Scheidungsanwälte, Single-Bars – war für Jane Regalia von Belang.

Jedenfalls noch nicht, sagte sie sich.

Die offenen Blasen an ihren Händen brannten. Sie stand aus ihrem Sessel auf, ging zum Küchenschrank, in dem sie Tylenol stehen hatte, und nahm zwei Tabletten mit einem Glas Wasser.

Als sie zum Computer zurückkehrte, erzählte Aurora gerade Witze.

Aurora> Warum täuschen so viele Frauen einen Orgasmus vor?

Gerade als Jane Regalia sich wieder setzen wollte, hörte sie draußen ein Geräusch, Motorengeräusch, es kam jemand vom Highway heraufgefahren.

Sie beugte sich vor, um aus dem Fenster schauen zu können, und sah einen Lieferwagen vorfahren. Er war braun, tabakfarben, ohne Aufschrift oder Kennzeichnung; einer von diesen Kleinbussen, in denen meistens ein Haufen Kinder oder Großeinkäufe herumkutschiert wurden. Der hier jedoch hatte im Passagierraum keine Fenster.

Sie ging zur Tür.

Carrie> Ich gebe auf.
Aurora> Weil so viele Männer das Vorspiel vortäuschen.
Michiko> Rippenstoß an Portia.
Nancy-T> Keine Reaktion von Portia, wie ich sehe.
Carrie> Unsere Portia hat für anzügliche Witze nichts übrig, stimmt's, Porsh?

Es trat eine Pause ein, während sie auf ihre Antwort warteten.

Jane Regalia war in ihrer Hütte und schrie.

Der Cursor blinkte, unbewegt, auf ihrem Monitor und auf den Bildschirmen der sieben anderen Geräte, die über Verba mit Jane Regalia verbunden waren.

Ein unbewegter Cursor ist im Computer Schweigen.

Jetzt begannen wieder Wörter zu erscheinen, beinahe zaghaft.

Michiko>	Portia?
Aurora>	He, das war doch nur ein harmloser kleiner Witz.
Carrie>	Portia? Bist du noch da?

Sie warteten ungefähr zehn Sekunden auf eine Antwort. Dann lasen sie auf ihren Bildschirmen:

Portia>	Hier bin ich wieder. Ich mußte nur schnell weg, weil UPS was vorbeigebracht hat.
Carrie>	Und wie hat Mr. UPS ausgesehen?
Portia>	Er hieß Janet.
Aurora>	Mit den schnellen Nummern ist es wie mit den Cops. Wenn man sie braucht, sind sie nie da.
Nancy-T>	Mal ganz ehrlich, Portia. Wirst du da oben im finsteren Wald nicht manchmal ein bißchen – na ja, sagen wir – rastlos?
Carrie>	Doch nicht unsere Portia.
Portia>	Ich will nicht unhöflich sein, aber ich muß Schluß machen. Ich will einen Installateur anrufen. Damit er sich endlich diesen elenden Tropf vornimmt. Den Wasserhahn, meine ich, nicht meinen Mann.
Michiko>	Dann bis morgen.
Portia>	Ich weiß noch nicht. Ich fahre vielleicht ein paar Tage nach Oakland. Ich hab da eine alte Freundin, die ich lange nicht gesehen habe.
Carrie>	Eine Freundin? Hört, hört.

Nancy-T> Na bitte. Manchmal packt dich anscheinend doch die Rastlosigkeit.

Aurora> Ist die Freundin wenigstens ein Freund?

Auf Jane Regalias Tastatur tippten die Finger eines Mannes:

Portia> Das ist mein Geheimnis.

12

Kate Lavin verbrachte den Nachmittag in der Stadt. Nach Hause fuhr sie über den Embarcadero, das Verdeck ihres Miata heruntergeklappt.

Ihr Weg führte sie am Fuß des Telegraph Hill vorbei. Sie ertappte sich dabei, daß sie hinaufspähte, zu dem Haus unterhalb des Coit Tower.

Die Vorhänge am Panoramafenster waren wieder zugezogen, das konnte sie erkennen. Sie sah Ellis in seiner düsteren Höhle vor sich. In den Tagen seit ihrem gemeinsamen Abendessen hatte sie einmal mit ihm telefoniert, geschäftlich, ungefähr eine halbe Minute. Gesehen hatte sie ihn nicht – es war, seitdem die Scheidung rechtskräftig geworden war, noch nie vorgekommen, daß sie einander so lange nicht gesehen hatten.

Und jetzt bog sie, ohne zu überlegen, vom Embarcadero nach links ab, den Hügel hinauf. Einfach ein Impuls. Sie wehrte ihn nicht ab. Ständig sah sie ihn hinter diesen geschlossenen Vorhängen. Sagte sich, sie würde nur ein paar Minuten bleiben, nur lange genug, um sich zu vergewissern, daß es ihm gutging.

Sie zwängte den Miata in eine Lücke, die fast genau gegenüber der Tesla Street 2600 war, stieg aus und ging los.

Kurz vor der Haustür blieb sie stehen.

Was tust du da? dachte sie.

Nach ihm sehen, sagte sie sich, das soll wohl ein Witz sein? Du weißt, daß es ihm gutgeht. Auf seine Art. Ellis kann für sich selbst sorgen. Das war schon immer so.

Sie rührte sich nicht von der Stelle. Sie starrte die Haustür an und dachte an ihn, ganz allein dort drinnen.

Und dann drehte sie sich um. Es kostete sie eine Willensanstrengung, aber sie tat es.

Schluß ist Schluß, sagte sie sich. Irgendwann muß der Strich gezogen werden. Dann tu's am besten gleich.

Sie stieg in ihren Wagen und fuhr davon, ohne sich noch einmal umzusehen.

13

Jane Regalia erwachte aus der Bewußtlosigkeit.

Nicht schlagartig. Es war ein allmählicher Prozeß, ein Gehen und Kommen, bis sie schließlich die Schwelle zum Bewußtsein überschritt und erwachte. Sie begann, Empfindungen und Eindrücke aufzunehmen.

Sie lag mit dem Gesicht nach unten.

Ihr Gesicht und ihre Rippen schmerzten von den Schlägen und Tritten, die er ihr gegeben hatte, als er sie in der Hütte überwältigt hatte.

Sie befand sich in völliger Finsternis.

Sie bewegte ihren Kopf, und der Boden unter ihr kratzte scharf an ihrer Wange. Sie streckte eine Hand aus, um ihn zu berühren.

Sie spürte, daß er aus rauhem perforiertem Stahl bestand, einem Wabengitter.

Sie tastete mit der Hand weiter und entdeckte, daß der Wabenrost wenige Zentimeter von der Stelle entfernt, an der sie lag, aufhörte. Jenseits davon – nichts. Leere, wo fester Boden hätte sein sollen.

Ihr fiel ein, wo sie vor gar nicht langer Zeit solch einen Wabenrost aus Stahl gesehen hatte.

Sie wurde sich eines Drucks auf ihrem Gesicht bewußt. Sie hob die Hand und spürte dickes Klebeband, mehrere Schichten Klebeband, über ihren Augen. Darum konnte sie nichts sehen. Das Klebeband war um ihren Kopf gewickelt – sie konnte es unmöglich entfernen.

Aus einer gewissen Entfernung sagte ein Mann: »Sie haben bestimmt schon bessere Tage gehabt.«

Sein Ton klang selbstsicher, beinahe spottend. Gleichzeitig nahm sie ein helles, rasches Echo seiner Stimme auf. Der Klang verriet ihr, daß sie sich in einem großen Raum befanden. Und daß der feste Boden tief unten war.

»Wo bin ich?« fragte sie. Es überraschte sie selbst ein wenig, daß sie fähig war zu sprechen.

»Das ist belanglos.«

»Was wollen Sie?« sagte sie.

»Dazu kommen wir noch«, antwortete er.

Nach seinem letzten Wort war nur tiefe Stille. Sie bemühte sich, ruhig zu bleiben.

Stille. Einige Sekunden lang, vielleicht auch länger, schwer zu sagen.

Er sagte: »Angst kann man riechen, wußten Sie das?«

Sie war beinahe froh, ihn zu hören. Der Klang seiner Stimme half ihr, ein Gefühl für Ort und Raum wiederzufinden, gab ihr eine Atempause in der Schwärze.

»Ich dachte immer, das wäre nur eine Floskel«, fuhr er fort. »Der Geruch der Angst. Aber es ist wahr. Man kann Angst tatsächlich riechen. Unter den richtigen Umständen. Ich habe das erst neulich entdeckt, da habe ich tatsächlich Angst gerochen.«

Eine kurze, grauenvolle Pause. Dann lachte er kurz.

»Nicht meine eigene«, sagte er, »falls Sie das dachten.«

Wieder eine Pause.

Und jetzt ein neues Geräusch.

Tap . . .

Tap . . . tap . . .

Schritte.

Sie konnte sie nicht nur hören – sie spürte sie in dem Stahl, auf dem sie lag.

Er kam auf sie zu. Sie hob ihre Schultern und setzte sich auf, in Richtung der Schritte.

Tap . . . tap . . . tap . . .

Sie klangen beinahe flott, nicht eilig, aber zielstrebig.

Sehr nahe jetzt, fast bei ihr. Er blieb stehen.

»Stehen Sie auf«, sagte er, nur wenige Schritte entfernt. »Los, stehen Sie auf, Ihnen fehlt nichts.«

Sie schüttelte ablehnend den Kopf. Plötzlich spürte sie eine kalte, harte Berührung an ihrer Wange und führte ihre Hand dorthin.

Ihre Finger berührten eine breite Klinge, die flach an ihrem Gesicht lag.

»Vorsichtig«, sagte er.

Sie strich mit den Fingern über die Klinge. Sie war riesig. Er hielt eine Machete an ihr Gesicht gedrückt.

Die Klinge wurde entfernt.

»Stehen Sie auf«, sagte er wieder, und diesmal gehorchte sie. Mit der rechten Hand stieß sie an ein niedriges Metallgeländer. Sie umfaßte es, um sich zu stützen.

»Sie wissen, wo Sie sind«, sagte er. »Sie waren schon hier.«

Sie sah es vor sich: einen Laufsteg aus Stahl mit einem niedrigen Handlauf auf einer Seite. Das kann nicht sein, dachte sie. Aber sie wußte, daß es wahr war.

Ihr Magen krampfte sich zusammen. Sie hatte das Gefühl, sich übergeben zu müssen.

Er sagte: »Es *gibt* einen Ausweg. Es muß einen geben, sonst wäre es uninteressant.«

Sie stand reglos, ihr ganzes Gewicht am Handlauf.

»Also, bewegen Sie sich«, befahl er.

Sie stand wie angewurzelt.

»Na los«, sagte er. »Herrgott noch mal, die meisten würden es wenigstens *versuchen.*«

Sie fühlte sich wie gelähmt. Selbst das Atmen kostete Anstrengung.

»Brauchen Sie einen Ansporn?« sagte er. »Wenn Sie die nächsten zwei Minuten am Leben bleiben, lass ich Sie frei. Hundertzwanzig Sekunden, Teufel, das schaffen Sie doch. Dann können Sie gehen. Sie können mir das glauben oder nicht, es ist wahr. Die Chance Ihres Lebens, könnte man sagen.

Oder Sie sterben auf der Stelle. Es liegt ganz bei Ihnen«, sagte er.

Er würde sie töten. Sie war sicher.

Sie entschied sich für das Leben, auch wenn es nur Sekunden waren.

Sie drehte sich herum, wechselte die Hände am Geländer – es war jetzt links von ihr – und tastete sich den Laufsteg entlang von ihm weg.

»Na also«, sagte er.

Sie ließ die Hand auf dem Handlauf liegen, schob sie bei jedem Schritt weiter, um sich von ihr führen zu lassen.

Sie begann schneller zu gehen, in dem Bemühen, den Abstand zu ihm zu vergrößern.

Er rief: »Dreißig Sekunden sind vorbei. Noch anderthalb Minuten.«

Er setzte sich in Bewegung, kam ihr nach. Sie konnte ihn hören.

Sie ging noch ein wenig rascher und versuchte, ihre Schritte den seinen anzupassen; den Abstand nicht kleiner werden zu lassen.

Er ging noch schneller.

Sie stolperte, fing sich, ging weiter. Schneller.

Sie begann zu laufen. Auch seine Schritte wurden eiliger. Er ging schnell und sicher. Seine Füße schlugen klirrend auf den Stahl des Laufstegs.

TapTapTapTap.

Schneller. Lauter.

Näher.

Und jetzt begann die Machete zu klirren, eine schnelle Folge klingender Schläge. Er zog sie am Geländer entlang, sie hörte das Rattern, sie spürte die Schläge im Stahl des Geländers, das unter ihrer Hand vibrierte.

Das Rattern war näher. Sie dachte an die Klinge, die nach ihr zielte, kalt, scharf und tödlich.

Er holte sie ein, war nur noch Schritte entfernt.

Er war da, keine Armlänge von ihr entfernt. Sie konnte sein Atmen hören . . .

Sie stürzte vorwärts. Rannte Hals über Kopf, in Todesangst, einzig darauf bedacht, ihm zu entkommen.

Und es schien zu klappen. Das Klirren hatte aufgehört. Er folgte ihr nicht mehr.

Sie rannte mit zitternden Beinen . . .

. . . sie rannte mit auf dem Laufsteg klappernden Schuhen . . .

. . . sie rannte, bis sie ihren linken Fuß aufsetzen wollte und nichts fand, keinen Stahl, nichts, nur Luft. Außer Kontrolle stürzte sie vornüber.

Und fiel.

Der Killer sah zu, wie sie am Ende des Laufstegs ins Leere rannte.

Bemerkenswert, dachte er. Wie sie rannte, so schnell sie konnte, und weiterrannte, bis zu dem Moment, als sie keinen Boden mehr unter den Füßen hatte.

Das konnte man nicht spielen. Selbst im Film bereitete der Stuntman sich auf diesen Moment vor, verhielt kaum merklich den Schritt, ehe er sich in den Abgrund warf.

Es war etwas, das den Menschen mitgegeben war, dachte er, eine innere Bremse, die einen daran hinderte, sich ganz der Schwerkraft zu überlassen, wenn man wußte, was man tat, wohin der Weg führte, was als nächstes kommen würde.

Aber wenn man es nicht wußte, wenn man blind rannte und einfach über den Rand flog . . .

Das war wirklich sehenswert.

O Mann! Wie sie da pfeilgerade in den Abgrund rannte. Wie sie über den Rand schoß, völlig ahnungslos. Dann schrie und um sich schlug und sich in der Luft drehte, ehe sie schließlich aus dem Blickfeld verschwand.

Nein, das konnte man nicht spielen. Das konnte man nirgends sonst zu sehen bekommen, unter keinen Umständen. Das war eine echte Rarität.

Eines konnte man von Mord sagen. Er war kein Spiel.

Er war real.

Sie fiel und fiel und fiel.

Sie stürzte abwärts, blind, an einen Ort, den sie nicht kannte, gewiß, daß Schmerz und vielleicht Schlimmeres sie erwarteten, wenn sie endlich wieder auf die Erde traf.

Es dauerte nur ein, zwei Sekunden, aber der Moment schien sich ins Unendliche zu dehnen.

Dann schlug sie auf. Dann traf sie der Schmerz, und mit ihm kam das Wissen, daß sie so oder so ihrem Ende nahe war.

Sie schlug auf einen Betonboden auf.

Der Schmerz explodierte über ihr. Wellen rotglühender und weißglühender Qual waberten vor ihren Augen, ehe sie sich verflüchtigten.

Sie wollte aufstehen, aber sie konnte nicht. Sie konnte nur liegen bleiben, unter Qualen, ehe der Schmerz sie überwältigte.

Flüchtig dachte sie an ihn, fragte sich, was er als nächstes tun würde.

Aber der Schmerz verdrängte jeden Gedanken.

Sie hätte nicht schätzen können, wie lange sie so lag. Schließlich hörte sie seine Schritte. In der Nähe, näher kommend. Irgendwie war er zu ihr hinuntergekommen. Wo auch immer sie sich befand.

Der Klang seiner Stimme hörte neben ihrem Kopf auf.

Er sagte: »Die letzte Stufe ist ganz schön gemein, was?«

Er schob seine Arme unter ihre Achseln und begann sie zu ziehen. Der Schmerz wallte wieder auf, und sie schrie mit einer Kraft, die beinahe ihre Ohren betäubte.

Jetzt waren sie an einer Treppe. Sie spürte die harten Kanten in ihrem Rücken, als er sie aufwärts schleifte. Der Schmerz brach über sie herein, zu stark, unerträglich, und sie wurde bewußtlos.

Das Klebeband war weg, als sie blinzelnd die Augen aufschlug.

Helligkeit. Zwei starke Lampen auf Ständern blendeten sie. Sie versuchte ihren Kopf zu heben, ihre Augen abzuschirmen. Aber es bedurfte einer allzu großen Anstrengung. Sie ließ ihren Arm zu Boden fallen.

Sie war in einem kahlen Raum, Boden, Wände, Decke aus Beton. Er war auch da, über einen Gegenstand auf einem Stativ gebeugt.

Beinahe hätte er ihr leid getan, als sie sah, was es war.

Eine Videokamera.

Erbärmlich, dachte sie. *Und krank, total krank* . . .

Ihre Kleider lagen auf einem Haufen auf dem Boden. Es sah aus, als wären sie ihr vom Leib gerissen worden. Sie merkte, daß sie nackt war. Sie vermerkte es distanziert. Nur ein weiteres Detail. Es konnte sie nicht mehr berühren.

Sie reagierte nicht einmal, als er sich von der Kamera entfernte, zu einer Ecke des Raums ging, dann umdrehte und zu ihr kam.

Er hatte wieder die Machete in der Hand.
Er trat auf sie zu.
Dann schwang er die Machete in die Höhe und riß sie abwärts. Sie sauste ihr entgegen, und das war das letzte, was sie wahrnahm.

DRITTER TEIL

Ziggy

6.–9. Mai

14

Regen trommelte auf die Windschutzscheibe von Lee Wades Crown Victoria, als er den Telegraph Hill hinauffuhr. Nach einem trockenen, milden Winter – kaum Schnee in den Sierras, Vorhersagen von Wasserrationierungen im Sommer – war der Frühling feucht und regnerisch geworden.

Wade fuhr langsam, auf der Suche nach einem Parkplatz. Nichts. Er landete schließlich am Ende der Sackgasse, die kaum breit genug zum Wenden war. Der Bordstein war rot gestrichen, uneingeschränktes Halteverbot. Er fuhr den Crown Victoria halb auf den Bürgersteig hinauf.

Dann stieg er aus, sperrte den Wagen ab und ging los. Er hatte keinen Hut auf, keinen Regenschirm bei sich. Richtige Cops trugen nun mal keine Regenschirme.

Nach fast zweiwöchiger Verzögerung und einer gerichtlichen Verfügung hatte Pacific Bell, die Telefongesellschaft, endlich die Unterlagen zu Donald Trasks privatem Telefonanschluß herausgerückt. Sie hatten der Polizei eine saubere Computerliste sämtlicher Anrufe, die in den letzten drei Monaten von dieser Nummer aus geführt worden waren, gefaxt.

Wade und sein Partner wollten die Inhaber jedes einzelnen auf der Liste aufgeführten Ortsanschlusses aufsuchen, in der Hoffnung, so Kenntnisse über Donald Trasks Leben zu gewinnen, und vielleicht auch über sein Sterben.

Die meisten Leute wußten nicht, daß die Telefongesellschaften über Ortsgespräche Buch führten. Lange Zeit hatte auch die Polizei – sogar das FBI – es nicht gewußt. Die Telefongesellschaften waren immer für solche kleinen Überraschungen gut.

Lee Wade machte auf dem Bürgersteig halt, um das Haus in Augenschein zu nehmen, dann ging er den kurzen Weg bis zur Haustür Tesla Street 2600 und klingelte.

Nichts rührte sich. Wade konnte drinnen weder eine Glocke noch einen Summer, noch sonst ein Geräusch hören. Der Regen strömte ihm über das Gesicht. Sein Haar troff.

Er drückte noch dreimal auf den Klingelknopf, drei, vier Sekunden diesmal, und das war schließlich von Erfolg gekrönt. Die Haustür wurde geöffnet.

Der Mann, der an der offenen Tür stand, war ein Weißer, Mitte Dreißig, mittelgroß, mittelschlank. Er sah etwas verdrossen drein und wirkte leicht weggetreten.

Lee Wade hielt mit der Linken seine Dienstmarke und seinen Ausweis im aufgeklappten schwarzen Lederetui hoch, als er sagte: »Lee Wade, San Francisco Police Department, Mordkommission.«

Er beobachtete den anderen scharf. Es war immer interessant zu sehen, wie das Wort »Mordkommission« wirkte, besonders wenn es unerwartet kam.

Aber dieser Bursche, der ihm geöffnet hatte – braune Augen, schwarzes Haar mit ein paar grauen Sprenkeln, Zwei- oder Dreitagebart, in einem Aufzug, als wollte er der Welt unbedingt zeigen, wie wenig Wert er auf sein Äußeres legte –, dieser Penner verhielt sich, als hätte er nichts gehört.

Er verzog keine Miene.

»Ich suche Ellis Hoile«, sagte Wade und steckte seine Dienstmarke wieder ein.

»Das bin ich«, erwiderte der Penner nach ein paar Takten Pause.

»Können wir uns einen Moment unterhalten?«

Wieder ein paar Takte Schweigen. Der Regen lief Lee Wade in Bächen über das Gesicht.

»Warum?« fragte der Penner.

»Wir führen Ermittlungen durch«, antwortete Wade mit

dem Plural *wir* auf die Autorität der Polizei und die ganze gewaltige Maschinerie, die sie verkörperte, anspielend.

Für den Fall, daß der Kerl es beim erstenmal überhört hatte, fügte er hinzu: »In einem Mordfall.«

Der Penner, der behauptet hatte, er sei Ellis Hoile, benahm sich, als kämen die Worte aus weiter Entfernung. Als stünde zwar sein Körper hier an der Tür, aber sein Geist befände sich an einem anderen, weit interessanteren Ort.

Wade fragte sich, ob er vielleicht gerade beim Vögeln gestört hatte.

Oder beim Kiffen.

»Was wollen Sie?« fragte Ellis Hoile.

»Könnten wir vielleicht drinnen reden?«

»Warum?« fragte Ellis Hoile. Wieder.

Bei Wade brannte eine Sicherung durch. Er war im allgemeinen sehr ruhig, höflich, er kannte die Vorschriften, wußte, wie mit den Leuten umzugehen war. Er konnte sogar freundlich sein. Aber Ellis Hoile mit diesem teilnahmslos leeren Gesicht brachte ihn in Rage.

»Weil's hier draußen regnet wie Sau«, antwortete Lee Wade. Seine Stimme war immer noch ruhig, hatte aber einen scharfen Unterton, den man nicht überhören konnte. »Weil ich mir wie ein dummes Arschloch vorkomme hier draußen, wo das Wasser an mir runterläuft wie an einer beschissenen Dachrinne.«

Ellis Hoile sah zum Himmel hinauf, als nähme er jetzt erst wahr, daß es regnete.

»Klar«, sagte er und trat zur Seite, um Lee Wade ins Haus zu lassen.

Wade trat ein und bedauerte es beinahe. Als nämlich Ellis Hoile die Tür schloß, war es stockfinster.

Dunkelheit machte Lee Wade nervös. Mit Fremden in fremde dunkle Räume eingesperrt zu sein, das mochte er gar nicht. Er wollte immer sehen, wo er war und was um ihn herum passierte.

»Einen Lichtschalter gibt's hier nicht zufällig?« fragte er.

Ellis Hoile machte den Eindruck, als müßte er über diese Frage einen Moment nachdenken. Dann ging er ein paar Schritte weg, fand den Schalter, und die Deckenbeleuchtung ging an.

»Danke«, sagte Wade. »Kennen Sie einen Mann namens Donald Trask?«

»Nein«, antwortete Ellis Hoile, diesmal fast ohne Pause.

»Überlegen Sie.«

»Das brauche ich nicht. Ich weiß, wen ich kenne.«

»Er hat im März viermal eine Nummer angerufen, die zu dieser Adresse gehört.«

»Ich kenne Donald Trask nicht.«

»Vielleicht hat er jemand anderen hier angerufen. Wohnt hier außer Ihnen noch jemand?«

»Nein«, sagte Ellis Hoile. »Ich lebe allein.« Dann fragte er: »Was für eine Nummer hat er denn angerufen?«

Lee Wade nahm den Ausdruck der Telefongesellschaft heraus, schrieb die Nummer auf eine Seite seines Notizhefts und sagte: »Sie ist auf den Namen Ellis Hoile unter dieser Adresse eingetragen.« Er riß die Seite aus dem Heft und reichte sie Hoile.

Der warf einen Blick darauf und sagte: »Das ist eine von meinen Datenleitungen. Moment mal.«

Abrupt drehte er sich um, ging davon und stieg die Treppe hinunter, die von dem breiten Flur abwärts führte. Wade folgte ihm bis zum Treppenabsatz und beobachtete ihn, als er, unten angekommen, schnurstracks zu einem der Computer ging, die unten auf den Schreibtischen standen.

Der Raum dort unten war, wie Wade sah, einzig vom matten Lichtschein dreier Computer beleuchtet. Überhaupt sah es da aus wie in einem Lagerhaus für Elektronikgeräte. Du meine Güte, dachte Wade, während er oben stand und wartete, kann ein Mensch wirklich so leben?

Ellis Hoiles Finger sprangen über die Tastatur, nur die

beiden Zeigefinger, schnell wie der Wind. Wade hatte nie jemanden in solchem Tempo tippen sehen.

Ohne den Blick vom Bildschirm zu wenden, sagte Ellis Hoile: »Von welcher Nummer aus hat er angerufen?«

»Das kann ich Ihnen nicht sagen, das ist vertraulich«, antwortete Wade, obwohl das eigentlich nicht stimmte. Er wollte nur nicht gern zuviel preisgeben.

»Ach ja, Polizeisache, streng geheim, klar«, sagte Ellis Hoile und sein Ton klang sarkastisch. Wade mochte diesen Menschen wirklich nicht.

Hoile kramte ein, zwei Sekunden in dem Durcheinander auf einem der Schreibtische herum und fand das, was er suchte, viel schneller, als Wade erwartet hätte. Es war eine kleine silbrige Scheibe, eine CD.

Er schob die Platte in einen der Computer.

Weitere Anschläge auf der Tastatur. Dann sagte er, ohne vom Bildschirm aufzublicken: »Das ist dann wohl Donald Trask aus der Chestnut Street.«

Er las die richtige Telefonnummer ab.

Lee Wade brauchte einige Sekunden, um das zu verarbeiten.

»Woher wissen Sie das?« fragte er.

Die CD sprang aus dem Computer, und Ellis Hoile hielt sie hoch.

»Die Nummern sämtlicher Privathaushalte im Westen der Vereinigten Staaten auf CD-ROM. *Sie* sind von hier, und er ist wahrscheinlich auch von hier. Und er ist der einzige Donald Trask im Bereich der hiesigen Vorwahl.«

»Hut ab«, sagte Wade.

Ellis Hoile schien die Bemerkung nicht zu hören. Er war schon an einem anderen Gerät, und wieder flogen seine Finger über die Tasten.

»Mal sehen, ob ich die Nummer hier finde«, sagte er und fügte gleich darauf hinzu: »Ach, Sie meinen DeeTeeDude.«

»Wie?«

»Das ist sein *handle*, sein Pseudonym, DeeTeeDude, alles in einem Wort«, erklärte Ellis Hoile und buchstabierte den Namen. »So hat er sich bei Verba genannt. Manchmal auch DoomDude, er hat zwei Pseudonyme benutzt. Er dachte, daß wüßte ich nicht, aber ich hab's rausgekriegt.«

»Ich verstehe leider nur noch Bahnhof«, sagte Wade.

Ellis Hoile erklärte ihm daraufhin, was es mit Verba Interchange auf sich hatte und wie es funktionierte, und als er sah, daß Wade tatsächlich keinen Schimmer hatte, setzte er es ihm ganz langsam auseinander. Er schaffte es in fünf oder sechs präzisen Sätzen, jedes Wort wohlbedacht.

Das trottelige Verhalten dieses Burschen konnte einen wirklich täuschen, dachte Wade. Aber er war kein Trottel. Weit davon entfernt. Er war schwer auf Draht, wenn er einmal bei der Sache war.

»Wie oft haben Sie mit ihm gesprochen?« fragte Wade.

»Überhaupt nicht.«

»Aber in meinen Unterlagen sind drei Anrufe bei Ihrer Nummer verzeichnet, und jedes Gespräch hat länger als eine Stunde gedauert.«

»Das glaube ich Ihnen gern. Und wenn Sie meine Anrufe überprüfen würden, würden Sie auf der Liste auch drei- oder viermal seine Nummer finden.«

»Sie haben sechs- oder siebenmal mit ihm gesprochen«, sagte Wade.

»Sein Computer hat meinen Computer angerufen. Mein Computer hat seinen angerufen. Ich habe nie mit ihm gesprochen. Er wollte *Doom* spielen. Er war ganz verrückt auf *Doom*. Es gibt bei Verba ein Forum, wo man Partner für verschiedene Spiele auftreiben kann. Er hat immer jemanden gesucht, der mit ihm *Doom* spielen wollte.«

»Was ist das für ein Spiel?« fragte Wade.

»Wenn man es allein spielt, dann kämpft ein Weltraumsoldat gegen Außerirdische und Zombies. Wenn man es mit Modem spielt, kämpft Weltraumsoldat gegen Weltraumsoldat. Die Außerirdischen und Zombies sind dann nur noch Dekoration. So hat DeeTeeDude es am liebsten gespielt, als Todesspiel.«

Beinahe hätte Lee Wade die letzte Bemerkung überhört. Aber er fing sie auf und bat Ellis Hoile, das zu wiederholen. Er wollte sicher sein, daß er richtig gehört hatte.

Ja doch. Todesspiel. Er habe schon richtig gehört.

»Und Sie sind ihm nie begegnet?« fragte Wade.

»Nicht persönlich.«

»Sie haben nie mit ihm gesprochen?«

»Nein.« Ellis Hoile antwortete in einem Ton, als koste es ihn Anstrengung, die Geduld zu wahren; wie jemand, der genug davon hat, ständig das gleiche zu sagen.

»Sie haben nicht mal seinen Namen gewußt.«

»Ich hab ihn als DeeTeeDude eingeloggt. Was für ihn gut genug war, hat auch für mich gereicht.«

Er sah Lee Wade ruhig an. Vielleicht war es der Blick eines Menschen, der nichts zu verbergen hatte.

Oder vielleicht eines Menschen, der glaubte, er habe sich nach allen Seiten abgesichert.

Wade griff in seine Tasche und zog eine Visitenkarte heraus, mit seinem Namen und seiner dienstlichen Telefonnummer und mit dem Amtssiegel der Stadt San Francisco.

Er hielt sie Ellis Hoile hin.

»Wenn Ihnen noch etwas einfallen sollte, rufen Sie mich an.«

»Gern.« Ellis Hoile nahm die Karte.

»Sie haben gar nicht gefragt, was ihm zugestoßen ist«, sagte Wade. »Sonst fragt immer jeder. Die meisten Leute können gar nicht aufhören, Fragen zu stellen, wenn ich bei ihnen aufkreuze.«

»Er ist tot, ermordet, und Sie versuchen rauszukriegen, wer's getan hat. Deswegen sind Sie hier.«

Wade nickte.

»Ende der Geschichte«, sagte Ellis Hoile.

»So kann man's auch sehen.«

Wade wandte sich zur Treppe. Ellis Hoile blieb unten bei seinen Maschinen. Als Wade das Ende der Treppe erreicht hatte, saß Ellis Hoile schon wieder an einem seiner Computer und starrte auf den Bildschirm. Als wäre Wade bereits aus dem Haus, aus seinem Leben verschwunden.

Aber Lee Wade war noch nicht ganz fertig mit ihm.

Vom Treppenabsatz aus sagte er: »Ich hab vergessen zu fragen – wenn Sie beide gespielt haben, Sie und Donald Trask, wer hat dann im allgemeinen gewonnen?«

Ellis Hoile drehte sich in seinem Sessel herum und blickte nach oben.

»Ich hab ihn in die Pfanne gehauen.« Er grinste wie ein Zwölfjähriger. »Jedesmal.«

»Jedesmal?« fragte Wade. »Sie haben nicht ein einziges Mal gegen ihn verloren?«

»Ich verliere selten.«

»Sie können das Spiel, was?«

»Ich kann sie alle«, sagte Ellis Hoile.

15

Um zehn Uhr an diesem Morgen flog Kate Lavin nach Burbank zu einer Nachmittagsbesprechung mit einem ihrer Kunden, einer Kabelfernsehgesellschaft mit Sitz am Wilshire Boulevard.

Als sie am Abend zurückflog, hatte sie einen Auftrag: einen einstündigen Dokumentarfilm über den aussterbenden mittelamerikanischen Jaguar, der vor allem in Belize gedreht werden sollte. Kate bekam den Auftrag nach der Zusicherung, daß ihre Crew eine der Katzen bei der nächtlichen Jagd aufspüren und fotografieren würde.

Und daß die geschnittene Fassung innerhalb von drei Monaten fertig sein würde.

Aber sicher, dachte sie, *kein Problem, machen wir dauernd.*

Genau.

Sie mochte solche Arbeit hart am Rand des Machbaren, bei der sie sich bis zum Letzten fordern, bis an die Grenzen gehen mußte. So schaffte man etwas; wenn man ab und zu die eigene Bequemlichkeit hintansetzte.

Um Viertel nach sechs trat sie ihren Rückflug an. Sie fühlte sich stark und vital, in Hochstimmung wie immer, wenn sie einen guten Tag gehabt hatte. Aber in den siebzig Minuten Flugzeit bis San Francisco geschah etwas.

Sie merkte, wie sie in sich zusammenfiel.

Sie sagte sich, das sei nur eine chemische Reaktion, der Abfall, der unweigerlich folgte, wenn die Adrenalinausschüttung den ganzen Tag auf Hochtouren gelaufen war.

Eine ziemlich gute Erklärung, dachte sie. Nur erlebte sie diese plötzlichen Stimmungsabfälle nun schon seit mehr als einer Woche. Und sie kamen nicht nur am Ende des Tages. Sie konnten sie frühmorgens erwischen, ihr mitten in der Nacht schlaflose Stunden bereiten, mitten am Tag unversehens auftreten und ihr die folgenden Stunden vermiesen.

Sie wußte, daß dieses Zusammensacken wahrscheinlich nicht nur auf einem Hormondefizit beruhte. Sie dachte, sie müsse etwas wegen Ellis unternehmen.

Sofort korrigierte sie sich.

Nicht wegen Ellis. Meinetwegen.

Das ist das wahre Problem, dachte sie. Ellis' Gefühle und Handlungen spielten keine Rolle mehr. Ellis gehörte der Vergangenheit an. Wie im Scheidungsurteil verkündet. Es ging um ihr eigenes Leben, jetzt, da Ellis nicht mehr dazugehörte.

Geh weiter, sagte sie sich.

Kalter Regen, windgepeitscht, prasselte auf sie herab, als sie auf dem Parkplatz anhielt. Sie zog den Kopf ein, rannte durch das Tor des Piers und danach fast den ganzen Plankensteg hinunter, der in die Bucht hineinragte.

Ihr Boot war am drittletzten Liegeplatz des Piers: ein einstöckiger Aufbau aus Zedernholz auf einem breiten, flachen Fiberglasrumpf, der tief im Wasser lag.

Der Aufbau nahm fast den ganzen Rumpf ein. Als sie jetzt am Rand des Piers stand, konnte sie das Schloß der Schiebetür erreichen, die der Haupteingang war. Sie drehte den Schlüssel, schob die Glastür auf und flüchtete aus dem Regen nach innen. Sie schob die Tür hinter sich zu, schloß wieder ab und zog den Vorhang vor, der den Einblick von außen verhinderte.

Drinnen war es dunkel und kalt. Sie ging sofort durch das ganze Boot, knipste überall die Lichter an, drehte den Thermostaten der Elektroheizung hoch, warf ihre durchnäßten Sachen ab. In der Küche öffnete sie den Gefrierschrank, in dem mindestens ein Dutzend in Plastik eingehüllte Pappbehälter standen: Ein-Personen-Mahlzeiten von einem Feinkostgeschäft in der Nähe. In letzter Zeit kochte sie fast nie mehr.

Sie nahm eines der Fertiggerichte heraus, Lasagne, wie das Schildchen besagte, und schob es in die Mikrowelle. Sie goß sich ein Glas Rotwein ein und nahm es mit, als sie ins Bad ging, um eine Dusche zu nehmen.

Sie fühlte, wie der Wind das Boot schüttelte, so daß es schaukelnd an seiner Vertäuung riß. Regen klatschte an die Fensterscheiben.

Sie stellte das Wasser ab, trat aus der Dusche, frottierte sich rasch ab, schlüpfte in einen Bademantel, fönte ihr Haar trocken – bei ihrem kurzen Schnitt war das in ein, zwei Minuten geschehen.

In der Küche wartete die fertige Lasagne. Sie schob eine CD in den Plattenspieler – Streichquartette von Haydn – und trug das Essen und den Wein in den Wohnraum. Sie hockte sich mit gekreuzten Beinen auf den Boden, den Teller vor sich auf dem niedrigen Couchtisch, und begann zu essen.

Trotz der Helligkeit, der Wärme, des Essens und der Musik kam ihr der Raum leer vor. Weniger ein Zuhause als ein vorübergehender Zufluchtsort.

Und während draußen immer noch der Wind tobte und der Regen an die Scheiben schlug, klopfte es an der Glastür.

Dreimal. Laut und bestimmt.

Wie von Männerhand.

16

Einen halben Kontinent von Wind und Regen über der Bucht entfernt, schwamm Charles Obend auf einer Welle freudiger Zuversicht.

Er war im Verba Interchange beim vertraulichen Gespräch mit Susie Q.

Und zum erstenmal hatte sie ihm an diesem Abend gesagt, daß sie ihn gern persönlich kennenlernen würde.

Zunächst hatte ihre Computerbekanntschaft sich schneller und verheißungsvoller entwickelt, als er zu hoffen gewagt hatte. Am Abend nach ihrer ersten Begegnung hatten sie fast eine halbe Stunde lang online miteinander geplaudert. Und am nächsten Abend eine volle Stunde.

Susie Q> Eine Beschreibung von mir? Ich bin optimistisch, gutherzig, lebenslustig. Ich lache gern. Der Mann, der mich zum Lachen bringen kann, hat mein Herz schon halb erobert. Ich bin vielleicht zu vertrauensselig. Da wird man leicht verletzt, aber eigentlich möchte ich es nicht anders. Was hat das Leben für einen

Sinn, wenn wir rund um uns herum Mauern hochziehen? Da ist es schon besser, geliebt und verloren zu haben, usw., usw.
Ich bin eins siebenundsechzig groß, etwas größer, wenn ich hohe Absätze trage. (Was ich häufig tue. Es sind Folterinstrumente, aber die Wirkung gefällt mir.) Rotes Haar, grüne Augen, lange Beine. Meine Figur – also, ich habe keine Angst, Spandex zu tragen, sagen wir mal so.

Susie Q – Suzanne Quillen – war Industrievertreterin in Boston, achtundzwanzig Jahre alt. Wie Obend war sie alleinstehend, hatte keine Kinder. Sie waren beide an Musik, gutem Essen, Baseball und Film interessiert. Er war erstaunt gewesen, zu erfahren, daß auch sie eine Leidenschaft für amerikanische Autoklassiker der sechziger Jahre hatte. Sie fuhr sogar einen fünfundsechziger Pontiac GTO.

Er hatte sich ihr sofort verbunden gefühlt.

Sie hatte ihm eine digitalisierte Graphikdatei, eine von einem Scanner in computerlesbare Form umgewandelte Fotografie, geschickt. Sie zeigte eine schlanke junge Frau, die, wenn nicht unbedingt schön, auf jeden Fall mindestens so attraktiv war wie sämtliche Frauen, mit denen Charles Obend bisher ausgegangen war. In ihrem Blick lag eine gewisse wehmütige Traurigkeit, ein leises unerfülltes Sehnen . . .

Charles Obend verspürte selbst eine fast schmerzliche Sehnsucht.

Keiner von beiden hatte bisher ein Gespräch über Telefon vorgeschlagen. Die meisten Online-User waren der Meinung, daß die Intimität einer telefonischen Unterhaltung den Kontakt hemmte. Es fiel einem leichter, sich auszudrücken, wenn man an einer Tastatur saß.

Doch vor einigen Tagen hatte Charles Obend einen Schritt

gewagt, den er bisher bei keinem seiner Online-Kontakte versucht hatte. Er hatte Susie Q um ein »f2f« – *face to face,* ein persönliches Zusammentreffen, gebeten.

Chaz> Ich hätte so gern bald ein f2f. Ich kann jederzeit nach Boston kommen oder dir den Flug hierher bezahlen. Ich bin frei und solvent.
Susie Q> Eines Tages vielleicht.
Chaz> Ich bin ein netter Kerl.
Susie Q> Das weiß ich.
Chaz> Warum dann dieses Zögern?
Susie Q> Ich bin eher vorsichtig und zurückhaltend.
Chaz> Natürlich, das verstehe ich. Heutzutage kann man nicht vorsichtig genug sein.
Susie Q> Genau.

Seitdem hatten sie einmal miteinander gesprochen. Susie Q hatte viel zu tun gehabt, war geschäftlich auf Reisen gewesen, wie sie gesagt hatte.

Dennoch hatte sie etwas distanziert gewirkt, nicht mehr ganz so interessiert wie zu Beginn.

Aber an diesem Abend machte sie alles wieder gut.

Susie Q> Hallo, Charles. Nur ganz kurz – ich bin heute abend in Zeitschwierigkeiten. Aber ich wollte dich doch das Neueste wissen lassen. Ich muß morgen geschäftlich nach San Francisco. Normalerweise würde ich einen Direktflug nehmen. Aber ich kann auch über Kansas City fliegen. Ich hätte dann einen Aufenthalt von zwei Stunden in Kansas City. Was meinst du?
Chaz> Ja!!!
Susie Q> Okay, Flug 540 aus Boston, morgen abend. Ankunft kurz nach Mitternacht. Schaffst du das?

Chaz> Jederzeit und überall.
Susie Q> Heißt das ja oder nein?
Chaz> Von ganzem Herzen ja, Susie.
Susie Q> Gut. Da bin ich froh. Wie erkenne ich dich?
Chaz> An meinem erwartungsvollen Blick.
Susie Q> Nein, sag. Wie erkenne ich dich?
Chaz> Ich trage eine dunkelrote Wildlederjacke und – hm – eine blaue Baseballmütze. Okay?
Susie Q> Ja, gut.

Charles Obend ließ ein paar Sekunden verstreichen.

Er wollte sie nicht drängen, aber er brauchte eine Antwort.

Chaz> Eine Frage: Wieso der plötzliche Sinneswandel?

Und der Cursor seines Geräts antwortete:

Susie Q> Geduld, lieber Chaz. Geduld. Bald ist alles sonnenklar.

17

Kate zog den Vorhang zurück und sah ihn am Rand des Piers stehen, aufrecht und gerade trotz Wind und Regen, in einem gelben Ölanorak mit Kapuze, die er über den Kopf gezogen hatte, und passender Regenhose.

Er blickte zum Ende des Piers zurück. Die Kapuze verdeckte sein Gesicht.

Dann streckte er den Arm aus, um noch mal ans Glas zu klopfen, und als er den Kopf drehte, sah er sie. Die Hand nur wenige Zentimeter vom Glas entfernt, hielt er inne. Und lächelte.

Kates Unterbewußtsein nahm die Einzelheiten blitzschnell auf.

Er war ungefähr in ihrem Alter.

Vielleicht einen Meter achtzig groß, gute Haltung.

Sah ihr direkt in die Augen.

Ein angenehmes Lächeln.

Ein sympathisches Gesicht, soweit sie es sehen konnte.

Ein sehr angenehmes Lächeln.

Er schrie zu ihr hinein und deutete dabei zum Ende des Piers, lächelte immer noch, schrie aber, um gehört zu werden. Sie verstand nichts.

Sie schloß auf und schob die Glastür einen Spalt auf. Sofort peitschte ihr Regen ins Gesicht.

». . . der öffentliche Anlegeplatz?« schrie er.

»Nein«, antwortete sie und wies über seine Schulter hinweg. »Tor drei. Da können Sie tageweise anlegen.«

Am Ende des Piers sah sie ein Segelboot, das noch nicht da gewesen war, als sie nach Hause gekommen war. Es schaukelte und schlingerte, aber es schien sicher zu sein. Es war ein großes Boot, mindestens fünfzehn Meter, eine Hochseejacht.

»Na prächtig«, sagte er laut gegen den Wind, und sein Lächeln wurde leicht ironisch.

»Da drüben liegen Sie vorläufig ganz gut«, sagte sie.

Er nickte. »Kriegt man hier in der Nähe noch irgendwo was zu essen?« fragte er.

Sie schüttelte den Kopf. Nicht nach Einbruch der Dunkelheit, nicht an diesem Ende des Orts. Das Zentrum von Sausalito und die Restaurants waren mindestens eine Meile entfernt.

Der Regen schlug ihr scharf ins Gesicht.

»Nicht mal eine Tasse Kaffee?« fragte er, und der Wind verschluckte beinahe seine Worte. »Mir ist gestern abend der Generator kaputtgegangen. Ich hätte in Bolinas anlegen sollen, verflixt noch mal. Meine eigene Schuld.«

Er sprach im Singular.

»Sind Sie allein?« fragte sie.

Die Frage kam ihr einfach so über die Lippen. Aber im Moment erschien es wichtig zu wissen, ob er ganz allein in Dunkelheit und Kälte und ohne etwas zu essen auf dem schlingernden Boot würde sitzen müssen, um das Ende des Sturms abzuwarten.

Erst später fiel ihr ein, daß er viele Nächte allein auf seinem Boot zugebracht haben mußte, wenn er ein Einhandsegler war.

»Ja«, antwortete er.

Der Regen schlug ihr ins Gesicht.

»Möchten Sie eine Tasse Kaffee?« fragte sie.

»Ja.« Ein hoffnungsvolles Lächeln zeigte sich unter der Kapuze.

Sie schob die Tür auf, und er trat ein.

Sie wich zur Seite aus, als er hereinkam, und mußte an ihm vorbeigreifen, um die Tür zu schließen. Dann blieb sie stehen und wartete, während er den Anorak ablegte, aus der Regenhose stieg, die Stiefel von seinen Füßen zog. Er war in T-Shirt und Shorts, schlank, aber kräftig.

Größer, als sie gedacht hatte. Eher einssechsundachtzig. Eines fiel ihr auf, während er seine Sachen ablegte: Er ließ seinen Blick nicht suchend umherschweifen in dem Bemühen, die Lage zu taxieren. Ein nervöser Mensch hätte das vielleicht getan. Er wirkte nicht nervös.

Einen raschen Blick riskierte er allerdings doch. Er fiel auf den einsamen Teller auf dem Couchtisch, und der sagte ihm alles, was er wissen wollte.

»Zwei Waisen im Sturm«, sagte er.

Sie nannte ihren Namen und streckte ihm die Hand hin.

Er nahm sie. Sein Händedruck war freundschaftlich, und er behielt ihre Hand gerade lang genug in der seinen.

»Jonathon Wreggett«, sagte er. »Ich stehe in Ihrer Schuld.«

So, wie er es sagte, klang es echt und aufrichtig, nicht wie eine Floskel.

Er verstand es, die richtigen Töne anzuschlagen.

Er folgte ihr zur Anrichte in der Küche und unterhielt sich mit ihr, während sie das Wasser für den Cappuccino heiß machte. Er war auf dem Weg nach Süden, von den San-Juan-Inseln vor British Columbia kommend, wo er die letzten drei Monate verbracht hatte. Die San Francisco Bay war ein Zwischenstop auf dem Weg nach Cabo San Lucas hinunter.

Sie sagte: »Kanada im Winter, Mexiko im Sommer, das ist doch mal was anderes.«

»Ich bin der antizyklische Typ«, erwiderte er. »Weg vom Getümmel.«

Der Bursche gefiel ihr.

Sie setzten sich ins Wohnzimmer. Er kam aus dem Osten, aus Massachusetts. Er segelte seit über einem Jahr in der Weltgeschichte herum, ganz allein, keinerlei Bindungen. Er schien Geld zu haben, mindestens die Mittel, um ein solches Leben zu führen; aber er ging nicht ins Detail, und sie fragte nicht.

Er brachte sie ungefähr fünfmal zum Lachen, ehe sie den Cappuccino ausgetrunken hatten. Sie fühlte sich locker in seiner Gegenwart. Zum Teil kam das daher, daß *er* sich im Heim einer Fremden ganz ungezwungen zu fühlen schien; selbstsicher, aber nicht anmaßend.

Sie machte noch eine Mahlzeit aus dem Gefrierschrank heiß und machte diesmal einen Salat dazu.

Sie unterhielten sich, während er aß und sie danach eine zweite Tasse Kaffee tranken. Er stellte ihr einige Fragen über sie, aber nicht viele, als wollte er nicht aufdringlich erscheinen.

Sie merkten beide zur gleichen Zeit, daß draußen Wind und Regen sich gelegt hatten. Die Nacht war ruhig.

Sie bedauerte es. Der Sturm war ihnen Vorwand zum Zusammensein gewesen; und jetzt war er vorüber.

Er trug seine Tasse zum Spülbecken und sagte: »Es ist wahrscheinlich besser, wenn ich mein Boot hier wegbringe.«

»Ja«, sagte sie.

»Die öffentlichen Anlegeplätze, die sind da drüben, stimmt's?«

»Ungefähr eine halbe Meile südlich, ja. Sie sind leicht zu finden.«

Er war an der Tür. Schlüpfte in seine Stiefel, hob Anorak und Regenhose auf. Sie kam ihm nach, schob ihm die Tür auf. Die Luft draußen über der Bucht roch frisch und sauber.

»Das war wirklich nett«, sagte er. »Das klingt ein bißchen schwach. Aber es stimmt. Es war sehr nett. Solche Momente fehlen mir, wenn ich allein da draußen herumgondele.«

Und dann wieder das Lächeln, ein wenig schief, als er hinzufügte: »Aber wenn ich mehr solche Momente gehabt hätte, wäre ich vielleicht überhaupt nicht unterwegs.«

Er trat auf den Pier hinaus.

Sie sagte im selben Moment »Viel Glück«, als er »Nochmals vielen Dank« sagte. Er ging ein paar Schritte den Pier hinunter, dann drehte er sich um und sah, daß sie immer noch an der Tür stand und ihm nachblickte.

Er schien etwas sagen zu wollen. Aber er tat es nicht. Er winkte ein letztes Mal, dann wandte er sich endgültig ab und setzte seinen Weg fort, den Pier hinunter in die Nacht.

18

Die Leiche war irgendwann vor Tagesanbruch angeschwemmt worden. Sie lag mehrere Stunden lang in einer Schlammzone im Schatten der Martinez-Benicia-Mautbrükke, die im Norden einen Arm der San Francisco Bay überspannte.

Die Leiche war fast dreißig Meilen von der Stelle entfernt,

wo sie zwei Wochen zuvor ins Wasser geworfen worden war, an Land gespült worden. Tatsächlich jedoch war sie mehr als die vierfache Strecke durch das Wasser befördert worden, von den Strömungen in der Bucht hierher und dorthin gezerrt, bis starke Winde und eine hochgehende Springflut sich zusammengetan, sie an Land getrieben und dann im Schlamm zurückgelassen hatten, wo drei Jungen von der High-School, die mit Angeln und einer Kühltasche voll Bier zum Wasser heruntergekommen waren, sie fanden.

Sie fanden sie, weil einer von ihnen beschloß, dem lauten Brummen von Fliegen und einem Gestank nach Fäulnis nachzugehen.

Er folgte dem Geräusch und dem Geruch zu ihrem Ursprung und blieb ein paar Schritte entfernt stehen. Die Augen zusammengekniffen, mit den Armen die Fliegen verscheuchend, fragte er sich, was er da gefunden hatte.

Zwei Wochen der Verwesung, zwei Wochen in den Wassern der Bucht, wo er von räuberischen Vögeln und Krebsen und Fischen attackiert worden war, hatten den Leichnam beinahe unkenntlich gemacht.

Doch schließlich begriff der Junge, was er gefunden hatte: Es war ein Mensch – eine Frau – oder war mal einer gewesen.

Doch die Leiche hatte keinen Kopf. Und die Arme waren an den Ellbogen abgeschnitten worden, die Beine an den Knien abgetrennt.

Der Junge drehte sich um und übergab sich ins Gras.

Der Leichnam wurde zum Gerichtsmediziner von Solano County gebracht. Solano ist einer der acht Bezirke, die zur sogenannten San Francisco Bay Area gerechnet werden. Innerhalb dieser acht Bezirke gibt es mehr als fünfundsiebzig selbständige Gemeinden, mit eigener Verwaltung und eigener Polizei, die ihre eigenen Archive und Unterlagen haben.

Computer und Telekommunikationssysteme ermöglichen es diesen Bezirken und Gemeinden, wichtige Informationen über grenzüberschreitende Verbrechen zusammenzuziehen. Letztlich jedoch entscheiden immer noch menschliche Fähigkeiten und Schwächen darüber, ob und wie diese elektronischen Werkzeuge eingesetzt werden.

Im Fall des verstümmelten, verwesenden Leichnams nahm der Leichenbeschauer von Solano County eine Autopsie erst anderthalb Tage nach der Auffindung vor.

Er identifizierte die Leiche als die einer Frau Ende Vierzig. In ihrer Luftröhre entdeckte er eine durchsichtige Kunststoffkapsel, die einen kleinen weißen Zettel enthielt.

Auf dem Zettel stand »Fleischware«, und darunter waren mehrere Zahlen aufgeführt, die der Arzt für bedeutungslos hielt.

Eine Angestellte des Sheriff's Department, zu deren Arbeitsgebiet eine Reihe unterschiedlicher Pflichten zählte, ließ sich vier Tage Zeit, ehe sie den Bericht der ermittelnden Beamten in die Polizeidatenbank eingab, die den Polizeidienststellen der gesamten San Francisco Bay Area als Sammelstelle für Informationen diente.

Und dann gab die Angestellte auch noch ein falsches Schlüsselwort im Kopf des Fallberichts ein, jenem speziellen Bereich einer Datei, der für die Datensuche unbedingt erforderlich ist. Es war genauso, als hätte sie eine Akte in die falsche Schublade gesteckt, und so kam es, daß Lee Wades Partner den Bericht übersah, als er routinemäßig nach Mordfällen in anderen Zuständigkeitsbereichen suchte.

Weitere vier Tage vergingen, ehe der Fehler entdeckt und korrigiert wurde.

Insgesamt gingen zehn Tage verloren, ehe die Information über die Leiche – und über die Plastikkapsel und ihren Inhalt – endlich die Person erreichte, die sie dringend brauchte.

Und da war es schon zu spät.

19

Stephen Leviste hatte Pläne. Es war Samstag morgen, sein erster freier Tag seit seinem Geburtstag, und den würde er nutzen.

Sein Vater, der bei einem Software-Verlag unten in Menlo Park arbeitete, hatte mindestens eine halbe Stunde Fahrt vor sich, wenn er um fünf Schluß machte.

Seine ältere Schwester war mit Freunden nach San Francisco gefahren und würde wahrscheinlich nicht einmal zum Abendessen zu Hause sein.

Seine Mutter, eine Immobilienmaklerin, hatte den ganzen Nachmittag Besichtigungstermine mit auswärtigen Interessenten. Sie hatte ihm noch nicht gesagt, daß er zu Hause bleiben müsse, und er würde ihr gar nicht erst die Gelegenheit dazu geben.

Als er sie im Schlafzimmer hörte, wo sie sich ankleidete, nahm er den Walkman seiner Schwester von der Kommode und hängte ihn sich um den Hals.

Dann schlich er sich nach unten. Als er die Haustür schon geöffnet hatte, rief er nach oben: »Tschüs, Mama, schönen Tag, wir sehen uns beim Abendessen, okay?«

Er zog die Tür hinter sich zu. Schnell schwang er sich auf sein Fahrrad, das am Geländer der Veranda lehnte, und flitzte davon, den Hügel hinunter.

Die Levistes wohnten oberhalb von Pacifica, einige Meilen südlich von San Francisco, in einem Vorort am Westhang eines Hügelkamms, der sich zum Ozean hinuntersenkte.

Der Hügel war steil, und Stephen kam sehr schnell in Fahrt, als er abwärts radelte, weg vom Haus. In Sekunden war er außer Rufweite. Da bremste er ab, fuhr langsamer und atmete auf.

Er war weg.

Mittags saß er im SamTrans-Bus zum Haupt-Terminal am San Francisco International Airport.

Als er ausstieg, fiel ihm als erstes auf, daß praktisch nur Erwachsene hier zu sehen waren. Die wenigen Kinder und Jugendlichen schienen alle in Begleitung ihrer Eltern zu sein.

Besser mache ich voran, dachte er, ehe jemand anfängt, sich über mich zu wundern.

Er wanderte durch den Terminal, bis er eine Reihe von sechs Münztelefonen an einer Wand entdeckte. Nur zwei der Telefone waren in Betrieb. Zu einem von ihnen ging er.

Er hob den Hörer ab, tat so, als werfe er eine Münze ein – er mußte sich strecken, um den Schlitz zu erreichen –, tippte dann auf mehrere Tasten, wartete einen Moment und begann dann zu sprechen.

Er tat so, als spräche er mit seiner Mutter.

Während er sprach, zog er die Bonbonschachtel mit dem Recorder aus seiner Hemdtasche. Er stellte die Schachtel auf die Konsole rund um den Sockel des Münztelefons. Der Rand der Schachtel berührte das Telefongehäuse.

»Okay, in Ordnung, ich komm gleich nach Hause«, sagte er in den Hörer. Dann legte er auf.

Ehe er ging, griff er in die Schachtel und drückte den roten Plastikschalter, der sein kleines Gerät aufnahmebereit machte.

Dann suchte er sich eine Bank und setzte sich. Von hier aus konnte er das Telefon beobachten.

Niemand schien von ihm Notiz zu nehmen. Niemand beachtete die kleine Bonbonschachtel.

Mehrere Minuten vergingen, ehe jemand das Telefon benutzte. Eine Frau mit grauem Haar, er hatte keine Ahnung, wie alt.

Er sah sofort, daß sie nicht flink genug sein würde. Sie hob den Hörer ab – das würde den Recorder aktivieren –, und als die zehn Sekunden um waren, kramte sie immer noch in ihrer Handtasche nach ihrer Telefonkarte.

Als sie wieder weg war, ging er zu dem Telefon zurück, führte noch einmal seine kleine Scharade auf und stellte den Recorder neu ein.

Ein paar Minuten später ging ein Mann, der wie ein Geschäftsmann aussah, zu dem Telefon. Aber er tippte nur siebenmal auf die Tastatur des Apparats – Stephen zählte mit. Ein Ortsgespräch. Ohne Karte.

Als der Geschäftsmann gegangen war, nahm Stephen die Schachtel mit zu einem Telefon am anderen Ende des Terminals. Er wollte nicht auffallen.

Diesmal klappte es auf Anhieb: Eine Frau im Kostüm, mit einem ledernen Aktenkoffer, hob den Hörer ab und klopfte in einem Affentempo aus dem Kopf eine lange Zahlenreihe herunter.

Bingo.

Als sie weg war, holte Stephen die Schachtel, stöpselte den Wiedergabedraht in den Walkman und übertrug die Töne auf ein Band. Sie hörten sich klar an, als er das Band abspielte.

Nummer eins.

Er blieb fast zwei Stunden im Terminal und erntete in dieser Zeit mindestens drei oder vier sichere Erfolge und ein halbes Dutzend mögliche. Er wäre vielleicht noch länger geblieben, aber er hatte den Eindruck, daß einer der Sicherheitsbeamten auf ihn aufmerksam geworden war.

Darum verließ er das Terminal und nahm den nächsten Bus nach Pacifica.

Er kam nicht dazu, das Walkman-Band gleich abzuspielen. Er war gerade dabei, die Aufnahmen in den Speicher seines Computers einzugeben, als seine Mutter nach Hause kam. Er hatte gerade noch Zeit, den Walkman wieder ins Zimmer seiner Schwester zu legen. Als Strafe dafür, daß er am

Morgen einfach weggerannt war, mußte er den Keller putzen.

Als er mit dem Putzen fertig war, stand das Abendessen auf dem Tisch. Dann kam seine Schwester nach Hause, ging in ihr Zimmer und fing an, sich darüber aufzuregen, daß er in ihren Sachen gekramt hatte – olle Kamellen . . .

Als er endlich in sein Zimmer entkam, schloß er die Tür und öffnete die Audiodatei des Bands, die Serie von Pieptönen, die der Recorder in der Bonbonschachtel aufgezeichnet hatte.

Die dechiffrierten Zahlzeichen erschienen eins nach dem anderen auf dem Bildschirm, während sie in ein Textverarbeitungsprogramm aufgenommen wurden. Stephen hatte nach jeder seiner Zehn-Sekunden-Aufnahmen das Band ein paar Sekunden lang vorlaufen lassen, so daß er jetzt keine Mühe hatte, sie auseinanderzuhalten.

Als der letzte Ton durch war, begann Stephen die Zahlenreihen zu bearbeiten. Er löschte alle Telefonnummern, dann all die Reihen, die innerhalb der Zehn-Sekunden-Frist nicht abgeschlossen worden waren.

Danach blieben ihm fünf vollständige, gültige, verifizierbare Codes. Jeder von ihnen war für kostenlose Ferngespräche über einen Zeitraum von bis zu einem Monat gut; bis zu dem Tag, an dem der Karteninhaber seine monatliche Rechnung öffnete.

Das mußte er unbedingt jemandem erzählen.

Er schaltete sein Modem ein und stellte die Verbindung zu Verba her.

Bei der Begrüßungsseite hielt er inne und überlegte, welches seiner Pseudonyme er benutzen sollte. Er hatte immer vier oder fünf.

Stephen Leviste las seit seinem dritten Lebensjahr. Mit sechs hatte er *Old Yeller* gelesen und in dem Sommer, in dem er zehn geworden war, hatte er sämtliche Hauptwerke von Charles Dickens durch. In den letzten Wochen hatte er sich Evelyn Waugh vorgenommen.

Waugh hatte ihm eines seiner Lieblingspseudonyme geliefert. Es war der Name eines fetten, widerlichen Bestattungsunternehmers aus *Tod in Hollywood.*

Dieses Pseudonym gab er jetzt ein:

Joyboy

Danach tippte er:

Besuch MAG

Die Manga-Anime-Galerie war eigentlich für Diskussionen über japanische Cartoons und Trickfilme gedacht. In den letzten Wochen war sie außerdem zu einem Tummelplatz diverser Hacker, Cracker, Phreaker und Software-Piraten geworden: der Computer-Unterwelt und solcher, die gern dazugehören wollten.

Stephen wollte gern mit dem angeben, was er an diesem Tag vollbracht hatte, und er meinte, der Bonbonschachteltrick könnte ihm vielleicht Zutritt zur eingeschworenen Clique der Cracker verschaffen, die Dilettanten verachteten, aber immer auf der Suche nach Möglichkeiten waren, über das Telefonnetz in Firmen und Institutionen einzudringen.

An diesem Abend jedoch sah Stephen sich allein in der Galerie. Offenbar hatten die Cyberpunks die Trickfilmfans verdrängt und die Gruppe dann, als sie sie für sich gehabt hatten, verlassen.

Stephen loggte aus.

Er wollte den Computer gerade abschalten, als sein Blick auf die Diskette fiel, die an seinem Geburtstag mit der Post gekommen war. HEISSE WARE. Ein bißchen langweilig, aber vielleicht einen Versuch wert.

Er schob sie in sein Diskettenlaufwerk und prüfte das Inhaltsverzeichnis. TRY_ME war der Befehl zum Hochfahren des Programms.

Das wollte er gerade tun, als seine Mutter an die Tür kam.

»Marsch ins Bett«, sagte sie.

»Also, Mama, wirklich ...«

»Marsch ins Bett«, sagte sie noch einmal, sehr bestimmt jetzt.

Er hatte sich heute schon einmal Ärger eingehandelt – ihr Geduldsfaden war sicher schon ziemlich dünn.

Während sie wartete, nahm er die Diskette heraus und legte sie auf das Gerät, schaltete das Modem und den Monitor aus und dann auch den Computer selbst.

Er zog sich aus, schlüpfte in seinen Pyjama, putzte sich die Zähne, gab seinen Eltern einen Gutenachtkuß und ging in sein Zimmer hinauf.

Er machte das Licht aus und legte sich hin, entschlossen, in ein paar Minuten wieder aufzustehen und den Computer einzuschalten. Er wollte doch sehen, was diese Diskette enthielt.

Aber im Bett war es so gemütlich. Zum erstenmal an diesem langen Tag standen seine Gedanken still. Er hörte auf, an Codes und Software und die Diskette und all das Zeug zu denken, und schlief ein.

20

Für Kate Lavin begann der Samstag nicht gut. Sie erwachte wie gerädert nach einer unruhigen Nacht. Später am Morgen mußte sie eine Personalbesprechung zum Start des Jaguarfilms absagen; die Regisseurin, mit der sie arbeiten wollte, rief an, um ihr mitzuteilen, daß in der Nacht ihr Auto gestohlen worden war; sie würde nicht nach Sausalito kommen können.

Kate ging dennoch ins Studio hinüber.

Dort war Hochbetrieb.

In einem Videoraum gab ein Regisseur seine Anweisungen zur Aufnahme eines Interviews mit einem Sportler im Rahmen einer fortlaufenden Sendereihe, deren einzelne Teile einmal wöchentlich im Studio aufgezeichnet und von zahlreichen Fernsehsendern ausgestrahlt wurden.

Im zweiten Raum saß ein Filmemacher über der Nachbearbeitung eines von ihm gedrehten Dokumentarfilms – die Einrichtungen des Studios konnten ebenso wie das Personal auf Stundenbasis gemietet werden.

Die drei Schneideräume waren von Cuttern und Produzenten besetzt, die an verschiedenen Projekten arbeiteten: einer Serie von Fernsehwerbespots für eine Hamburger-Kette; einem von einer Ölraffinerie in Auftrag gegebenen Film zum Sicherheitstraining ihres Personals; Werbespots zur Imageverbesserung der kalifornischen Highway Patrol.

Kate ging in jeden der Räume hinein und sah den Leuten ein paar Minuten bei der Arbeit zu.

Sie arbeiteten alle hart und konzentriert. Taten genau das, was von ihnen erwartet wurde, dachte sie. Und das hieß, daß es da für sie nichts zu tun gab.

Sie ging in ihr Büro, prüfte am Computer, ob E-Mail für sie da war, und fand nichts. Schließlich erledigte sie einen kleinen Stapel Papierkram, wofür sie nicht mehr als zehn Minuten brauchte.

Danach stand sie vor einem leeren Schreibtisch und einem freien Tag und wußte nicht, wie sie die freien Stunden füllen sollte.

Langsam ging sie über den Parkplatz in Richtung ihres Hausboots.

Sie fühlte sich lustlos und irgendwie fern vom Sonnenschein und dem salzigen Geruch der Bucht und dem Asphalt unter ihren Füßen.

Sie fühlte, wie der Tag ihr zu entgleiten drohte.

Sie haßte dieses Gefühl, ziellos dahinzutreiben. Sie

brauchte eine feste Bahn, mußte wissen, wohin sie wollte und warum sie dorthin wollte.

Ellis schien das nie so wichtig gewesen zu sein. Ellis war es zufrieden, den scheinbar willkürlichen Wendungen des Lebens zu folgen. Ohne dabei träge oder faul zu sein: Er brachte es fertig, sich beinahe bis zur Besessenheit auf eine Aufgabe ohne ersichtlichen Sinn zu konzentrieren, sich ganz von ihr gefangennehmen und führen zu lassen, wohin auch immer es ging.

Nur interessant mußte es sein, das war das einzige, was Ellis verlangte. Wenn die Aufgabe ihn nicht mehr fesselte, konnte er Knall auf Fall alles hinschmeißen, ganz gleich, wieviel Arbeit er hineingesteckt hatte.

Er konnte sogar eine Ehe hinschmeißen, dachte sie.

Wie dem auch sei, Ellis wußte mit einem freien Samstag ganz sicher etwas anzufangen.

Sie drängte ihn aus ihren Gedanken. Sie konnte, dachte sie, ja wenigstens so tun, als hätte sie etwas vor, als hätte sie ein Ziel. Der Tag wollte ihr entgleiten; das Leben selbst schien ihr zu entgleiten, und das durfte nicht geschehen.

Zurück im Hausboot zog sie einen Pullover über Bluse und Shorts. Sie ging nach draußen, nach hinten zum Heck, zu dem Fiberglas-Kajak, der dort festgemacht war. Zwei Minuten später schaukelte das kleine Boot auf dem Wasser, und sie kletterte hinein. Sie paddelte in die Richardson Bay hinaus und nahm Kurs auf die seichten Gewässer am Nordende der Küste von Sausalito.

Die Richardson Bay ist an ihrer Mündung in die San Francisco Bay ungefähr eine Meile breit und reicht drei bis vier Meilen nach Marin County hinein. Mit Sausalito an ihrem Westufer, Tiburon und Belvedere auf der Ostseite, ist sie umgeben von Grundbesitz, der zum begehrtesten und teuersten im Land gehört.

Sie und Ellis waren früher nach langen Arbeitstagen im Studio mit dem Boot dort hinausgefahren. In gewisser Weise war der Kajak ein entgegenkommendes Boot: Praktisch jeder konnte einsteigen und damit losfahren, mit reiner Muskelkraft.

Aber um wirklich gut zu paddeln, brauchte man eine Technik, die an Kunst grenzte. Manchmal, in den letzten Monaten, wenn der Kajak über das Wasser zu fliegen, bei jedem Paddelschlag beinahe vorwärts zu springen schien, hatte sie geglaubt, den Bogen raus zu haben.

Aber nicht heute. Selbst im ruhigen Wasser des Seitenarms der Bucht schien sie mit dem Boot und dem Paddel zu kämpfen – und mit sich selbst.

Ellis, der kein sportlicher Typ war, hatte die Technik gemeistert. Er hatte mit schmaläugiger Intensität gepaddelt, mit angespanntem Gesicht und präzisen Schlägen. Um die beste Methode herauszubekommen, hatte er ihr erklärt.

Typisch Ellis, aus körperlicher Bewegung eine intellektuelle Herausforderung zu machen.

Sie drehte, um zum Hausboot zurückzufahren, das etwa eine Dreiviertelmeile entfernt war. Sie paddelte nur mit Kraft, ohne Rhythmus. Es widerstrebte ihr zutiefst, dem Boot solche Gewalt anzutun. Der Pier war jetzt in Sicht. Sie konnte ihr Hausboot erkennen, das zwischen den anderen auf der Nordseite des Piers eingezwängt war.

Und links, am Ende des Docks vertäut, ein großes weißes Segelboot.

Er war da – Jon Wreggett. Er stand auf dem Pier, sprang dann aufs Hausboot, ging zum Heck, beugte sich hinunter, um ihr heraufzuhelfen und den Kajak aus dem Wasser zu holen.

Das war der Teil, den sie gar nicht mochte, den Kajak aus dem Wasser hieven. Er war nicht sehr schwer, aber er war nicht handlich, und das Heck des Hausboots lag so hoch, daß es für sie schwierig war, zum Wasser hinunterzureichen.

Doch bei ihm sah es aus, als wäre es ein Kinderspiel; eine rasche Bewegung, und schon hob er das kleine Boot in die

Höhe, drehte sich herum und setzte es an dem Platz ab, an den es gehörte.

Er begann es festzumachen.

»Sie sind gut«, sagte er. »Ich habe Ihnen zugesehen.«

»Entweder wollen Sie mich einseifen, oder Sie wissen nicht, wovon Sie reden.«

»Nein. Wirklich. Ihre Bewegungen stimmen. Soviel versteh ich.«

Im Nu hatte er den Kajak festgemacht. Und jetzt, da nichts mehr ihn ablenkte, richtete er seine Aufmerksamkeit auf sie. Sie fühlte sich verschwitzt und schmuddelig.

»Na ja, ich hab vielleicht meine guten Momente«, sagte sie.

Er stand da und sah sie an. Er wirkte zaghaft, fand sie – das war ihr vorher nicht bei ihm aufgefallen. Sie meinte, etwas sagen zu müssen, um das Schweigen zu überbrücken, darum sagte sie: »Ich habe nicht erwartet, Sie wiederzusehen.«

»Ja, und hier bin ich nun«, erwiderte er, und dann – beinahe, als hätte er es eilig, es herauszubekommen – sagte er: »Ich habe nachgedacht, ich meine, ich habe mir überlegt, daß es einfach unglaublich dumm wäre, wenn wir einander nicht mehr wiedersähen. Ich weiß, wir sind uns gerade erst begegnet, aber es war wirklich gut. Ich fand Sie wunderbar, einfach umwerfend, und ich mußte mich richtig zwingen, gestern abend hier wegzugehen.«

Einen Moment lang sah er beinahe wie ein Junge aus, ein nervöser Junge, der eine Rede hervorsprudelt.

»Was soll ich darauf sagen?« fragte sie.

»Sagen Sie, daß Sie mit mir segeln gehen.«

Als sie zögerte, fügte er hinzu: »Ich rede ja nicht von einer Kreuzfahrt um die Welt. Man soll schließlich nichts überstürzen. Ich dachte mehr an die nähere Umgebung.« Er sah beim Sprechen über seine rechte Schulter. »Das da drüben sieht doch aus wie ein netter kleiner Ankerplatz. Wir könnten anlegen, einen Spaziergang machen – in zwei Stunden wären Sie wieder zu Hause.«

Sein Blick war auf den großen, struppigen Buckel von Angel Island gerichtet. Die Insel war nur zwei Meilen entfernt, direkt jenseits der Mündung der Richardson Bay.

»Na ja, die Umrundung von Kap Hoorn ist es nicht gerade, hm?« sagte sie.

»Nichts überstürzen, wie ich schon gesagt habe. Aber die Insel sieht hübsch aus.«

»Sie ist hübsch – sie ist ein Nationalpark.«

»Also, wie wär's?« fragte er.

Am Westhang des hohen Bergs, der die Insel beherrscht, war ein stiller Eukalyptushain – sie konnte ihn von hier aus sehen. Oft hatten sie und Ellis dort oben eine Decke ausgebreitet, ganz allein an einem Nachmittag mitten in der Woche. Sie hatten sich geliebt und dann in der Sonne gedöst, vor sich die Bucht und das Golden Gate . . .

»Wann?« fragte sie.

»Morgen? Vielleicht gegen Mittag?«

Sie antwortete nicht gleich. Er wartete, geduldig und ruhig.

»Warum nicht?« sagte sie.

21

An diesem Abend stellte Charles Obend seinen Camaro in der Garage für Kurzparker vor Halle A am internationalen Flughafen von Kansas City ab. Er sperrte den Wagen ab und ging zu der Betontreppe, die zum einzigen Fußgängerausgang der Garage führte.

Er betrat die Flughafenhalle. Sie war fast leer; wenige Minuten vor Mitternacht. Charles Obend ging direkt zum Videobildschirm, auf dem die ankommenden Flüge von

USAir angezeigt wurden. Flug 540 aus Boston war pünktlich; planmäßige Ankunft um 0 Uhr 18. Er hatte ungefähr zwanzig Minuten Zeit.

Die Restaurants in der Halle waren alle geschlossen. Aber er fand einen Zeitungskiosk, an dem er sich ein Snickers kaufte. Er nahm es mit zu seiner Bank vor dem Glasportal von Flugsteig neun.

Er setzte sich, packte die Schokolade aus und begann zu essen, während er wartete.

Er konnte die Maschine sehen, als sie zum Flugsteig rollte. Er stand auf und zog die blaue Baseballmütze auf seinem Kopf gerade.

Ein oder zwei Minuten später kamen die ersten Passagiere die Rampe herauf. Zwei Männer in den Fünfzigern, zerknitterte dunkle Anzüge. Ein junges Mädchen in abgeschnittenen Jeans und Doc Martens. Sie warf sich in die ausgebreiteten Arme eines Jungen in ihrem Alter. Obend paßte scharf auf, während die restlichen Passagiere folgten.

Viele waren es nicht, insgesamt höchstens zwanzig oder dreißig – die Maschine mußte fast leer gewesen sein.

Dann kamen keine Passagiere mehr durch die Tür. Die Rampe war leer.

Ich hab sie übersehen, dachte er. *Sie muß hier irgendwo sein.* Er blickte sich um. Aber er entdeckte niemanden, der auch nur die geringste Ähnlichkeit mit einer achtundzwanzigjährigen, langbeinigen Rothaarigen gehabt hätte.

Er wartete noch einige Minuten, bis die drei Flugbegleiterinnen auf der Rampe erschienen. Dann ging er rasch durch die Halle zur Gepäckausgabe. Er beeilte sich, obwohl er wußte, daß es unsinnig war. Es war ja nur eine Zwischenlandung für sie, da würde sie kein Gepäck abholen.

Und sie war auch nicht da.

Am Flugsteig war alles leer, als Obend noch einmal dorthin zurückging. Er wandte sich ab, verließ die Halle und stieg die Betontreppe zur Parkgarage hinunter.

Am Fuß der Treppe schlug er die Richtung zu seinem Wagen ein. Die Garage war halb leer, still. Nirgends ein Mensch.

Doch, dort vorn bei einem blauen, viertürigen Fahrzeug stand jemand, ungefähr zehn oder zwölf Plätze die Reihe hinunter, durch die Obend ging. Ein Mann in einem schwarzen Mantel, mit schwarzen Handschuhen, der eine Kameratasche aus schwarzem Nylon auf der Motorhaube hielt.

Und in der linken Hand eine Videokamera hatte. Das fand Obend nun doch etwas seltsam.

Der Fremde stand da und blickte Charles Obend entgegen, als dieser sich näherte. Obend warf einen Blick auf sein Gesicht: füllig, mit Schnurrbart und dicken, buschigen Augenbrauen.

Obend mußte an ihm vorbei, um zu seinem Camaro zu gelangen. Als er näher an den Fremden herankam, wandte er seinen Blick von ihm ab.

»He, Charlie«, sagte der Mann, »ich weiß, daß Sie es sind.«

Obend antwortete nicht. Er brauchte einen Moment, um sich von seiner Überraschung zu erholen.

Der Fremde sagte: »Charles C. Obend aus Lee's Summit in Missouri.«

»Na und?« sagte Obend.

»Susie schickt mich«, sagte der Fremde.

Er schob seine behandschuhte Hand in die Tasche. Als er sie wieder herauszog, hielt er eine große Glasflasche, darin eine Anderthalb-Liter-Orangensaftflasche, die mit einer klaren Flüssigkeit gefüllt war.

Er ging schnell auf Obend zu. Drei, vier rasche Schritte, und er war so nahe, daß er Obend hätte ins Gesicht spucken können. Obend sah, daß die Flasche offen war. Im Gehen schwang der Fremde seinen Arm nach rückwärts und gleich wieder nach vorn, so schnell und kraftvoll, daß Obend nur dastehen und zusehen konnte, wie die helle Flüssigkeit in einer Fontäne aus der Flasche sprang und durch die Luft schoß.

Obend roch das Zeug, ehe es ihn traf, ein flüchtiger Hauch nur. Dann überschwemmte es ihn, brannte in seinen Augen, durchnäßte seine Kleider. Feuerzeugbenzin. Mit dem unverkennbaren Gestank von Sprit.

Charles Obend wandte sich halb von dem Fremden ab und hob einen Arm zu seinen Augen, um das Benzin wegzuwischen. Aber das nützte nichts. Der Ärmel seiner Jacke war auch durchnäßt.

Der Fremde sprang einen Schritt zurück und schleuderte die Flasche Obend vor die Füße. Sie zersprang, und der Rest des Brennstoffs breitete sich auf dem Betonboden der Tiefgarage aus.

Er wußte, er sollte davonlaufen. Irgendwas tun. Aber er konnte sich nicht rühren. *Gelähmt vor Furcht,* ging es ihm durch den Kopf, und er wußte jetzt, daß das nicht nur eine Floskel war.

»Idiot«, sagte der Fremde.

Obend drehte sich nach der Stimme um und starrte den Fremden mit tränenden Augen an. Der Mann schnippte ein Feuerzeug an. Er hielt ein zusammengedrücktes Papierknäuel. Das Papier mußte mit irgend etwas getränkt sein, dachte Obend, denn als der Fremde es an die Flamme des Feuerzeugs hielt, ging es mit einem lauten *Wumm* in der Hand des Fremden in lodernde Flammen auf.

Der Fremde warf das Papierknäuel nach Obend. Sofort gab es eine gewaltige Explosion.

Flammen, Flammen überall. Sie fielen über Charles Obend her, hingen in seinen Kleidern, seinem Haar, seiner Haut. Er brannte lichterloh.

Jetzt setzte er sich in Bewegung, versuchte sich aus dem Flammenmeer auf dem Boden zu retten. Aber zu spät. Der Boden war glitschig von Benzin. Er stolperte und schlug der Länge nach hin.

Durch die Flammen hindurch konnte Obend erkennen, daß der Fremde eine zweite Glasflasche in der Hand hielt.

Er riß sie in die Höhe und schleuderte sie in hohem Bogen durch die Luft, so daß sie etwa zwei Schritte von der Stelle entfernt, an der Charles Obend lag, zu Boden fiel.

Aber das war eigentlich nur noch nebensächlich. Er sah, wie die zweite Flasche im entgegenwirbelte, aber es war im Grunde unwichtig, hatte kaum etwas mit ihm zu tun. Das einzige, was er bewußt wahrnahm, war der Schmerz, den er schon fühlte, das unbeschreibliche Brennen, das nicht nur seinen Körper überzog, sondern durch seinen Hals in seine Lunge hinunterzüngelte, als er den nächsten Atemzug tat.

Die Glasflasche schlug auf den Betonboden auf und zersprang.

Und Charles Obend brüllte, ein Brüllen tief aus seinen Eingeweiden, ein Brüllen, das er im Tosen der Flammen nicht hören konnte.

Die Kamera lief schon. Der Killer rannte zurück und hielt sie vor sein Gesicht. Das Feuer loderte im Sucher, und er fragte sich, wie es sich auf Videoband ausnehmen würde.

Er filmte weiter, während er zur Treppe zurückwich, und bemühte sich dabei, die Kamera auf die Flammen gerichtet zu halten.

Charles Obend brüllte nicht mehr.

Auf der Treppe entfernte der Killer den falschen Schnurrbart, die künstlichen Augenbrauen, die Knetmasse, mit der er sein Kinn und seine Wangenkonturen verändert hatte. Er ließ sie zusammen mit der Kamera und den Handschuhen in der Nylontasche verschwinden.

Im Flughafengebäude suchte er die Toilette auf, um zu prüfen, ob Klebstoffreste in seinem Gesicht zurückgeblieben waren. Nichts. Gut. Er kaufte am Zeitungskiosk eine Cola und ging weiter zu Halle C, wo gerade zum Abflug einer United Maschine nach San Francisco aufgerufen wurde. Nonstop. Beim letzten Aufruf ging er an Bord.

Er hatte einen Fensterplatz. Als die Maschine hinausrollte, blickte er hinüber zum Flughafengebäude, Halle A. Ein Feuerwehrwagen kam aus der Parkgarage gefahren.

Er lehnte seinen Kopf zurück und schloß die Augen. Schlief den ganzen Flug bis San Francisco, erwachte, kurz bevor die Maschine aufsetzte.

Es war zwei Stunden vor Tagesanbruch. Der Killer ging zu seinem Wagen – es war ein Dodge-Lieferwagen, tabakbraun – und fuhr direkt nach Hause.

22

Julia Chua lag wach, als ihr Mieter in den frühen Stunden dieses Sonntagmorgen in das Holzschindelhaus in der Tenth Avenue heimkehrte. Ihr Mann war auf einer zweiwöchigen Geschäftsreise, und sie schlief immer unruhig, wenn er weg war.

Ihr Schlafzimmerfenster befand sich über dem Eingang zu der kleinen Souterrainwohnung. Das Fenster war einen Spalt geöffnet, sie konnte daher seine Schritte auf dem Weg, der seitlich am Haus entlangführte, deutlich hören. Danach das Klirren der Schlüssel, als er an den Schlössern herumfummelte – an beiden.

Zuerst öffnete er das Vorhängeschloß, dann das eigentliche Türschloß. Er öffnete die Tür und knipste das Licht an. Julia Chua hörte ihn stöhnen. Wahrscheinlich hob er die Post vom Boden auf, die, wie sie gesehen hatte, der Briefträger am vergangenen Morgen durch den Schlitz geschoben hatte.

Es war die erste Post, die er in den zwei Monaten, seit er hier wohnte, erhalten hatte. Und es war nichts Besonderes, nur eine Werbesendung.

Das machte Julia Chua Kopfzerbrechen. Er bekam keine Briefe, er hatte keine Gäste, und sie hörte niemals auch nur die Geräusche eines Fernsehgeräts. Er kam und ging zu den merkwürdigsten Zeiten, und wenn sie einander wirklich einmal begegneten, was selten genug vorkam, wirkte er immer freundlich und offen, ohne jedoch irgend etwas preiszugeben. Seine Freundlichkeit war falsch, davon war sie überzeugt. Julia Chua hatte ein Gespür für so was.

Und wozu brauchte er dieses Vorhängeschloß, das er gleich am Tag nach seinem Einzug an der Tür hatte anbringen lassen, obwohl das Türschloß völlig in Ordnung war? Was gab es zu stehlen? Das Apartment bestand nur aus einem niedrigen Raum, den sie mit ihren alten, ausrangierten Sachen möbliert hatte. Sein wertvollster Besitz war der Computer, der auf ihrem alten Resopaleßtisch stand.

Er brauchte das Vorhängeschloß nicht, um sich die Welt vom Leib zu halten.

Nur seine Vermieter.

Was mußte er schützen?

Oder verbergen?

Sie hatte keine Angst vor ihm – er hatte ihr nie Anlaß dazu gegeben –, aber es gab zu viele Leerstellen bei ihm, er forderte zu viele Fragen heraus.

Sie traute nichts, was sie nicht verstehen konnte.

An einem dieser Tage, dachte sie, würde sie versuchen, einige der Leerstellen im Leben ihres mysteriösen Mieters, Mr. Corwin Sturmer, zu füllen.

23

An diesem Morgen spie das Faxgerät auf einem Schreibtisch in der Ecke des Dienstraums der Mordkommission San Francisco im Justizgebäude in der Bryant Street schon in aller Frühe eine Meldung aus.

Das Blatt blieb im Korb liegen, bis ein Büroangestellter es bemerkte, als er zum Dienst kam, und es zur Hand nahm.

Er warf einen Blick auf das Blatt, stutzte, sah es sich genauer an. So was hatte er noch nie gesehen. Die Kopfzeile zum Beispiel enthielt nicht einmal die Nummer des Absendegeräts. Und es war weder ein Empfänger noch ein Absender angegeben.

Nach einer amtlichen Nachricht sah das nicht aus.

Vielleicht, dachte er, handelt es sich um einen Irrtum. So etwas kam manchmal vor bei den vielen Faxen, die heutzutage hin- und hergeschickt wurden. Man verwählte sich, und schon landete die Nachricht an der falschen Adresse.

Zum Teufel, man *redete* kaum noch miteinander.

Die Nachricht lautete:

Fleischware Version 3
Aufnahme: 17029 21067
Schlachtung: 17029 21067

HOLZKÖPFE
UNBEDARFTE HOLZKÖPFE

Doch für den unwahrscheinlichen Fall, daß dieser Wisch für jemanden von der Mordkommission gedacht war, pinnte der Angestellte ihn an die Korkwand neben der Kaffeemaschine.

Dort blieb der Zettel ungefähr eine Stunde. Dann kam Lee Wade in den Dienstraum. Es war Sonntag morgen, aber immer, wenn er in einem Fall nicht vorwärtskam, machte er das durch unbezahlte Überstunden wett.

Er hängte sein Jackett auf und ging sich eine Tasse Kaffee holen.

Er rührte den Zucker hinein, als er zum Korkbrett hinaufsah. Sein Blick fiel sofort auf die Faxnachricht. So etwas hatte er doch schon einmal gesehen.

»Donnerwetter«, sagte er mit Inbrunst.

24

Die Fahrt über die Richardson Bay dauerte nur einige Minuten. Jon ankerte in der Ayala-Bucht auf der Nordseite von Angel Island, in der schmalen Durchfahrt zwischen der Insel und der Tiburon-Halbinsel.

In einem kleinen Zodiac-Schlauchboot fuhren sie an den Sandstrand des Hafens. Direkt vor ihnen befand sich der Sitz der Parkverwaltung, ein niedriger weißer Bau, der um die Jahrhundertwende als Verwaltungsgebäude einer Quarantänestation für asiatische Einwanderer gedient hatte.

Auf den Rasenflächen vor dem Gebäude tummelten sich Dutzende von Menschen beim Picknick oder Ballspielen. Hinter ihnen erhob sich das bewaldete Vorgebirge.

Jon machte das Schlauchboot fest, und sie führte ihn zu einem Wanderweg, der sich auf der Westseite der Insel entlangschlängelte. Jon ging neben ihr. Der Weg war so schmal, daß ihre Schultern manchmal aneinanderstießen, ihre Arme sich streiften.

Ein eigenartiges Gefühl. So oft war sie diesen Weg gegangen, aber nie mit einem anderen Mann als Ellis. Mit diesem fast Fremden an ihrer Seite erschien ihr die Insel beinahe wie ein anderer Ort.

Das gefiel ihr. Sie fühlte sich erneuert.

Nach wenigen Minuten hatten sie Bucht und Menschen hinter sich gelassen. Sie waren von Bäumen umgeben. Der Geruch von Eukalyptus hing schwer in der Luft. Durch Lücken zwischen den Bäumen konnten sie Sausalito und das Golden Gate sehen und jenseits den Pazifischen Ozean, der in grauem Dunst verschwamm.

Er nahm ihre Hand, und sie ließ sie ihm, während sie weitergingen.

Der Weg führte sie um den Mount Livermore herum, den höchsten Berg der Insel, die eine Gesamtfläche von etwas mehr als einer Quadratmeile hatte. Als sie weiter vorankamen, lichteten sich die Bäume, und der Blick zeigte ihnen jetzt jenseits der Bay San Francisco: die Werften, den Telegraph Hill und den Coit Tower, die Marina und, weiter nach Westen zu, das Netz gerader Straßen, die bis an den Rand des Ozeans führten.

Direkt unter ihnen fiel der Berg zu einem Kamm ab, der sich, nach Südosten weisend, ins Wasser hinaus erstreckte.

Am Fuß des Kamms, auf einem leicht erhobenen Plateau, das auf den Seiten zu zwei Stränden abfiel, befand sich eine breite, flache Betonrampe. Von der Mitte des neunzehnten Jahrhunderts bis in die sechziger Jahre hinein hatte Angel Island immer wieder als Sitz verschiedenster Militäreinrichtungen gedient. Ihre Hinterlassenschaften – Kasernen, Straßen, Geschützstellungen – kennzeichneten die Insel. Dies hier war eines der jüngsten Zeugnisse: Von 1954 bis 1962 war hier eine Raketenabschußbasis gewesen.

Kate und Jon blieben ein paar Minuten dort stehen. Das Panorama war belebt von der Bewegung der Boote, dem Funkeln des Sonnenlichts auf dem Wasser, dem kaum wahrnehmbaren Schlängeln des Verkehrs auf den Brücken und in den Straßen der Stadt.

»Schön«, sagte er. Er legte ihr den Arm um die Taille, ohne den Blick von der Aussicht zu wenden. Er zog sie näher an sich heran, und sie leistete keinen Widerstand.

Er wandte sich ihr zu.

»Schön«, sagte er wieder.

Aber diesmal sah er sie an.

Am späten Nachmittag schipperten sie motorgetrieben über die Richardson Bay zurück. Kate stand neben Jon, als er das Boot mühelos zum Pier steuerte, so leicht, so behutsam, daß sie, als sie auf die Seite ging, überrascht war, es an den Gummifendern anliegen zu sehen.

Vom Steuer her sagte er, das Blubbern des Dieselmotors

übertönend: »Wir müssen uns wiedersehen. Wirklich. Es wäre doch verrückt, wenn wir uns jetzt einfach verabschieden würden.«

»Okay«, sagte sie.

»Morgen zum Mittagessen. Wollen Sie mich abholen?« Er wies zu Tor drei.

»Halb zwölf«, sagte sie. »Sie sind da?«

»Wo sonst?« fragte er.

Oh, wieder dieses Lächeln.

Sie sprang auf den Steg, winkte und sah ihm nach, als er das Boot rückwärts hinausmanövrierte. Dann wandte er es nach Süden, zu Tor drei. Sie sah ihm nach, wie er auf dem Boot davonglitt; beinahe wie in einem Traum.

In einem ungewöhnlich schönen Traum.

Das Hausboot erschien ihr leer und sinnlos, als sie hineinging. Sie pusselte eine Weile mit Hausarbeiten herum, die eigentlich gar nicht nötig waren.

Keine Stunde war vergangen, da wünschte sie, sie hätte ihn nicht gehen lassen. Aber das war ihr Vorsatz gewesen: Mach's kurz, laß es unverbindlich. Was immer dieses »es« auch war.

Jetzt fand sie das dumm.

Sie wußte, wo sie wenigstens eine Art Gesellschaft finden konnte. Mager und unbefriedigend zwar nach den letzten Stunden, aber eine bessere Alternative gab es im Moment nicht.

Sie ging zu ihrem Computer, schaltete ihn ein und wählte Verba an.

Nachdem sie eingeloggt hatte, erfolgte die übliche Begrüßung.

Willkommen, Ziggy.

Sie tippte.

Besuch SF.

Drei der Stammgäste – Nancy-T, Michiko, Aurora – begrüßten sie, als die Verbindung zur Gruppe hergestellt war.

Sie war seit fast einer Woche nicht mehr dabeigewesen. Zunächst einmal lehnte sie sich zurück und las, um sich auf den neuesten Stand bringen zu lassen.

Salome traf einige Minuten nach ihr ein, und Michiko schrieb:

Michiko> Ah, noch ein Wandergeist schwebt durch den Äther. Du hast lange nichts von dir hören lassen.

Salome> Ich habe eine triftige Entschuldigung für meine Abwesenheit. Die Swimmingpool-Firma hat mir letzte Woche einen ausgesprochen appetitlichen neuen Wartungsmann vorbeigeschickt, der sich nichts Schöneres vorstellen konnte, als ein langes Wochenende in Santa Cruz zu verbringen.

Nancy-T> Entschuldigung angenommen. Wie steht's mit dir, Ziggy?

Ziggy> Bei mir ist wie immer Arbeit die Entschuldigung.

Michiko> Auf die Art wirst du nie jemanden kennenlernen.

Ziggy> Du könntest dich irren.

Aurora> Aha, Ziggy ist auf Öl gestoßen!

Salome> Hoffentlich eine ergiebige Quelle.

Michiko> Raus mit der Sprache, Ziggy.

Ziggy> Ein ziemlich netter Mann. Interessant. Jedenfalls kein Durchschnittstyp. Er ist Segler.

Nancy-T> Zweifellos von einer langen Reise heimgekehrt.

Salome> Single?

Ziggy> Ja.

Michiko> Sieht er gut aus? Und sag jetzt bitte nicht so

was wie »Das kommt ganz auf den Geschmack an«.

Ziggy> Ich glaube, in diesem Fall wäre das Urteil einstimmig. Er macht was her.

Nancy-T> Das klingt nach was Ernstem.

Ziggy> Ach, eigentlich kenne ich ihn kaum.

Michiko> Keine Dementis. Das ist nur Zeitverschwendung.

Ziggy> Er ist faszinierend, das gebe ich zu.

Salome> Gong! Bitte um Ruhe! Zähmen wir mal eine Weile unsere flinken Fingerchen, damit Ziggy das Wort ergreifen kann . . . Sehr gut . . . Also, Ziggy, jetzt erzähl uns mal alles über diesen faszinierenden Jungen. Und daß du ja nicht auch nur das kleinste leckere Detail ausläßt . . .

25

An diesem Nachmittag fuhr Lee Wade in die Tesla Street 2600. Seit das Fax gekommen war, ging ihm ständig der verlotterte Bursche in dem dunklen Haus am Telegraph Hill im Kopf herum.

Wer immer auch diese Nachricht geschrieben hatte, war mit Sicherheit ein ziemlich schräger Vogel. Und das paßte auf Ellis Hoile, ganz klar.

Lee Wade hatte bereits herausbekommen, daß Ellis Hoile nicht vorbestraft war, daß das Haus in der Tesla Street ihm gehörte und nicht belastet war und daß, obwohl diese Adresse auf Wohlhabenheit schließen ließ, lediglich ein Fahrzeug, ein 1974er Datsun 510, auf ihn zugelassen war.

Nach der Ankunft der Faxmitteilung hatte Wade seinen Partner, der Ronson hieß, gebeten, Ellis Hoiles unmittelbare

Nachbarn zu befragen. So hatte er von Ellis Hoiles Ehe und Scheidung erfahren.

Die Nachbarn seien sich alle einig gewesen, berichtete Ronson. Er sei ein sehr netter Mann, freundlich, wenn auch etwas distanziert – und ein wenig merkwürdig. Lebe zurückgezogen, noch mehr seit der Scheidung. Aber er sei nett.

Lee Wade fand das irgendwie verdächtig. Genauso pflegten in Fernsehinterviews die Leute über den soeben verhafteten Massenmörder zu reden, der jahrelang ihr Nachbar gewesen war.

Und das alles besagte gar nichts. Das einzige, worauf Wade sich im Grunde stützte, war ein Instinkt, ein Gefühl, was Ellis Hoile betraf. Der Instinkt sagte ihm, daß er Ellis Hoile noch einmal sehen, mit ihm sprechen, ihm in die Augen sehen mußte; ihn in diesen ersten unbedachten Momenten, wenn ihm klar wurde, daß er tatsächlich eines Verbrechens verdächtigt wurde, unter die Lupe nehmen mußte.

Lee Wade war überzeugt, daß die Reaktionen eines Verdächtigen in diesen ersten Momenten einem mehr verraten konnten als stundenlange Verhöre. Das traf besonders für Schuldige zu, die zu Verwirrung und Aggressivität tendierten, wenn man sie mit so etwas überfiel.

Ellis Hoile öffnete die Tür beim dritten Läuten. Aber er sah nicht verwirrt oder aggressiv aus. Nur müde und vielleicht eine Spur neugierig wirkte er, als er die Tür öffnete und sagte: »Polizei San Francisco, Mordkommission – äh –, Wade, stimmt's? Sergeant Lee Wade.«

Wade konnte förmlich sehen, wie die Rädchen in seinem Hirn ineinandergriffen.

»Sie erinnern sich«, sagte Wade.

»Ich weiß, wen ich kenne. Wie ich neulich schon sagte.«

»Stimmt, das haben Sie gesagt.«

»Sagen Sie bloß nicht, daß wieder jemand umgebracht worden ist.«

Komische Bemerkung, dachte Wade. Aber er schüttelte den Kopf und erwiderte: »Nein, ich hocke immer noch über der Donald-Trask-Geschichte.«

»Ich weiß nicht, wie ich Ihnen da helfen kann«, sagte Ellis Hoile.

»Ich hab mir gedacht, da Sie doch so ein gutes Gedächtnis haben, wäre Ihnen vielleicht noch was eingefallen, woran Sie letztes Mal nicht gedacht haben«, sagte Wade.

»Ich habe Ihnen gesagt, was ich weiß.«

»Vielleicht haben Sie ihn doch mal persönlich getroffen, und es ist Ihnen nur entfallen.«

»Nein, ich bin ihm nie begegnet«, entgegnete Ellis Hoile. »Das weiß ich mit Sicherheit.«

»Ja, das sagten Sie schon.«

»Sie haben nicht viel mit Computern zu tun.«

»Nein, da haben Sie recht.«

»Sonst würden Sie wissen, was ich meine. Das ist einer der interessanten Aspekte der Online-Kultur, die ganze Frage der Identität, wer jemand ist und wer er zu sein vorgibt. In gewisser Weise ist es ganz belanglos, wer man *wirklich* ist. Man kann behaupten, ein Physiker zu sein, der den Nobelpreis gewonnen hat, verstehen Sie, und es kann eine Lüge sein, aber wenn man die Rolle gut genug spielt, wenn man überzeugend ist, merkt keiner was. Und wenn man die Rolle so gut spielen *kann*, wenn man tatsächlich an den entsprechenden Wissensstand herankommt, dann hat man sowieso eine gewisse Achtung verdient.«

Wade hatte den Eindruck, daß Ellis Hoile vom Thema abschweifte. Vielleicht absichtlich. Um das Gespräch wieder in die gewünschte Bahn zu lenken, sagte er: »Wenn Sie Mr. Trask persönlich gekannt haben, sollten Sie besser nicht lügen. Das wäre nicht gut für Sie. Je öfter Sie die Lüge wiederholen, desto übler würde es für Sie aussehen, wenn ich Ihnen auf die Schliche komme.«

Wade beobachtete Ellis Hoile jetzt scharf, ganz darauf

konzentriert zu sehen, wie dieser unter Druck reagieren würde.

Als ginge es ihm gerade erst auf, sagte Ellis Hoile: »Sie glauben, daß ich ihn getötet habe. Darum sind Sie hier.«

Wade leugnete es nicht. Er beobachtete weiter Ellis Hoiles Gesicht. Was er sah, war milde Verwunderung, aber weder Panik noch Wut. Nichts Gezwungenes. Lee Wade hatte schon mit diversen hervorragenden Lügnern zu tun gehabt, die versucht hatten, ihn hereinzulegen – es war aufschlußreich, sie in ihren Bemühungen fortfahren zu lassen, wenn man bereits den Beweis hatte, daß sie logen.

»Jetzt hören Sie mir mal zu«, sagte Ellis Hoile. Sein Ton war ruhig, seine Stimme gedämpft, beinahe wie die eines guten Vaters, der mit seinem Kind spricht. Das kleine Lächeln in seinem Gesicht erlosch jetzt. »Ich habe Donald Trask nicht getötet. Ich habe noch nie jemanden getötet. Ich töte nicht. Ich hasse es, jemandem weh tun zu müssen. Das liegt nicht in meiner Natur.«

»Das liegt in jedermanns Natur«, entgegnete Wade.

»Ich kann nichts beweisen«, fuhr Ellis Hoile fort, der anscheinend nicht merkte, daß er geprüft wurde. »Ich glaube nicht, daß ich mit absoluter logischer Sicherheit beweisen kann, daß ich Donald Trask nicht getötet habe, daß ich ihn nicht einmal persönlich gekannt habe, aber wenn Sie das glauben –«

Das führte zu nichts. Wade schnitt ihm mit einer Handbewegung das Wort ab. Er beschloß, es anders zu versuchen.

»Sehen Sie sich das an«, sagte er.

In der rechten Hand hielt er ein gefaltetes Blatt Papier. Es war eine Fotokopie der beiden Nachrichten des Killers. Da er nichts zu verlieren hatte, zeigte er sie Ellis Hoile.

»Sagt Ihnen das was?« fragte er.

Ellis Hoile warf einen kurzen Blick darauf und sagte: »In welchem Zusammenhang?«

Der Kerl konnte einen wirklich die Wände hochtreiben.

»Sagen Sie mir einfach, was Sie denken«, sagte Lee Wade. »Nehmen Sie an, ich wüßte rein gar nichts darüber.«

Was der Wahrheit ziemlich nahe kam.

»Wer das geschrieben hat, hat Online-Erfahrung«, sagte Ellis Hoile. »Aber das wußten Sie wahrscheinlich schon.«

Es war Wade neu.

»Computer.«

»Richtig.«

»Und wie kommen Sie darauf?« *Na prächtig*, dachte Wade, *beschissene Computer, das hat mir gerade noch gefehlt.*

»Die Sprache«, antwortete Ellis Hoile. »Die Versionsnummer gehört zum Software-Sprachgebrauch. Ein neues Programm bezeichnet man vielleicht als Version eins. Dann arbeitet man ein paar kleine Änderungen ein, und es wird Version eins punkt eins. Version zwei wäre ein ganz neues Update.

Ahnungsloser Holzkopf, das hört man online dauernd. Es bezeichnet jemanden, der von Tuten und Blasen keinen Schimmer hat.«

Das, dachte Wade, traf genau ins Schwarze.

»Und Fleischware?« fragte er.

»Das ist längst nicht so geläufig. Man hört es meistens unter den Hackern, die zum harten Kern gehören. Sagen wir, irgendwelche Leute haben Probleme mit einem bestimmten System. Wenn Sie der Programmierer sind, würden Sie sagen, die Hardware ist in Ordnung, die Software ist *debugged*, das heißt, eventuelle Fehler sind ausgeräumt, aber mit der Fleischware gibt's Schwierigkeiten.«

»Und was heißt das?«

»Mit den Benutzern«, erklärte Ellis Hoile. »Den Menschen.«

»Reizend«, sagte Wade.

»Es heißt im Grunde nichts. Es ist nur ein Ausdruck.«

»Für dieses Arschloch ist es nicht nur ein Ausdruck«,

entgegnete Wade. »Und wie steht's mit den Zahlen? Sagen die Ihnen auch was?«

»Nicht auf den ersten Blick. Es könnten zweidimensionale Koordinaten sein. Jeweils zwei Einheiten. Aber bei der zweiten Nachricht sind beide Einheiten gleich, das ist interessant.«

»Sehr interessant, ja«, sagte Wade.

»Ich nehme an, diese Dinger haben mit dem Mord zu tun.«

Wade, dem das Bild vor Augen stand, wie der Pathologe der Leiche Donald Trasks die Plastikkapsel entnommen hatte, nickte nur.

»Das ist so ziemlich alles, was ich Ihnen sagen kann«, fuhr Ellis Hoile fort. »Er kennt sich mit Computern aus. Vielleicht sogar ziemlich gut. Ja, ganz bestimmt.«

»Das ist schon eine Hilfe«, sagte Wade, obwohl er das gar nicht fand.

Ellis Hoile wollte ihm das Blatt Papier zurückgeben, doch wiederum aus einem Gefühl heraus sagte Wade: »Nein, das ist nur eine Kopie, behalten Sie sie. Vielleicht fällt Ihnen zu den Zahlen doch noch was ein.«

»Gut.«

»Wenn ja, rufen Sie mich an.«

»Werde ich tun«, sagte Ellis Hoile. Aber er schien noch nicht fertig zu sein – es schien, als beschäftigte ihn noch etwas, von dem er nicht sicher war, ob er es erwähnen sollte.

»Raus damit«, sagte Lee Wade.

»Der Mann, der das geschrieben hat, arbeitet mit System. Er ist methodisch, das sieht man. An seinem ganzen Ansatz. Konzentriert. Er macht keine Faxen. Verlangen Sie jetzt nicht von mir, Ihnen zu zeigen, woher ich das nehme, das kann ich nämlich nicht. Es ist sein ganzer Stil. Nur ein Eindruck, okay? Aber Sie wollten es wissen.«

»Sonst noch was?«

»Das könnte ein ernstzunehmender Gegner sein.«

Ein bitteres Lachen.

»Bin ich auf der richtigen Spur?« fragte Ellis Hoile.

»Wenn Sie wüßten«, sagte Lee Wade.

26

Kurz vor Mitternacht saß Stephen Leviste immer noch an seinem Computer. Er hatte den ganzen Tag TRY ME gespielt.

Es war ein tolles Spiel: massenhaft Action, knifflige Fallen und Tricks. Er hatte noch keinmal gewonnen, aber er hielt einen Sieg nicht für unmöglich. Er hatte bei den Wanderungen durch das Labyrinth stetige Fortschritte gemacht.

Das Haupthindernis war ein gesichtsloser Mörder, der ziellos in den Betonkorridoren umherzustreifen schien. Manchmal gelang es, ihm davonzulaufen, aber früher oder später fand er einen doch. Jedesmal.

Und wenn er einen einholte, dann wurde man getötet, da gab es kein Entkommen. Stephen Leviste war hundertmal in dem Labyrinth getötet worden.

Jetzt brach er durch eine Tür in der sechsten Etage und stieß dahinter auf den Mörder. Der nur auf ihn gewartet hatte.

Stephen bewegte seine Maus, um zu fliehen.

Aus dem Flur hörte er Schritte. Dann die schlaftrunkene Stimme seiner Mutter: »Stephen, Herrgott noch mal! Was machst du da?«

Stephen stieß seine Maus vorwärts, rannte durch die Türen zurück und um zwei Ecken herum.

»Stephen . . .«, sagte seine Mutter.

»Ja, okay«, sagte er.

Er ging hinüber und machte das Licht aus. Dann wartete er, den Blick unverwandt auf den Monitor gerichtet, bis er seine Mutter ins Schlafzimmer zurückgehen hörte.

Als er wieder zur Tastatur griff, war sofort der Mörder wieder da. Er hatte eine Kettensäge in den Händen und kam näher. Er riß an der Starterleine. Der Motor der Kettensäge sprang sofort an.

Brrrrp schallte es aus den Lautsprechern des Computers, als der Mörder näher kam, den Motor in die Höhe trieb und die Säge so nahe heranführte, daß sie den Bildschirm füllte . . .

»Stephen!« Seine Mutter stand wieder an der Tür.

Der Bildschirm färbte sich einen Moment lang blutrot. Dann wurde er schwarz, und es erschienen die Worte:

Noch mal probieren?

Stephens Mutter tat das, was Stephen selbst nicht fertigbrachte. Sie trat ins Zimmer und schaltete Computer und Bildschirm aus. Dann gab sie Stephen einen Kuß auf dic Wange.

27

Lee Wade hatte eine Pizza mitgenommen auf der Heimfahrt zu der Doppelhaushälfte in einer Seitenstraße der Taraval Street, wo er mit seiner Frau und seinen beiden Kindern wohnte. Es war nicht weit von Ocean Beach, einem der letzten Viertel im nobelsanierten San Francisco, das wenigstens noch halbwegs Arbeiterklasse hatte.

Sie hatten die Kinder ausnahmsweise einmal zeitig in ihre Betten gebracht. Dann hatte Lee Wade sich ein heißes Bad einlaufen lassen und sich hineingelegt, um seinen Frust auszuschwitzen.

Seine Frau war hereingekommen, während er bis zum Hals im beinahe siedendheißen Wasser gelegen hatte. Sie hatte ihm ein Bier gebracht, sein Haar gewaschen, die Muskeln in seinem Nacken massiert.

Es hatte ihm gutgetan – nicht nur die Berührung, sondern das Gefühl, akzeptiert und verstanden zu werden.

»Immer einen Schritt zu spät, nicht ganz soviel Grips wie nötig«, hatte er gesagt. Seine ersten Worte in fast einer Stunde. »Das ist wirklich das gemeinste Gefühl, das ich kenne. Genug Grips zu haben, um zu wissen, daß man nicht genug Grips hat.«

Sie hatte ihm die Brust eingeseift.

»Ach komm, du hast eine Menge Grips«, hatte sie gesagt.

Er hatte nur den Kopf geschüttelt.

Wenig später waren sie zusammen ins Bett gegangen, und eine Weile hatte sie ihn das alles vergessen gemacht.

Er schlief schon seit Stunden, als das Telefon läutete. Sonst ging meistens er dran, aber sie war auf seiner Seite des Betts eingeschlafen.

Sie nahm ab, lauschte einen Moment, sagte: »Ja, er ist hier« und reichte ihm den Hörer.

»Hier spricht Ellis Hoile.«

Lee Wade versuchte auf dem Digitalwecker neben dem Bett zu erkennen, wie spät es war. Zwei Uhr siebenundvierzig. Hatte der Bursche kein Zeitgefühl?

»Ich hoffe, Sie nehmen es mir nicht übel. Sie haben mich gebeten anzurufen, wenn mir noch etwas einfallen sollte. Ich dachte gerade über unser Gespräch nach, als mir doch noch ein Gedanke kam, und da die Zeit wichtig sein könnte, wollte ich Sie so rasch wie möglich erreichen.«

Wade, der halb aufgerichtet im Bett lag, bemühte sich, nicht einzunicken.

»Sind Sie noch da?« fragte Ellis Hoile.

»Ja.«

»Sie sollten die Aufzeichnungen auf der Festplatte von Donald Trasks Computer prüfen. Ebenso alle Disketten. Es ist durchaus wahrscheinlich, daß Sie in seinem Speicher auf den Namen seines Mörders stoßen werden. Oder zumindest auf einen Hinweis auf den Mörder.«

Wade war plötzlich hellwach.

»Es springt einem ja förmlich ins Gesicht«, fuhr Ellis Hoile fort. »Das Opfer war Teilnehmer eines Online-Netzwerks, und ich bin ganz sicher, daß der Killer Online-Erfahrung hat.

Ich gebe zu, es kann Zufall sein. In den letzten zwei Jahren ist die Nutzung von Online-Diensten sehr populär geworden. Der Killer muß Donald Trask nicht aus Gründen gewählt haben, die mit Computergeschichten zu tun haben. Aber es könnte doch sein.

Ich habe mir das mal durch den Kopf gehen lassen. Rein theoretisch, versteht sich. Bilden Sie sich also nicht gleich wieder irgendwelche Verrücktheiten über mich ein. Aber ich habe mir überlegt, daß ein Online-Netzwerk das ideale Terrain für einen Mörder wäre, seinem Opfer aufzulauern.«

Ellis Hoile sprach schnell und ein wenig atemlos. Er schien erregt zu sein. Lee Wade hatte bei seinen beiden Besuchen bei ihm schon eine leise Ahnung davon mitbekommen, wie er in diesem Zustand war: absolut konzentriert, ganz auf das gerichtet, was er im Kopf hatte. Beinahe glühend.

»Ich meine, wenn die Polizei einen Mord untersucht, sieht sie sich doch als erstes die Familie und die Freunde des Opfers an. Die meisten Mordopfer werden von Leuten getötet, die sie kennen – richtig? Und im normalen Leben lassen sich diese Verbindungen leicht verfolgen. Man weiß, wo das Opfer gewohnt hat, wo es gearbeitet hat. Man hat keine Ahnung, mit wem es verkehrt hat.

Aber Online-Verbindungen verschwinden, sobald man ausloggt. Das heißt nicht, daß der Kontakt weniger real ist. Wenn man da draußen jemandem begegnet, begegnet man ihm wirklich. Es ist so, als befände man sich in einem neutralen Gebiet, und auch wenn man es auf einer Landkarte niemals finden würde, ist es doch da, es ist ein realer Ort, und alle, die sich dort befinden, wissen das.

Wenn man sich ausklinkt, die Verbindung unterbricht, ganz gleich, wie man es nennen will – dann ist alles weg, und es bleibt keine Spur. Aber das heißt nicht, daß es weniger real war, solange es da war.«

Schweigen.

»Ich bin noch da«, sagte Wade. »Ich versuche nur, das zu kapieren.«

Sich mit einer Vorstellung vertraut zu machen, die Ellis Hoile längst verdaut hatte – und zweifellos ohne Mühe.

»Sie glauben, daß er den Namen des Killers gespeichert hat?«

»Es kann sein. Einen großen Teil der Online-Kultur bilden E-Mail und empfangene Nachrichten. Das wäre der einzige Nachweis ihres Kontakts, wenn er davon etwas aufbewahrt hat. Wenn Sie auf seiner Festplatte und seinen Disketten nachsehen, werden Sie vielleicht eine Menge Namen finden und vielleicht nicht den geringsten Hinweis darauf, daß einer der Namen der des Mörders ist. Und vielleicht ist er ja auch gar nicht darunter.

Es wäre eine Heidenarbeit, sie alle zu überprüfen. Aber es wäre vielleicht hilfreicher, das zu versuchen, als mit dem weiterzumachen, was Sie jetzt tun. Wenn Sie wirklich festsitzen.«

Er holte Atem. Als er wieder zu sprechen begann, hörte er sich an wie einer, der eine schlechte Nachricht überbringen muß.

»Halten Sie mich bitte nicht für anmaßend«, sagte er. »Aber die Welt verändert sich. Viele Methoden, die man früher angewandt hat, greifen heute einfach nicht mehr so gut wie damals.«

Wieder eine Pause. Er schien auf eine Erwiderung von Lee Wade zu warten.

»Ich bin Ihnen wirklich dankbar«, sagte Wade.

»Tut mir leid, daß ich Sie aus dem Schlaf gerissen habe«, sagte Ellis Hoile. »Aber ich fand, Sie sollten das wissen.«

Er legte auf.

Lee Wade streckte seinen Arm über seine Frau hinweg und legte ebenfalls auf.

Er drückte seinen Rücken flach auf die Matratze und starrte in seinem dunklen Schlafzimmer zur Decke hinauf. Er war nicht mehr schläfrig. Seine Schultern waren wieder verkrampft, und er hatte Kopfschmerzen.

Er hatte wieder dieses Gefühl: daß ihm das Leben davonlief, der Abstand sich ständig vergrößerte und er keine Chance hatte aufzuholen.

Nachdem Ellis Hoile das Telefongespräch beendet hatte, stellte er die Verbindung zu Verba her. Er drehte sich in seinem Sessel, bis er das Mikrophon, das auf seinem Schreibtisch stand, genau vor sich hatte.

Im Konversationston sagte er:

»Com. Verba. Verbinden.«

Einer der Computer auf den Schreibtischen reagierte, indem er ein Kommunikationsprogramm öffnete, den Einstieg für Verba suchte und ein kurzes Skript ausführte, das dazu bestimmt war, das Einloggen zu übernehmen.

Wie immer fragte Verba nach der Benutzerkennung, und das von Ellis Hoile geschriebene Skript gab das *handle* an, unter dem er seit Jahren bekannt war, und fügte dann sein Paßwort hinzu.

Verbas Computer antwortete:

Willkommen, Avatar.
Sie haben Post.

»Überprüfe Post«, sagte er, und als er bei seinem Stuhl war, stand auf dem Bildschirm schon der Index mit einem einzigen Eintrag.

Stoma@verba.org. 21:18 Ein neues Spiel!

VIERTER TEIL

Avatar

8.–12. Mai

28

In seiner Wohnung in der Tesla Street öffnete Ellis Hoile die Nachricht von Stoma:

> Hallo,
> ich brauche Betatester für ein neues Spiel. Es ist eine Abwandlung der alten *Dungeon*-Abenteuer, aber mit Schwergewicht auf Graphik.
> Ich dachte mir, du als Superspieler würdest dir die Betaversion vielleicht gern mal anschauen. Sie liegt bei. Samt Quelle! Ich erwarte deinen Kommentar.

Ellis Hoile machte gern Computerspiele – wie die meisten Hacker. Wenn immer Computer schneller und besser wurden – was dieser Tage ungefähr zwei- oder dreimal im Jahr der Fall war –, kamen als erste Anwendungsprogramme meistens Graphikspiele heraus, um den Verkauf der neuen Systeme anzukurbeln.

Man mußte spielen, wenn man über den Stand der Computerkunst auf dem Laufenden bleiben wollte.

Ellis Hoiles Spezialität waren Labyrinthspiele. Viele Hacker hatten dafür ein Faible, wenn auch die meisten reale Labyrinthe vorzogen, wenn sie zu finden waren. Für viele Hacker – Ellis Hoile unter ihnen – wäre die Chance, eine Woche durch die unterirdischen Kanäle von Paris zu irren, höchste Wonne gewesen.

Er übertrug die Beilage in den eigenen Computer und kopierte sie auf Diskette, die er dann sofort mit einem Antivirenprogramm prüfte.

Niemals fuhr er ein ausführbares Programm unmittelbar nach der Übertragung in seinen Computer hoch. Ein Computervirus von wenigen Zeilen Länge konnte Schlüsseldateien löschen, ja sogar eine Festplatte beschädigen. Und das Wissen darum, wie man diese wenigen Zeilen schrieb, war lange nicht mehr geheim. Es war vielen Tausenden zugänglich, unter ihnen ein hoher Prozentsatz Jugendlicher.

Das Antivirenprogramm fand nichts. Das Spiel war frei von bekannten Viren.

Aber Ellis Hoile war immer noch nicht bereit, das Spiel zu booten. Er öffnete einen Texteditor und begann die Datei zu prüfen.

Sie schien aus zwei Teilen zu bestehen. Das Programm war im Maschinencode – unlesbar. Aber der Hacker hatte außerdem den unkomplizierten Originalcode in der Programmiersprache, die als C++ bekannt ist, beigefügt.

Den konnte Ellis Hoile lesen.

Er lud ihn in einen Editor, und die Softwareroutinen und -prozesse, die das Spiel ausmachten, begannen seinen Bildschirm in Blöcken von vierzig Zeilen zu füllen.

Er wollte nur einen Blick auf Listings werfen, sich die ersten paar hundert Zeilen ansehen: ein Programmierer, der das Werk eines anderen unter die Lupe nimmt.

Aber das, was er sah, fesselte ihn.

Es war gut. *Wirklich* gut.

Er fuhr fort, die Listings durchzusehen, dicht gedrängte Linien von Wörtern und Kürzeln, die auf einen Außenseiter wie Kauderwelsch gewirkt hätten, die Ellis Hoile jedoch als reine Kunst erkannte.

Das Programm war sauber, präzise, ökonomisch in der Art, wie es die Ressourcen eines Computers nutzte. Er selbst wäre glücklich gewesen, einen solchen Code zu schreiben.

Das war nicht das Projekt eines Jugendlichen. Das war das Werk eines hervorragenden Experten.

Drei Stunden später hatte Ellis Hoile seinen Platz am Computer immer noch nicht verlassen, außer um sich Kaffee einzuschenken.

Der Quellencode des Spiels fesselte seine ganze Aufmerksamkeit.

Der Instruktionenset offenbart die Methoden, die Ansätze, die jeder Computer-Software zugrunde liegen. Außerdem offenbarte er Ellis Hoiles Meinung nach immer auch etwas über den Programmierer, der ihn gestaltet hatte.

Diese Überzeugung vor allem hielt ihn auf seinem Sessel fest. Das Programm war ein Fenster zum Geist seines Schöpfers. Und wenn man das glaubte, dann war Stoma ein hochinteressanter Zeitgenosse.

Jedes gute Programm zeigt Weitblick, Erfindungsreichtum, klares Denken. Wer immer dieses hier geschrieben hatte, besaß all dies. Und mehr.

Man mußte beinahe sagen, daß er listig war.

Vielleicht sogar beängstigend in seiner Schlauheit.

Und das hielt Ellis Hoile davon ab, das zu tun, was er liebend gern getan hätte: das eigentliche Programm zu starten.

Irgend etwas passierte hier, und er wollte herausbekommen, was es war. Er blieb dran, ohne Pause, während die Codeblocks über den Bildschirm vor ihm aufwärts glitten.

Dann entdeckte er es.

Eine Kryptographie, eine verschlüsselte Zeichenkette, etwa dreiviertelwegs durch das Programmlisting. Das war nun tatsächlich Kauderwelsch, zumindest für das Auge. Aber es war nichts Zufälliges. Ellis Hoile war sicher, daß es sich um eine Art Virus oder Wurm handelte, der im Inneren eines Trojanischen Pferds versteckt war.

Ellis Hoile nahm die verschlüsselte Zeichenkette heraus. Rasch sah er den Rest des Listings durch, auf der Suche nach einem zweiten Parasiten.

Um drei Uhr vierzig morgens erreichte er schließlich das

Ende des Listings. Er hatte nichts weiter gefunden, was nicht ins Programm gehörte. Er kopierte die desinfizierte Version des Spiels auf eine Diskette, die er jedoch zunächst einmal beiseite legte.

Er wollte das Spiel noch immer ausprobieren. Nur jetzt noch nicht.

Er stand aus seinem Sessel auf und nahm einen Computer aus einem der Regale an der Wand. Einen alten 286er mit einer 40-Megabyte-Festplatte – er hatte ihn seit über einem Jahr nicht mehr benützt.

Die Festplatte war ein Relikt, das Ellis Hoile zu opfern bereit war, um seine Neugier zu stillen. Er wollte herausbekommen, was der Hacker vorhatte.

Er schloß einen Monitor und einen Drucker an den Computer an und verband das Stromkabel mit der Steckdose. Mit ein paar Tastenanschlägen stellte er das System so ein, daß es von nun an jeden Befehl, der über den Prozessor aufgerufen wurde, ausdrucken würde.

Er legte die Diskette ein, kopierte das Spiel auf die Festplatte und bootete es.

Die Festplatte knackte und rotierte. Eines dieser Knackgeräusche würde die Einleitung des Parasitenprogramms in das System markieren.

Der Drucker summte und klapperte.

Eine Zeile. Wagenrücklauf.

Eine zweite Zeile.

Eine dritte. Und weitere. Der Parasit war schon an der Arbeit.

Der Drucker hörte auf zu arbeiten.

Ellis Hoile las den Printout. Der Parasit hatte die beiden seriellen Schnittstellen identifiziert, die die Hauptdatenausgaben des Computers waren. An jeder Schnittstelle hatte er nach einem betriebsbereiten Modem gesucht, aber keines gefunden.

Dennoch scannte er die Festplattenverzeichnisse und fand

ein Kommunikationsprogramm. Er fand die Initialisierungsdatei, die die Starteinstellungen für dieses Programm setzte, und sendete ein Kommando zur Stillegung des Lautsprechers des Modems – wenn ein Modem da gewesen wäre.

Danach legte sich der Parasit zur Ruhe.

Aber Ellis Hoile ahnte schon, was das alles zu bedeuten hatte. Der Parasit wollte einen Anruf tätigen, höchstwahrscheinlich an den Mann, der das Programm geschrieben hatte. Stoma wollte Ellis Hoiles Computer knacken.

Und Ellis Hoile würde ihn hereinlassen.

Er ging wieder zum Regal, zog ein älteres Modem und einen Satz Kabel heraus, die er an eine der seriellen Schnittstellen des Computers und an die nächste Telefonbuchse anschloß.

Dann setzte er sich an sein Gerät und brachte mehrere Minuten damit zu, alle Dateien zu löschen, die irgendeinen Hinweis darauf enthielten, wer er war und wo er lebte.

Schließlich stellte er, da die Batterie nach einem Jahr auf dem Regal schwach geworden war, die Computeruhr auf die korrekte Zeit ein: vier Uhr zwölf.

Damit erwachte der Parasit aus seinem Schlaf.

Wieder suchte er nach einem betriebsbereiten Modem, fand diesmal eines, fuhr sofort das Befehlsprogramm hoch und begann lautlos eine Telefonnummer zu wählen.

Ellis Hoile las die Nummer mit, die der Printer ausdruckte. Er wartete, bis die Verbindung hergestellt war – dann drückte er auf den Modemknopf und stellte den Strom ab. Die Verbindung war nun unterbrochen.

Der Nummer nach handelte es sich um eine örtliche Funktelefonanlage. Er erkannte die Vorwahl sofort.

Sein Peilgerät stand schon auf dem Schreibtisch, direkt neben seinem Ellbogen. Er schaltete das Gerät ein und dann wieder das Modem. Augenblicklich suchte der Parasit wieder das Modem, initialisierte es und machte einen Anruf.

Wieder an ein Funktelefon.

Bei einer anderen Nummer.

Das gab der ganzen Geschichte einen neuen Dreh. Es bedeutete, daß Stoma vielleicht noch schlauer war – und noch ernster zu nehmen –, als Ellis Hoile geglaubt hatte.

Jedes Funktelefon bekommt bei Herstellung eine elektronische Seriennummer zugewiesen, die es nur einmal gibt, und erhält später eine Rufnummer. Diese beiden Nummern – die ESN und NAM genannt werden – dienen zur Identifizierung des Geräts und seines Inhabers bei sämtlichen Vermittlungsstellen des Landes. Jedesmal, wenn ein Funktelefon eingeschaltet wird, um zu senden oder zu empfangen, teilt es über spezielle verschlüsselte Datenkanäle dem örtlichen Betreiber sein ESN und sein NAM mit. Ein Anruf kann erst erfolgen, wenn die örtliche Betriebsgesellschaft ESN und NAM des Anschlusses anerkannt und bestätigt hat. Diese beiden Nummern bilden die Basis für die Rechnungstellung – sie sind die Grundlage des gesamten Funktelefonwesens. Ohne sie würde das System nicht funktionieren.

Sehr schnell nach der Einführung des Funktelefons lernten Elektronikpiraten, die ESNs und NAMs zu empfangen und zu entschlüsseln, die ständig zwischen den Telefonanschlüssen und den Vermittlungsstellen flossen. Waren die Piraten erst einmal in Besitz gültiger Nummern, so war es für sie relativ einfach, einen Anschluß auf diese gestohlenen Nummern umzuprogrammieren (und so die Gebühren auf den wahren Teilnehmer abzuwälzen).

Computer-Cracker – Leute, die sich unerlaubt Zugang zu fremden Computersystemen verschaffen – gehörten bald mit zu den enthusiastischsten Benutzern von Klon-Telefonen. Diese Klone dienten nicht nur dazu, die Vermittlungskosten für Anrufe bei Computern außerhalb des Ortsnetzes zu umgehen; sie verringerten auch die Möglichkeiten, einen Anruf zu einer bestimmten geographischen Adresse zurückzuverfolgen.

Es gab nur einen Nachteil: Die Betreiber wurden mit der

Zeit immer versierter darin, Schwindelanrufe aufzuspüren, und die Gültigkeitsdauer eines ESN oder NAM sank auf wenige Tage oder sogar wenige Stunden.

Aus diesem Grund suchten Cracker nach Mitteln und Wegen, ein Klon für jede Benutzung mit einem neuen gültigen ESN und NAM auf den letzten Stand zu bringen.

Einigen gelang das; den intelligentesten und technisch versiertesten. Sie entwickelten ein Gerät, das unbegrenzte Ferngespräche garantierte und nahezu unaufspürbar war.

Nahezu.

Es gab da eine Ausnahme: Ein Klon-Anruf konnte dennoch zu einer bestimmten Vermittlungsstelle zurückverfolgt werden, wenn jemand mit dem richtigen Equipment erkennen konnte, welches ESN- und NAM-Paar das Klon als nächstes verwenden würde.

Ellis Hoile war jetzt klar, daß Stoma eine Liste von Telefonnummern in das Parasitenprogramm geschrieben haben mußte, die der Reihe nach von dem Klon auf der Empfangsseite angewählt werden würden, wenn aus irgendeinem Grund die erste Verbindung unterbrochen wurde.

Es war das, was er selbst auch getan hätte.

Aber Stoma konnte nicht gewußt haben, daß Ellis Hoile über das Equipment verfügte, ihn aufzuspüren.

Das Peilgerät konnte beliebige Gespräche überwachen und das ESN und NAM des jeweiligen Funkanschlusses feststellen – es war also ideal geeignet zum Diebstahl gültiger Nummern, die für Klone verwendet werden konnten. Aber es funktionierte auch andersherum: Bei Angabe des ESN und NAM eines beliebigen Anschlusses konnte das Gerät alle Anrufe überwachen, die von dieser Nummer aus gemacht oder unter dieser Nummer empfangen wurden. Es konnte diesem Funktelefon sogar von Vermittlungsstelle zu Vermittlungsstelle folgen.

Genau das beabsichtigte Ellis Hoile jetzt zu tun. Er konnte zwar den genauen Standort des Telefons nicht feststellen, aber er konnte ihn immerhin einer Verbindungsstelle im Netz zuordnen.

Die Verbindung zu Stomas Anschluß wurde über das Modem geöffnet. Als das geschah, saß Ellis Hoile an der Tastatur seines Peilgeräts und gab die Telefonnummer ein, die der Parasit soeben gewählt hatte.

Die LED-Zeichen auf dem Peilgerät zuckten, flackerten, standen still. Das Display zeigte:

872.220
E17BG

Und Ellis Hoile lachte laut heraus.

Das Funktelefon bediente sich eines Kanals, der für den örtlichen Betreiber des drahtlosen Netzwerks reserviert war, und befand sich im Bereich einer Verbindungsstelle, die als E17BG gekennzeichnet war. Ellis Hoile besaß eine Karte, die Namen und Lage jeder Verbindungsstelle in der Bay Area zeigte. Aber diesmal brauchte er sie gar nicht. Er wußte, wo E17BG war: direkt am Fuß des Telegraph Hill, nicht mehr als eine Meile entfernt.

Einige Sekunden lang beobachtete Ellis Hoile den Ausdruck der Befehle. Der Hacker war jetzt in seinen alten Computer eingedrungen, zog Kopien von Verzeichnissen und Dateien.

Nur zu, dachte Ellis Hoile. Ihn amüsierte das.

Die Vorstellung, daß irgendein Superhacker sich ausgerechnet ihn als Zielscheibe ausgesucht hatte – daß der Hacker den Hacker hacken wollte –, fand er ausgesprochen komisch.

Er hatte seit Monaten nicht mehr soviel Spaß gehabt.

Bisher hatte das Telefon die Verbindungsstelle nicht gewechselt, was bedeutete, daß es wahrscheinlich stationär war. Ellis Hoile stand auf, ging zum Fenster und zog die Vorhänge zurück. Von hier konnte er den gesamten Bereich der Funkstation E17BG sehen. Auf den meisten Karten wird das Netzwerk der Stationen als eine aus regelmäßig geformten Zellen gebildete Wabe dargestellt – Sechsecke, die wiederum von sechs identischen Sechsecken umgeben sind, und so weiter, *ad infinitum*. Tatsächlich jedoch sind diese Zellen keinesfalls regelmäßig geformt. In einer Stadt voller Hügel und Täler und hoher Gebäude sind sie den Konturen des Terrains angepaßt.

E17BG war beinahe nierenförmig. Sie wurde von einer kleinen 320-Grad-Antenne am Hang des Telegraph Hill bedient und erstreckte sich ungefähr vom Fuß des Hügels bis zu den ersten hohen Bürobauten des Bankengebiets und vom Hafenviertel bis zur Hyde Street.

Fünfzehn, vielleicht zwanzig Häuserblocks insgesamt.

Das Stativ mit der Antenne des Van Eck Scanners stand nur wenige Schritte von Ellis Hoile entfernt. Um diese Zeit, da die meisten Fernsehgeräte und Computermonitore dunkel waren, würde es ein leichtes sein, die wenigen zu orten, die noch liefen.

Außerdem hatte er einige Modifizierungen vorgenommen, um die Reichweite des Scanners zu erhöhen, und hatte noch keine Gelegenheit gehabt, ihre Wirksamkeit zu prüfen. Wenn sie funktionierten, müßte der Scanner bis zu den äußeren Rändern der Station E17BG wirksam sein.

Mit etwas Glück würde er das Haus finden, in dem Stoma saß.

Wenn er einmal das Gebäude ausfindig gemacht hatte, konnte er Stomas Adresse feststellen, wahrscheinlich auch seinen Namen. Und dann? Vielleicht ein wenig gutmütige Fopperei, Hacker gegen Hacker.

Es war ja nur ein Spiel.

Er schaltete den Video-Scanner und den NEC-Monitor ein und lenkte mit der Fernbedienung die Antenne auf den Bereich E17BG.

Eigentlich hätte er hundemüde sein müssen. Aber er war

es nicht. Er konnte sich nicht erinnern, wann ihn das letztemal etwas so brennend interessiert hatte.

Er war hellwach, voller Energie.

Nur ein Spiel, dachte er.

Aber ein *gutes* Spiel.

29

»Mach dir keine Gedanken wegen ihm«, sagte Roberta Hudgins. »Er ist ein bißchen reserviert, aber das hat nichts zu bedeuten. Du kommst ja sowieso nur mit, um dich mal an die Maschinen zu setzen. Ich hab ihn gefragt, und er war einverstanden. Mach dir also keine Sorgen.«

Ihr fünfzehnjähriger Enkel, David Hudgins, saß neben ihr im Taxi, das vom TransBay Terminal zum Telegraph Hill fuhr. Er sagte nichts, aber er wirkte ein wenig skeptisch.

Auch Roberta Hudgins hatte gewisse Zweifel, doch die wollte sie David nicht spüren lassen. Sie war nicht sicher, ob Ellis Hoile sich überhaupt erinnern würde, daß sie heute den Jungen mitbrachte. Beim letztenmal hatte sie ihm erzählt, sie habe einen Enkel, der Computerpraxis brauche, und hatte gefragt, ob er etwas dagegen hätte, wenn David beim nächstenmal mitkäme, damit er ein wenig üben könne.

Nur zu, nur zu, hatte er gesagt.

Aber bei ihm wußte man nie. Man konnte nie sicher sein, woran er sich von einem Tag zum anderen erinnerte oder wie er wirklich zu den Dingen stand.

Das Taxi durchschnitt mühelos den Samstagmorgenverkehr. Bald fuhren sie den Telegraph Hill hinauf. Roberta Hudgins ertappte den Jungen dabei, wie er an einem losen Hautfetzchen an seinem Daumennagel zupfte, und gab ihm einen Klaps.

»Hör auf damit«, sagte sie. Und: »Sei höflich, aber übertreib's nicht. Antworte, wenn er dich was fragt. Aber quassle nicht.«

David war ein gescheiter Junge. In allen Fächern gute Noten. In Mathe und Naturwissenschaften sehr gute. Aber er brauchte Computerzeit. In der McClymonds High-School bekamen die Begabteren drei Stunden pro Woche im Computerlabor. Und dann saßen sie zu zweit an einem Gerät.

David brauchte mehr, als die Schule ihm geben konnte. Das hatten die Studienberater alle zugegeben. In den meisten guten Colleges, so hatten sie gehört, wurde den Studienanfängern gleich zu Beginn des ersten Semesters neben den Büchern ein eigener Computer zugeteilt.

Man mußte mit diesen Maschinen umgehen können, wenn man es zu was bringen wollte. Sie waren gewissermaßen der Expreß in die Zukunft. Und David würde die Fahrt nicht verpassen, wenn es nach ihr ging.

Das war der Grund, weshalb sie an Ellis Hoile herangetreten war.

Da standen diese vielen Computer herum, und der Mann konnte doch sowieso immer nur einen benutzen, oder? Na ja, und da hatte sie ihn eben angesprochen: Ich hab einen Enkel, der auf diese Dinger ganz verrückt ist; würde es Ihnen was ausmachen, wenn er das nächstemal mit mir zur Arbeit kommt und einen von den Computern ausprobiert?

Leicht war es ihr nicht gefallen. Sie haßte es, Leute, die sie bezahlten, um Gefälligkeiten zu bitten.

Kein Problem, hatte er gesagt. Als wäre es wirklich nichts Besonderes, als machte es ihm gar nichts aus.

Aber trotzdem, bei ihm wußte man nie so recht, woran man war.

Das Taxi bog in die Tesla Street ein.

Sie nahm ihren Enkel bei der Hand.

Du schaffst es, dachte sie. Bis ganz nach oben.

»Sitz gerade«, sagte sie laut.

Ellis Hoile hatte die ganze Nacht hindurch bis weit in den Morgen hinein mit dem Video-Scanner gearbeitet. Ein mühseliges Geschäft war das, die Antenne Schrittchen um winziges Schrittchen zu bewegen, anzuhalten, um ein Randsignal hereinzuholen, weiterzumachen, wenn sich herausgestellt hatte, daß es nicht das war, wonach er suchte.

Nach einer Weile ging die Sonne auf. Er kam noch langsamer voran, als überall Signale explodierten; CNN und Zeichentrickfilme für Kinder und dazwischen der gelegentliche Online-Junkie, der sich einen Schuß America Online oder Internet setzte, um den Tag richtig anfangen zu können. Die Videoschirme der Stadt erwachten wieder zum Leben.

Dennoch machte er weiter.

Der Spaß an der Sache hatte ihn durch die Dunkelheit getragen. Jetzt trieb ihn reine Gewohnheit weiter. Das Programmieren hatte ihn gelehrt, daß man im allgemeinen Langeweile und Überdruß besiegen muß, um eine Aufgabe zu einem erfolgreichen Ende zu fühlen. Selbst hinter der brillantesten Software stand meist weniger Genialität als die hartnäckige Bereitschaft, sich reinzuhängen und dabeizubleiben, auch wenn es noch so öde war.

Wenn man nicht beharrlich ackerte, bekam man nichts geschafft.

Also ackerte er jetzt weiter, die Sonne in den Augen, die Stadt zu seinen Füßen wach und lebendig. Immer wieder tippte er auf die Fernbedienung und lenkte seinen Blick zwischen dem NEC-Monitor und dem Stadtpanorama hin und her, während die Antenne weiterkroch. Der Job war so mechanisch wie die Arbeit an einem Fließband.

Mit halbem Ohr hörte er, daß oben die Haustür aufgesperrt wurde. Er drehte nicht einmal den Kopf.

Weil nämlich in diesem Moment der Monitor neben ihm schon wieder ein neues Signal auslöste. Diesmal war es keine Kindersendung. Nicht CNN.

Der Monitor zeigte einen Computerbildschirm, ein Inhaltsverzeichnis mit sieben Eintragungen in der Schriftart eines IBM-PC-Font. Darunter befanden sich die folgenden Zeilen:

24 Datei(en) kopiert
ABSCHALTEN
ABSCHALTEN UM 04:26:42
VERBINDUNGSZEIT 00:14:23
copy c:/cap/*.*b:

Die Tür wurde geöffnet.

Ellis Hoile ging rasch zu seinem alten Computer. Er lief noch.

Das Dateiverzeichnis auf dem Bildschirm war identisch mit dem, das sein Scanner jetzt auf einem Gerät unten in der Stadt las. Ihm folgten die Zeilen:

24 Datei(en) kopiert
ABSCHALTEN

Er ging zu dem Stativ zurück. Das war jetzt wichtig.

Er peilte genau am Antennenschaft entlang und sah, daß er auf einen Wohnblock jenseits der North Beach, weit unten am Hang von Russian Hill, gerichtet war.

Das mußte die Union Street sein, zwei Straßen oberhalb vom Washington Square.

In diesem Haus stand der Computer, der jetzt die von seinem alten 286er kopierten Dateien enthielt.

Dort unten war Stoma.

David trat nervös von einem Fuß auf den anderen, als seine Großmutter die Tür öffnete und »Hallo?« rief.

Das Zimmer war riesengroß. In seiner Mitte stand ein Mann mit dem Rücken zu ihnen. Er merkte nicht, daß sie da waren.

»Hallo«, sagte Mrs. Hudgins wieder, und diesmal drehte er sich herum.

Er stand mitten in der Sonne.

Sie murmelte: »Es gibt noch Zeichen und Wunder.«

David hörte ihr nicht zu. Er starrte mit offenem Mund die vier Computer an; ein Power Mac 9500, ein Pentium under Linux, noch ein Pentium. David hatte noch nie solche Betriebssysteme gesehen, außer in Zeitschriften – und dazu ein alter 286er.

Mr. Hardware, nannte David im Geist sofort diesen irren weißen Typen.

Jetzt führte seine Großmutter David zum Fuß der Treppe.

»Das ist mein Enkel David«, sagte sie.

»Ja, natürlich«, sagte Ellis Hoile. Er kam zu ihnen und hielt David die Hand hin. Und David nahm die Hand und schüttelte sie.

»Ich hab Ihnen von ihm erzählt. Ich hab Sie gefragt, ob es Ihnen recht ist, wenn er mal mit Ihren Maschinen arbeitet . . .«

»Na, aber sicher. He, David, das werden wir gleich haben.«

Mr. Hardware sah schrecklich müde aus.

Aber irgendwie sehr zufrieden.

Er zerrte für David einen 486er Laptop aus dem Regal.

Er hatte also *fünf* Computer. Nicht gerechnet die Kartons und anderen tollen Sachen da oben auf den Regalen, von denen David kaum den Blick wenden konnte – oh, Mr. Hardware, was für Sachen! –, während der Typ ihm den 486er erklärte.

Davids Großmutter stand hinter ihnen und beobachtete alles. David brauchte sich nicht umzudrehen. Er wußte, wie gut es ihr tat, ihn so behandelt zu sehen.

Mr. Hardware sah, daß David eine Diskette mit einem kleinen Musik-Katalogisierungsprogramm, das er selbst in BASIC geschrieben hatte, mitgebracht hatte. Der Mann sah todmüde aus, aber das hinderte ihn nicht daran, das Programm durchzusehen und David einige Stellen zu zeigen, wo es straffer sein könnte. Aber nicht übel, sagte er dann, du hast schon eine Ahnung.

David hatte den Eindruck, daß dies ein großes Lob war.

Danach zwinkerte Mr. Hardware ein paarmal, nickte beinahe an Ort und Stelle ein und sagte: »Ich glaube, jetzt breche ich zusammen. Also, mach dich an die Arbeit.«

Er wollte aufstehen, aber dann blieb er noch einen Moment sitzen und griff nach einigen Disketten auf dem Tisch. »Ich habe hier ein paar Spiele«, sagte er. »Wenn dir langweilig wird, kannst du dich ja mal dran versuchen. Aus dem einen hab ich einen üblen kleinen Wurm rausgeholt, aber jetzt ist es sauber, und der Code scheint ganz pfiffig zu sein – kannst mir dann ja sagen, was du davon hältst.«

Und dann ging er, direkt in sein Bett.

30

Kate Lavin hatte die Produktionsbesprechung für den Jaguar-Film für Montag morgen, zehn Uhr, neu angesetzt. Nur sie und drei andere, das Kernteam für das Projekt, sollten daran teilnehmen.

Cynthia Frain, Kates Assistentin, würde die Produktion vor Ort übernehmen. Das war für sie ein wohlverdienter Schritt nach oben; außerdem würde ihre Anwesenheit in Belize Kate helfen, die Arbeit bei diesem Dreh in weiter Ferne, der teuer und chaotisch werden konnte, zu beaufsichtigen und zu steuern.

Sandy Weil, eine selbständige Regisseurin, hatte schon mehrere andere Projekte für Kate übernommen und konnte unter Termindruck arbeiten.

Louis Markham sollte die Kameraführung und die technische Leitung übernehmen. Er gehörte zum Studiopersonal. Aber Louis hatte sich an diesem Morgen verspätet. Er trudelte endlich gegen Viertel vor elf ein.

Er war ein hochaufgeschossener Mann mit langem Haar, das er zu einem Pferdeschwanz gebunden trug.

»Tut mir leid. Ihr wißt ja, wie das montags morgens ist«, sagte er und warf sich in den letzten freien Sessel vor Kates Schreibtisch.

Kate bemühte sich, es kurz zu machen. Der Termin sei fix, sagte sie: neunzig Tage. Sie müßten die Kosten im Blick behalten, aber ein ordentliches Produkt abliefern.

Cynthia und Sandy sollten innerhalb der nächsten zwei Tage nach Belize City fliegen, um alles vorzubereiten; Kate hatte eine Liste nützlicher Kontaktpersonen bekommen, unter ihnen ein Führer, dem es angeblich keine Mühe bereiten würde, einen Jaguar in der Wildnis aufzuspüren.

Louis würde noch ein paar Tage hier bleiben, bis sie entschieden hatten, wie sie das Tier nachts in seinem Revier aufnehmen würden.

Dann gab sie das Projekt zur allgemeinen Diskussion darüber frei, wie der Film gestaltet werden sollte und wie sie an die Gestaltung herangehen wollten.

Wenn möglich, würden sie solche Diskussionen noch mehrmals abhalten, ehe sie zu drehen begannen, und auch danach immer wieder Gespräche führen.

Kate hatte für solche Besprechungen eine Regel: Jeder neue Einfall durfte fünf Minuten dargelegt werden, ehe jemand gegen ihn sprach. Es war ein Mittel, die Entwicklung origineller Gedanken zu fördern.

Aber manchmal zog es die Besprechungen auch in die Länge. Jetzt sah Kate auf die Uhr auf ihrem Schreibtisch.

Elf Uhr zweiundzwanzig.

Elf Uhr achtundzwanzig.

Ich kenne ihn doch kaum, dachte sie. Er war ein Fremder. Ohne Bedeutung. Vor drei Tagen um diese Zeit hatte sie nicht einmal von seiner Existenz gewußt. Außerdem wäre er sowieso bald wieder weg.

Elf Uhr sechsunddreißig.

Elf Uhr vierzig – und Tor drei war mit dem Auto noch einmal fünf Minuten weg.

Sie stand auf und sagte: »Ihr habt das hier doch alles unter Kontrolle?«

Sie sahen sie überrascht an. Kate stieg selten einfach aus einer Besprechung aus.

»Du gehst?« fragte Cynthia. Sie wußte, daß Kate heute keine anderen Termine hatte.

»Ich bin eine Weile unterwegs.« Kein Grund, ins Detail zu gehen, dachte sie; schließlich war sie die Chefin. »Falls ihr weg sein solltet, wenn ich zurückkomme, wünsche ich euch schon jetzt eine gute Reise. Ruht euch heute abend und morgen noch ein bißchen aus, damit ihr gleich richtig loslegen könnt, wenn ihr da unten seid. Und wenn ihr was braucht, dann laßt es mich wissen.«

Louis Markham sagte: »Ich hab mir gedacht, ich ruf später Ellis mal an. Vielleicht hat er zu der nächtlichen Katzenjagd ein paar Ideen.«

Bis vor wenigen Tagen hätte Kate ohne Zögern gesagt, *klar, tu das.* Der Vorschlag hätte ihr gepaßt, da er Ellis gezwungen hätte, sich mit etwas Nützlichem zu beschäftigen.

Jetzt aber dachte sie daran, daß sie endlich einen Schlußstrich ziehen wollte. Da war es kaum hilfreich, wenn Ellis hier herumturnte.

»Ellis arbeitet nicht mehr hier«, sagte sie.

»Das weiß ich, darum wollte ich es ja mit dir abklären.«

»Wozu brauchst du Ellis? Das ist doch dein Job. Du wirst dafür bezahlt.«

»Ellis hat mehr auf dem Kasten als ich«, sagte Louis Markham.

Dagegen kann man nichts sagen, dachte Kate und rief sich

ins Gedächtnis, daß dieser Auftrag sie alle bis zum Äußersten fordern würde. Sie konnten Hilfe gebrauchen.

»Na gut«, sagte sie und fügte hinzu: »Aber sorg dafür, daß er einen Scheck bekommt. Von jetzt an wird er wie jeder andere freie Mitarbeiter behandelt.«

Dann ging sie, machte nur kurz halt, um einen Blick in einen Spiegel zu werfen, ehe sie zu ihrem Auto lief.

Sie öffnete das Verdeck. Es war der richtige Tag dafür.

Sie fuhr vom Parkplatz auf den Bridgeway hinaus, die Straße, die am Wasser entlangführte.

Elf Uhr siebenundvierzig nach ihrer Uhr.

Eine Menge Verkehr. Touristen – diese verdammten Touristen waren überall.

Elf Uhr einundfünfzig; sie steuerte den Wagen auf den Parkplatz von Tor drei. Und da war er. In Jeans und Rolli stand er an einen Pfosten beim Pier gelehnt und las ein Taschenbuch. Sie hielt ein paar Schritte entfernt an und blieb im Wagen sitzen, ohne den Motor abzustellen.

Er sah von dem Buch auf.

Ein unbefangenes Lächeln. Schöne weiße Zähne, vom Wind zerzaustes Haar, breite Schultern.

Ohne Eile richtete er sich auf und kam zum Wagen. Sie sah flüchtig den Einband des Buches, ehe er es in die Tasche seiner Windjacke steckte.

Lyrik. William Carlos Williams.

Du meine Güte, dachte sie. Auch das noch.

»Tut mir leid«, sagte sie. »Ich bin nicht weggekommen. Ich weiß, ich habe mich verspätet.«

»Tatsächlich? Ich hab meine Uhr nicht an. Sie ist irgendwo verstaut.«

Er setzte sich neben sie in den Wagen.

Keine Uhr. Wie konnte ein Mensch ohne Uhr leben?

Dann sagte sie sich, daß ein paar Minuten früher oder später sicher keinen großen Unterschied machten, wenn man sich mit fünf Knoten fortbewegte.

Sie selbst knauserte mit jeder Sekunde. Sie konnte sich langer, lauter Diskussionen im Schneideraum darüber erinnern, ob man nun einen Frame mehr in eine Szene hineinnehmen sollte oder nicht: Streit wegen einer Dreißigstelsekunde.

Kein Wunder, daß dieser Mensch so locker war, dachte sie.

Sie konnte etwas von ihm lernen.

In den wenigen Tagen, die er hier sein würde. Das hatte sie den vergangenen Vormittag und den Abend davor beschäftigt.

Sie fuhr wieder auf den Bridgeway hinaus, zurück nach Norden. Sie wollte mit ihm in ein Hafenrestaurant in Tiburon.

Vor ihr flammten Bremslichter auf. Sie schaltete herunter und bremste ab. Der Miata kam zum Stehen. Ein paar Sekunden später sagte sie, um einen beiläufigen Ton bemüht: »Was macht der Generator?«

»Ich hab mir heute morgen einen Ersatz geholt. Heute oder morgen baue ich ihn ein.«

»Und für wann ist die Abfahrt nach Mexiko geplant?«

»Das war kein fester Plan«, entgegnete er. »Mehr eine allgemeine Absichtserklärung.«

Sie drehte den Kopf nach ihm.

»Was soll das denn heißen?« fragte sie.

Er erwiderte ihren Blick ganz gelassen.

»Das heißt, daß ich vorläufig nirgends hinfahre.«

Der Verkehr kam wieder in Fluß. Sie nickte einmal kurz zu seinen Worten und ließ die Kupplung kommen. Der Miata schoß vorwärts.

31

Roberta Hudgins sagte: »David, Junge, wir müssen gehen.«

Widerstrebend rückte David von dem Schreibtisch ab, an dem er seit viereinhalb Stunden saß, und schaltete den Laptop aus.

In diesem Moment tauchte Ellis Hoile aus dem Schlafzimmer auf. Er sah immer noch etwas müde aus, aber doch besser als vorhin.

Er ging direkt zu dem Laptop, klappte ihn zu und hielt ihn David hin.

David trat einen Schritt zurück. »Was soll das denn?«

»Für dich.«

David trat noch einen Schritt zurück. Als wäre das Gerät giftig.

»Nein«, sagte er. »Nein, tut mir leid, das geht nicht.«

»Aber klar geht das. Du kommst bestimmt häufiger dazu, ihn zu benutzen als ich.«

»Nein. Vielen Dank. Nein.«

»Gefällt er dir nicht?«

Und ob der Laptop David gefiel! In der Schule arbeitete er an einem alten XT und einem Apple II. Die waren natürlich ganz in Ordnung, aber so ein 486er, wie der die Arbeit erledigte, das stellte alles andere in den Schatten. Das ging zehnmal schneller als mit einem XT. So kam es einem jedenfalls vor.

Er wollte den Computer haben. Aber er konnte sich lebhaft vorstellen, wie seine Großmutter reagieren würde, wenn er auch nur zögerte abzulehnen.

»Ich hatte von Anfang an vor, ihn dir mitzugeben«, sagte Ellis Hoile. »Ich hatte ihn extra für dich arbeitsbereit gemacht. Ich hatte ihn schon geladen.«

Er – was tat er da? –, er packte einen Stapel Handbücher, der auf dem Schreibtisch lag, und warf ihn in eine Plastiktüte. Er hatte also nicht geschwindelt, er hatte es wirklich vorgehabt.

Er ist besser organisiert, als er aussieht, dachte David.

»Nein«, sagte David.

Er merkte, wie seine Großmutter hinter ihm unruhig wurde. Wahrscheinlich verlor sie die Geduld.

»Du brauchst ihn«, sagte sie.

Im ersten Moment glaubte David, er hätte nicht richtig gehört. Aber nein, sie meinte *ihn*.

»Du kannst ihn gebrauchen«, sagte sie wieder. Und zu Ellis Hoile sagte sie: »Könnten wir es als Leihgabe betrachten? Als eine langfristige Leihgabe?«

»Ganz wie Sie wollen«, erwiderte Ellis Hoile, und wieder versuchte er, David das Gerät in die Arme zu drücken.

David sah seine Großmutter an. Sie nickte einmal mit Bestimmtheit, und da endlich griff er zu.

»Sie bekommen ihn zurück«, sagte Roberta Hudgins.

»Das weiß ich«, sagte Ellis Hoile. »Aber so schnell werde ich ihn nicht brauchen.«

Er drückte David die Plastiktüte in die andere Hand und warf noch ein Modem mit Kabeln hinein, ehe David die Tüte wegziehen konnte.

»Viel Spaß«, sagte er.

»Danke«, antwortete David. »Vielen Dank.«

Ellis Hoile antwortete mit einem kleinen Achselzucken und einem Lächeln.

»Hey«, sagte er, »hast du das Spiel ausprobiert?«

»Ja. Das, was Try Me heißt«, antwortete David.

»Genau.«

»Ich hab's ungefähr zwanzig Minuten gespielt. Es ist ein Abenteuerspiel. Die mag ich am liebsten. Und die Graphik ist Klasse. Raytracing. Das Scrollen geht prima, ganz ruhig. Ich weiß nicht, wie es auf einem langsameren Gerät laufen würde, aber auf einem 486er läuft's gut. Ich glaube, man könnte es auch noch mit einer Sound-Karte erweitern. Das ist zwar nicht angegeben, aber ich hab so das Gefühl gehabt. Ich meine, so wie es gebaut ist.«

»Es hat dir also gefallen.«

»Na, so richtig nicht«, antwortete er.

»Nein? Wieso nicht?«

David kaute einen Moment auf der Unterlippe, ehe er antwortete. Er schien zu überlegen, nur ungern bereit, seine Meinung zu sagen.

»Es ist zu gruslig«, erklärte er schließlich.

32

Als Ellis Hoile wieder allein war, prüfte er den Bildschirm seines Videospitzels. Er war leer. Vielleicht, dachte er, hatte Mrs. Hudgins beim Putzen die Antenne verschoben; aber als er den Wohnblock scannte, fand er keine Computerbildschirme. Stoma mußte seinen Monitor irgendwann in den letzten Stunden ausgeschaltet haben.

Ellis Hoile erinnerte sich, daß Kate einmal ein Fernglas gehabt hatte, mit dem sie die Schiffe im Hafen zu beobachten pflegte. Er suchte ein paar Minuten und fand das Glas in einem Schrank.

Er nahm es mit zum Fenster und musterte das Wohngebäude unten in der Union Street. Weiß verputzt. Drei Stockwerke, vier Fenster pro Stockwerk auf der Seite zur Straße.

Er wollte es wiederfinden können, von der Straße aus.

Er ging zur Haustür hinauf.

Er fühlte die Sonne auf seiner Haut, den leichten Wind in seinem Gesicht, als er ins Freie trat und die Straße hinunterging.

Er überquerte die Kearney Street, ging weiter die Filbert Street hinunter, an der großen Kirche vorbei – Peter und Paul hieß sie; und heute heiratete dort jemand – und an dem kleinen Spielplatz an der Ecke des Washington Square vorbei, wo Kinder an den Kletterstangen herumturnten und im Sand spielten.

Er wünschte, er hätte einen Weg einschlagen können, den er mit Kate nie gegangen war. Aber er kannte nicht eine Straße in North Beach, die sie nicht mehrfach zusammen gegangen waren.

Sie pflegten den Hügel hinunterzuschlendern und sich ein Lokal zum Brunch zu suchen, eine Bäckerei – in der dort drüben, an der Columbus Avenue, waren sie oft gewesen.

Sie hatten beinahe ihr halbes Leben lang zusammengehört. San Francisco und Marin County waren voll von Orten, die Teil ihrer gemeinsamen Vergangenheit waren.

Im letzten Jahr hatte er das Haus nach seinem eigenen Geschmack umgestaltet, so daß es kaum noch als der Ort zu erkennen war, in dem sie zusammengelebt hatten. Aber die Außenwelt konnte er nicht verändern. Und er konnte auch nicht den dumpfen Schmerz abstellen, der sich in ihm rührte, sobald er an sie dachte . . .

Er verdrängte den Schmerz jetzt. Er hatte das schon oft getan, sich gegen den Schmerz abgeschottet. Der Schmerz war hartnäckig, aber das war er auch.

Er ging die Columbus Avenue hinauf, überquerte sie bei Rot an der nächsten Kreuzung und stand an der Ecke Union Street. Jetzt den Russian Hill hinauf. Zwei Straßen weiter war das weiße Wohngebäude, leicht zu finden.

Wie die meisten Häuser in dieser Gegend war es direkt an den Bürgersteig gebaut. In der Wand neben der Glastür waren die Klingelknöpfe und die Briefkästen. Zwölf Wohnungen, vier pro Stockwerk.

Auf der einen Seite des Hauses führte eine kurze Einfahrt nach hinten. Ellis Hoile folgte ihr und sah, daß sie in einen Hof führte, der, parallel zur Union Street, beinahe so lang war wie das Gebäude selbst. Unter einem Dachvorbau hinter dem Haus war eine Reihe von Parkplätzen, die mit den Nummern der Wohnungen gekennzeichnet waren.

Und in einer breiten Nische stand unter der Öffnung einer Müllschluckeranlage ein großer fahrbarer Müllcontainer.

Ellis Hoile ging hin und spähte über den Rand des Containers. Etwas über die Hälfte gefüllt. Seiner Schätzung nach befanden sich die Müllschlucker im Haus jeweils am Ende der Korridore der drei Stockwerke. Alle zwölf Mietparteien deponierten dort ihre Abfälle.

Ellis Hoile tat etwas, das er früher oft getan hatte, aber nun schon seit Jahren nicht mehr. Er zog sich an der Kante des Containers hoch, schwang sich über sie hinweg und ließ sich in den Müll hinunterfallen.

Als Teenager hatte er oft Müllcontainer geplündert. Besonders die hinter den Büros der Telefongesellschaften hatten immer reiche Beute geliefert – technische Leitfäden, Ausdrucke der neuesten Testschleifen, die Schlüssel zum ganzen Telefonsystem, wenn man wußte, was man damit machen mußte.

Als er einmal begriffen hatte, was die Leute alles wegwarfen, waren ihm diese Containereskapaden zum bevorzugten Sport geworden.

Er kniete jetzt in dem Container nieder und begann wahllos Müllbeutel nach oben zu ziehen und aufzureißen. Den Inhalt breitete er in einer Ecke des Containers aus. Hauptsächlich Papierabfälle, ein paar Dosen und Flaschen, ein alter Klappstuhl.

Der Container war ziemlich sauber – die Küchen hatten wohl eigene Müllschlucker, dachte er –, dennoch wünschte er, er hätte Handschuhe mitgenommen. Früher, als er diesen Sport noch regelmäßig betrieben hatte, war er nie ohne ein Paar in der Tasche von zu Hause weggegangen.

Ein grüner Plastikbeutel war schwerer als die anderen. Als er ihn aufriß, fand er Berge von Zeitschriften. Der Name auf den Etiketten lautete C. Hartmundt, Apartment 1 A.

C. Hartmundt hatte *Byte, Computer Shopper, PC Graphics & Video* abonniert. Das waren alles Mainstream-Zeitschriften. Doch in dem Stapel entdeckte Ellis Hoile drei Spezialveröffentlichungen, die er selbst las: *Dr. Dobb's Journal,* eine Monatsschrift für DOS-Programmierer; *Morph's Outpost* für Software-Entwickler; *IEEE Spectrum,* eine Monatszeitschrift für Elektroingenieure.

Doch selbst diese anspruchsvollen Zeitschriften waren kein Beweis dafür, daß C. Hartmundt Stoma war. San Francisco war für Multimedia-Entwickler dieser Tage das, was Los Angeles für Drehbuchautoren war. Wenn man im richtigen Viertel eine Bowlingkugel durch die Straße rollte, konnte man damit rechnen, drei oder vier niederzumähen.

Ellis Hoile legte die Zeitschriften zur Seite und fuhr fort, den Inhalt des Beutels durchzusehen.

C. Hartmundt erhielt außer Computerzeitschriften regelmäßig den Rundbrief der Multiple-Sklerose-Liga. Und unter den Papieren war ein Katalog eines Sanitätshauses, das unter anderen Geräten Gehhilfen, Rollstühle und Prothesen anbot.

Zum Schluß fand Ellis Hoile noch eine Telefonrechnung – nein, *zwei* Telefonrechnungen – auf den Namen Christian Willem Hartmundt, die lediglich die Grundgebühr für den Monat März und einen Zuschlag für eine nicht eingetragene Nummer anzeigten.

Die Nummern standen auf den Rechnungen. Ellis Hoile steckte sie ein.

Er blieb noch ungefähr zwanzig Minuten in dem Container. Er war dort kaum zu sehen. Er riß eine Tüte nach der anderen auf, aber er fand nichts weiter, was von Interesse gewesen wäre.

Er kletterte in den Hof hinaus. Der für Wohnung 1 A reservierte Parkplatz am Ende der Reihe war leer. An der Wand vor dem Platz war ein Behindertenschild festgemacht.

Wieder nach vorn, zur Front des Hauses. Der Name auf

dem Briefkastenschild von Wohnung 1 A lautete C. Hartmundt. Durch die Glastür konnte Ellis Hoile erkennen, daß 1 A die erste Wohnung links war.

Als er zur Ecke des Hauses ging, stellte er fest, daß der untere Rand des vorderen Fensters von Wohnung 1 A ungefähr zwei Meter über dem Bürgersteig war, ein wenig zu hoch für einen beiläufigen Blick ins Innere.

Aber es waren sowieso die Jalousien heruntergelassen. Noch jemand schien der Ansicht zu sein, daß Sonnenschein nicht mehr war als störendes Blenden auf einem Bildschirm.

Ein paar Meter um die Ecke war ein zweites Fenster, das ebenfalls zu dieser Wohnung gehören mußte. Auch dies befand sich etwa dreißig Zentimeter über Augenhöhe.

Er kehrte zu dem Müllcontainer zurück, zog den Klappstuhl heraus, trug ihn zum Seitenfenster, klappte ihn auseinander und stellte sich darauf.

Niemand sah ihn. Niemand rief ihn an.

Es war ein Badezimmerfenster. Auch hier war die Jalousie heruntergelassen, eine Sonnenjalousie, aber die Lamellen waren so weit aufgeklappt, daß er durch die Ritzen sehen konnte.

Die Badezimmertür war halb offen. Durch die Öffnung konnte er in den vorderen Raum sehen.

Zwei Computer standen dort auf einem Tisch, ein Mac und ein PC. Die Bildschirme waren dunkel.

Aber neben dem PC, mit einem Kabel verbunden, war ein schwarzes Handy mit einer kurzen Gummiantenne.

Ein Funktelefon.

Zurück in seinem Haus am Telegraph Hill zog Ellis Hoile die Vorhänge wieder zu. Er setzte sich an einen seiner Computer und nahm eine der Disketten, die David Hudgins auf dem Schreibtisch liegen gelassen hatte.

Gruslig, hm?

Er kopierte es auf eine Festplatte und fuhr das Programm hoch.

Der Bildschirm flackerte und versank in Schwärze.

Er stand auf einem Laufsteg aus Stahl . . .

33

Am Montag hatte Stephen Leviste schulfrei. Es fand eine Lehrerkonferenz statt. Er hatte also wieder einen ganzen Tag, um TRY ME zu spielen.

Er hatte es geschafft, sich durch sieben Etagen des Labyrinths hindurchzulavieren, ohne dem lauernden Killer in die Hände zu fallen. Jetzt sprang er durch ein Loch im Boden und landete auf einem Laufsteg aus Stahl.

Er sah den Laufsteg zum erstenmal. Bei dem Spiel, das ihm geschickt worden war, erschien er nicht gleich zu Beginn, denn diese Version war einmalig, allein auf ihn zugeschnitten.

Hier, auf dieser Etage, war alles ganz anders, das sah er gleich. Hier gab es keine engen Irrgänge, hier war ein großer, offener Raum, den der Laufsteg durchschnitt. Er hatte das Gefühl, daß das Spiel sich seinem Höhepunkt näherte.

Und er hatte recht.

Er lief zum einen Ende des Laufstegs und stieß auf einen Stahlkäfig, der ein Betonpodest umgab. Der Käfig hatte eine Tür, aber sie ließ sich nicht öffnen. Also ging er zum anderen Ende des Laufstegs. Es war offen – kein Gitter oder Geländer.

Er sprang und landete leicht auf den Füßen.

Er wanderte in den riesigen betonierten Raum hinaus: leer, beinahe konturlos, doch auf der anderen Seite konnte er eine Tür ausmachen, eine rot gestrichene Tür am Fuß einer der senkrechten, hohen Mauern des Raums.

Er machte sich auf den Weg. Vor der Tür blieb er stehen. So oft wartete der Killer in diesem Spiel hinter einer unscheinbaren Tür wie dieser. Aber er wußte nicht, wohin sonst er sich wenden sollte.

Er klickte auf die Tür, und seine virtuelle Hand griff zu und drehte den Knauf. Die Tür öffnete sich.

Ein idyllischer Blick auf Bäume, grünes Gras und leuchtendes Sonnenlicht empfing ihn. Er war aus dem Labyrinth heraus – er hatte das Spiel gewonnen.

Er schob die Maus vorwärts, und sein virtuelles Selbst trat in die Freiheit hinaus.

Und dann schlug das Bild auf dem Schirm um.

Er zeigte jetzt einen Text:

Gratuliere, JOYBOY

Du hast die Probe bestanden . . .

Und hast dich damit zur Aufnahme in den höchsten, exklusivsten Hacker-Cracker-Phreaker-Rat qualifiziert . . .
SHADOWMASTER'S ABYSS
Keine Dilettanten, Holzköpfe oder Möchtegerns
Nur echte Könner
Wenige werden berufen
Noch weniger werden auserwählt
Deine Aktivitäten sind unsern Mitgliedern aufgefallen. (Ja, wir sind oft draußen unterwegs! Wir kennen dich! Du bist bemerkt worden!) Indem du so weit gekommen bist, hast du bewiesen, daß du kein totaler Verlierer bist.
Aber du hast das Schwert noch nicht aus dem Stein gezogen. Der nächste Schritt ist schwieriger.
Du kannst dich jetzt zur vollen Mitgliedschaft im SHADOWMASTER'S ABYSS qualifizieren, indem du unsere Online-Aufnahmeprüfung bestehst.

Zwanzig Fragen folgen.
BIST DU BEREIT?

Der Cursor blinkte auf Stephen Levistes Bildschirm, während der Junge das verdaute. Dann verschwand der Text vom Schirm, verdrängt von den folgenden Zeilen:

Wenn du Gründe hast zu zögern, sollten wir das Ganze vielleicht vergessen.

Noch zehn Sekunden. Bist du bereit?

Stephen tippte auf die J-Taste. Die Antwort erschien sofort:

Prima.

Gib dein *handle* und deine Telefonnummer ein.

Stephen gehorchte.
Auf dem Bildschirm erschien:

Könntest du jetzt vielleicht das Modem anschließen oder stehst du auf der Leitung?

Stephen schaltete sein Modem ein und steckte das Kabel in die Telefonbuchse.

Er sagte sich, daß jemand seine Online-Texte gesehen, sein Potential erkannt und ihm daraufhin das Spiel zugeschickt haben mußte.

Try Me war in Wirklichkeit ein Test, um die Holzköpfe auszusortieren.

Eine Art *bozo filter,* auch *Killfile* genannt.

He, cool, dachte Stephen Leviste, als TRY ME automatisch das Modem initialisierte und zu wählen begann.

Der Anruf erreichte Corwin Sturmers Computer in der Souterrainwohnung in der Tenth Avenue.

Der Killer hatte Joyboys wahren Namen dadurch entdeckt, daß er seine Mitteilungen in verschiedenen Online-Informationssystemen der Bay Area gelesen hatte – von denen viele von und für den Cyberpunk-Untergrund betrieben wurden und beinahe ausschließlich von jungen Leuten bis Mitte Zwanzig aufgesucht wurden.

Keine Telefonnummer oder Adresse in der Bay Area ließ sich zu diesem Namen finden, und Stephen Leviste erschien auch in keinem der Studentenverzeichnisse der örtlichen Colleges und Universitäten. Das legte nahe, daß der Junge zu Hause bei seinen Eltern lebte und ihr Telefon benutzte. Darum hatte er Diskettenkopien des Spiels an alle Levistes in der Bay Area geschickt.

Er war ziemlich sicher, daß nur der richtige Stephen Leviste wissen würde, was er mit dem Programm anfangen sollte. Und in der Annahme, daß sein Modem vielleicht nicht ständig eingesteckt war – was bedeutete, daß der Daemon im Inneren des Trojanischen Pferds seine Arbeit nicht würde erledigen können –, hatte der Killer das Spiel leicht verändert und den Daemon neu beschrieben, um Joyboy, falls nötig, Anstoß zu geben, die Verbindung herzustellen.

Als der Anruf jetzt sein Ziel erreichte, löste der Daemon ein automatisiertes Skript aus, das der Killer für diese Gelegenheit geschrieben hatte.

Der Text lautete:

Hallo, Joyboy. Bist du bereit, zwanzig Fragen zu spielen?

Stephen Leviste tippte:

J.

Die erste Frage erschien auf seinem Monitor.

Frage 1: Definiere DTMF.

Stephen Leviste tippte:

Soll das ein Witz sein? DTMF – was Besseres fällt dir nicht ein?

Die Frage blieb:

Definiere DTMF.

Stephen Leviste beschloß, zur Sache zu kommen. Er antwortete:

>Dial Tone Multi-Frequency. Wählzeichen bei einem Telefon.

Richtig. Frage 2 . . .

Stephen Levistes Finger flogen zu den folgenden sechzehn Fragen über die Tastatur. Jede beantwortete er so schnell, wie der Shadowmaster sie tippen konnte. Als könnte er gar nicht fehlgehen. Er begann jetzt, überheblich zu werden. Nie im Leben konnte der Shadowmaster ihn abweisen.

Frage 18: Frequenzpaar für Tastenfeld »9«.

>852 Hz + 1477 Hz

Frage 19: Du hast dich in ein unbekanntes System eingeklinkt, das den Prompt »ER!« zeigt. Worauf bist du gestoßen?

>Mainframe oder Supermini mit PRIMOS. Ohne Account ID schwer zu knacken.

Frage 20: Gib den UNIX-Prozeß an, der den Login-Prompt erzeugt.

>Getty.
Gratuliere. Höchst beeindruckend. Der einzig wahre Shadowmaster nimmt Joyboy hiermit in seinen Kreis auf.
Log dich heute abend um 20 Uhr im Verba Interchange zu weiterer Kontaktaufnahme ein.
Ein Abenteuer erwartet dich!

Dann wurde die Verbindung abgebrochen.

Stephen Leviste las die Mitteilung zweimal und ein drittes Mal.

Er war drin.

34

Stephen Leviste erzählte seinen Eltern, er hätte den ganzen Abend in seinem Zimmer zu tun.

Hausaufgaben, erklärte er – er hätte massenhaft Hausaufgaben.

Um 19 Uhr 45 loggte er in Verba ein. Nach ein oder zwei Minuten leuchtete unten auf seinem Display eine Textzeile auf.

Shadowmaster bietet einen Back-channel-Chat an.

Gleich darauf waren sie miteinander verbunden. Shadowmaster schrieb:

Du bist sehr begierig.

Stephen antwortete:

>Warum nicht? Ich hab den Dreh raus.
Was bringst du in unseren Kreis mit?

Shadowmaster wollte wissen, was der Neuankömmling zu bieten hatte. Stephen antwortete:

>Ich habe fünf *virgin codes.*

Shadowmasters Antwort erfolgte prompt:

Codes sind durchaus nützlich, wo sie gebraucht werden. Aber für jemanden, der an einem CS-Terminal von Stanford Paßwörter abgefangen hat, sind sie unerheblich.

Die direkteste Art, ein Rechensystem zu knacken, ist, legitime Paßwörter zu stehlen. Ein sogenanntes *Shadowing*-Programm fängt die Paßwörter ab, die die Benutzer eingeben, und speichert sie zu späterem Abruf in einer Datei.

Mit einem gültigen Paßwort hat man den Fuß in der Tür. Aber Accounts in einem Informatik-Computer einer Universität konnten bedeutende Privilegien an einem hochinteressanten System mit einschließen.

Stephen tippte:

>Das kannst du wirklich?

Und die Antwort:

Zweifle nicht am Shadowmaster.
Aber wenn du dich von der Wahrheit seiner Worte überzeugen willst, kannst du ihn zu dem besagten Terminal begleiten und selbst die Probe machen.

Wahnsinn, so eine Chance! dachte Stephen Leviste. Ein Paßwort, das ihm Zugang zu dem Rechensystem in Stanford verschaffte, würde ihm nicht nur die Gelegenheit bieten, ein tolles System zu erforschen; wenn er erst einmal drin war, würde er Tausende anderer Anlagen erreichen, die über Internet verbunden waren.

Er schrieb:

>Hackarama!

Shadowmaster antwortete:

Genau. Willst du's versuchen?
>Wann?
Heute. Mitternacht.

Joyboys Antwort ließ auf sich warten. Der Cursor bewegte sich nicht. Er blinkte in Ruhestellung, bis Shadowmaster tippte:

Gibt es ein Problem?
>Das ist sehr spät.
Die beste Zeit für einen wahren Phreaker. Weniger Beobachter. Aber wenn du nicht ausreichend motiviert bist . . .
>Ich komme.
Ich hole dich ab. Wir gondeln zusammen da runter. Du wohnst in der Nähe vom Serramonte-Einkaufszentrum, stimmt's?
>Woher weißt du das?
Shadowmaster weiß alles. Gegenüber vom Einkaufszentrum, auf der Ostseite. Vor Denny's.
>Halb eins wäre besser für mich.
Je später, desto besser.
>Wie erkenne ich dich?
Keine Sorge – Shadowmaster wird *dich* erkennen.
>Darf ich fragen, wie?
Ich denke, du wirst der einzige Phreaker namens Joyboy sein, der nachts um halb eins vor Dennys's Restaurant

steht. Mit anderen Worten, bring keine Freunde mit. Shadowmaster hat für Dilettanten nichts übrig. Wenn ich zwei sehe, bekommst du mich nicht zu Gesicht – verstanden?

>Ja.

Sei pünktlich. So eine Chance bekommst du vielleicht nie wieder.

35

Ellis Hoile war in die Enge getrieben.

Der finstere Schattenmann kam auf ihn zu. Er hielt – was war es diesmal?

Du lieber Gott, ein Baseballschläger.

Ohne Ausweg, ohne Waffe, ohne Möglichkeit, sich zu wehren, wartete Ellis Hoile darauf, daß die Schläge fielen.

Hier kam der erste Hieb, mit zwei Händen geführt, nicht auf den Kopf, sondern auf die Körpermitte, wie es schien.

Ein dumpfes *Wumm* erklang aus den Lautsprechern, die mit der Sound-Karte des Computers verbunden waren. Beinahe konnte man das Krachen brechender Rippen hören.

Der gesichtslose Schattenmann schwang den Schläger erneut in die Höhe. Der nächste Schlag traf genau auf den Kopf – und damit war es aus. Der Bildschirm wurde schwarz.

So endete es jedesmal.

Und wieder erschien auf dem Bildschirm die Frage:

Noch mal probieren?

Ellis Hoile konnte nicht widerstehen und tippte:

J

Schon stand er wieder allein auf diesem verdammten Laufsteg.

Er spielte das Spiel an einem Computer, den er in der Nähe des Panoramafensters im Wohnzimmer aufgestellt hatte. Immer wieder griff er zu dem Fernglas und schaute zu dem Wohnhaus unten am Russian Hill hinunter. Er wartete darauf, einen Behinderten das Haus betreten oder verlassen zu sehen.

Ab und zu justierte er auch die Antenne des Videoscanners in der Hoffnung, in der Eckwohnung im Erdgeschoß einen aktiven Computerbildschirm einzufangen.

Aber er fand nichts. Der Monitor zeigte nichts als dunkle Leere. Wenn Christian Willem Hartmundt zu Hause war, so war er jedenfalls nicht an seinen Computern.

Als Ellis Hoile des Spielens müde wurde, nahm er sich den Quellencode des Programms vor und versuchte, ein Unterprogramm zu finden, das für den Spieler zu einem anderen Ende als dem Tod führte. Es mußte eine Methode geben – eine subtile Methode –, die ein Entkommen aus dem Labyrinth erlaubte.

Niemand, dachte Ellis Hoile, würde absichtlich ein Spiel ohne Ausweg schaffen, ein Spiel, das man nicht gewinnen konnte.

Niemand konnte so pervers sein.

36

Der Killer glaubte, er könne nicht gefaßt werden. Es könne niemand ihm etwas anhaben. Denn er bewegte sich ja in einem Reich, das jenseits des Zugriffs von Gesetz und Vergeltung lag.

Abgesehen von den Momenten der realen Entführung und Tötung existierten seine Verbrechen auf einer Ebene, die

– wenn sie sich auch mit der physischen Welt überschnitt – unsichtbar, immateriell, flüchtig war. Es war ein Raum, der für die normale Polizeiarbeit nicht begreiflich, geschweige denn zugänglich war.

Der Killer kannte die Methoden der Polizei und nahm Rücksicht auf sie. Er wußte, daß feste Muster bei Mordfällen psychologische Rückschlüsse zuließen, darum variierte er den Ausführungsmodus, indem er ganz bewußt jedem Mord eine bizarre Note gab; nicht aus einem inneren Drang heraus, sondern einzig, um die Verfolger in die Irre zu führen.

Darum hatte er einem der Opfer die Haut vom Gesicht abgezogen – sollten sie sich doch damit eine Weile herumschlagen.

Aber im Grunde meinte er solche Täuschungsmanöver gar nicht nötig zu haben. Jedenfalls nicht, solange er in einer Welt, in der es weder feste Orte noch fixe Identitäten gab, seine Verbrechen plante und seine Opfer belauerte.

In dieser Welt bewegte er sich mühelos und ohne Spuren zu hinterlassen. In dieser Welt war er der Meister. Er war so gründlich wie nur wenige mit den Regeln, Methoden und Techniken vertraut. Für ihn war die digitale Welt Camouflage und Waffe zugleich.

Seine Verabredung zum Stelldichein mit Joyboy war ein Beispiel. Der Killer kannte das Denny's Restaurant gegenüber dem Serramonte-Einkaufszentrum nicht. Aber er wußte, daß es dort war.

Der LCD-Bildschirm eines zweiten Computers, eines Notebook, neben seinem Ellbogen verriet es ihm.

Der Bildschirm zeigte eine Straßenkarte der Gegend rund um das Einkaufszentrum, die nicht nur die Straßennamen angab, sondern auch den Standort jedes einzelnen Privathaushalts und gewerblichen Betriebs mit einer eingetragenen Telefonnummer. Ein kleiner roter Lichtpunkt blinkte an einer Stelle gleich östlich des Einkaufszentrums. Ein Fenster unten im Bildschirm zeigte die Adresse und Telefonnummer des dort befindlichen Denny's.

Einige Tastenanschläge genügten, um die Straßenkarte so zu verschieben, daß die Straße in Pacifica erschien, in der Joyboy wohnte. Der Killer wußte nun Joyboys Namen und Adresse, und er kannte den Ort, an dem er sich für diese Nacht um halb eins mit Joyboy verabredet hatte.

Das Ganze funktionierte folgendermaßen:

Der Daemon in Stephen Levistes Computer hatte die Telefonnummer, die er eingab, übertragen. Der Killer hatte mit Hilfe des Notebook die Nummer anhand einer Datenbank eingetragener Telefonanschlüsse in der Bay Area überprüft. Die Datenbank, die auf einem mit dem Notebook verbundenen optischen Datenträger gespeichert war, hatte die Adresse geliefert, die zu der Telefonnummer gehörte.

Die Eintragungen von Telefonnummern und Adressen waren mit einem Straßenkarten-Display verbunden, das ebenfalls auf der Platte gespeichert war. Die Kartendatenbank konnte nicht nur einen zu einer Adresse gehörigen geographischen Ort finden, sie konnte auch umgekehrt arbeiten: Gab man ihr einen Ort an – einen bestimmten Häuserblock in einer bestimmten Straße beispielsweise –, so konnte sie augenblicklich alle Namen, Straßenadressen und Telefonnummern liefern, die zu diesem Häuserblock gehörten.

Beide Informationsquellen, die digitalisierten Straßenkarten und die Telefoneintragungen, waren auf kommerzieller Software zu haben: Der Killer hatte lediglich beide zu seinem persönlichen Gebrauch kombiniert.

Das war eine einfache Aufgabe gewesen.

Auch andere, aufschlußreichere Datenbanken waren allgemeinem Zugriff offen: amtliche Register über Geburten und Todesfälle, Eheschließungen und Scheidungen, Konkurserklärungen, Lizenzanträge, Immobilientransaktionen konnten mit dem Straßenkarten- und Adressen-Display kombiniert werden.

Nicht eingetragene Telefonnummern, Kreditkartendaten, Strafregister und Fahrzeugzulassungen waren theoretisch nicht allgemein zugänglich, doch Computerbenutzer, die ihr Handwerk verstanden, konnten jederzeit in die Datenbanken eindringen. Das gleiche galt für die riesigen Datenbanken der Kreditauskunfteien.

All diese Informationen konnten korreliert werden, so daß ein Ermittler, der lediglich einen Namen und eine Adresse hatte, schnell ein Dossier über einen Fremden, dessen Familie, Arbeitskollegen und Nachbarn zusammenstellen konnte.

Die wahren Informationsschätze jedoch waren in den Rechnern der Bundes- und Staatsregierungen gespeichert: Steuerunterlagen, Wehrdienstakten, Statistiken, Renten- und Sozialhilfeakten.

Methoden, an diese Informationen heranzukommen, sie herauszusuchen und zusammenzustellen, existierten schon seit einigen Jahren.

Sie waren Werkzeuge von unvorstellbarer Macht.

Rein theoretisch verstieß es gegen das Gesetz, die Daten auf diese Weise zu verwerten. Aber für den Killer hieß das nur, daß – da sowohl die Gesetze als auch die Daten von Menschen verwaltet wurden – die Mittel, alle Bürger zu überwachen und in ihr Leben einzudringen, der Laune von Geschöpfen überlassen waren, deren Instinkte sich in den letzten zehntausend Jahren kaum geändert hatten.

Die Vorstellung, daß jene, die die Macht besaßen, solche Werkzeuge nicht zur Förderung ihrer eigenen Interessen gebrauchen würden – und zwar eher früher als später –, fand er absolut lachhaft.

Jeder Mensch gebraucht die Werkzeuge, die ihm zur Verfügung stehen, dachte er. Und er wird sie unweigerlich zur Erfüllung seiner eigenen unwiderstehlichen Impulse und Wünsche gebrauchen.

Genau wie er selbst es tat.

Auf diese Weise in ein Leben einzudringen, ein Individuum zu sezieren, war so erregend wie der Akt der Tötung selbst. Mit Hilfe der digitalen Werkzeuge, die ihm so vertraut waren – mit seiner Schlauheit und Findigkeit –, hatte der Killer die tödliche Invasion in die Leben von DeeTeeDude, Portia und Chaz durchgeführt; er hatte sie bis in den Intimbereich kennengelernt.

Bei Joyboy hatte er sich ein wenig mehr anstrengen müssen, aber mit etwas Geschick hatte er die Schwierigkeiten gemeistert.

Bei Ziggy war es am einfachsten gewesen.

Blieb Avatar, der bisher unerreichbar war. Es gab gewisse Hinweise, denen der Killer entnahm, daß Avatar jemand war, dessen Verständnis dieses immateriellen Reichs seinem eigenen nahekam.

Da war einmal das *handle*.

Im Hinduismus war ein Avatar die materielle Verkörperung eines göttlichen Wesens.

Bei Rechnern mit Unix-Betriebssystemen bezeichnete »avatar« manchmal einen Anwender mit höchster Zugriffsberechtigung – einen Super-User, einen Systemgott.

Und jener Zweig des Computerwesens, der als virtuelle Realität bekannt ist, hatte den Ausdruck zur Beschreibung der computererzeugten Repräsentation einer wirklichen Person oder eines wirklichen Objekts übernommen.

Was besagen sollte, daß ein Avatar etwas war, das real zu sein schien, es aber nicht war. Ein Strohmann, eine falsche Fassade.

Dem Killer *gefielen* diese Vorstellungen. Die Möglichkeit, daß Avatar ein gewisses Verständnis dieser Welt besaß, war verlockend.

Es würde der Jagd einen zusätzlichen Reiz geben.

Aber es würde nichts an ihrem Ausgang ändern.

37

Mitternacht.

Stephen Leviste kletterte aus dem Fenster seines Zimmers auf das mit Rotholzschindeln bedeckte Vordach hinunter.

Es war einige Minuten nach Mitternacht. Vor ungefähr einer Viertelstunde waren die letzten Lichter im Haus erloschen, zuerst im Zimmer seiner Schwester, dann im Schlafzimmer seiner Eltern.

Das Vordach reichte etwa zwei Meter über die kleine Veranda an der einen Seite des Hauses. Leichtfüßig huschte er über das schräge Dach – er mochte klein sein, aber er war behende und litt nicht an Höhenangst. Dann ließ er sich am Eckpfosten hinunter, wobei er sich an den Holzzapfen festhielt, an denen seine Mutter manchmal Blumenampeln aufhängte.

Seine Füße fanden das Verandageländer, und er sprang zum Boden hinunter. Das Geräusch weckte den Terrier der Nachbarn, der sofort zu kläffen begann.

Halt's Maul, dachte er. Er wollte nicht daran denken, was ihm blühte, wenn seine Eltern merkten, daß er abgehauen war. Für den Fall, daß sie wider Erwarten doch sein leeres Bett entdecken sollten, hatte er auf dem Kopfkissen einen Zettel hinterlassen –

Fahr ein bißchen mit dem Rad. Alles in Ordnung. Ihr braucht keine Angst zu haben. Stevie.

–, damit sie nicht gleich durchdrehen und die Polizei anrufen würden.

Er schob das Fahrrad nach vorn. Der Hund kläffte noch ein paarmal, dann war er still. Stephen Leviste schwang sich auf sein Fahrrad und fuhr los, eine schmächtige kleine Gestalt in weiter Jeans und einem Batman-Sweatshirt. Kräftig trat er in die Pedale und trieb sein Rad die stille Straße hinunter.

Als er bei Denny's Restaurant ankam, stand die Uhr hinter dem Tresen auf null Uhr vierundzwanzig. Er schloß sein Fahrrad an einem Lichtmasten an, stellte sich an den Bordstein und wartete. Es war kaum Verkehr – das Einkaufszentrum war seit zweieinhalb Stunden geschlossen –, und er konnte jedes einzelne Auto beobachten, daß sich dem Restaurant näherte und dann, ohne anzuhalten, vorüberfuhr.

Nach einer Weile sah er wieder auf die Uhr im Restaurant. Null Uhr dreiundvierzig.

Er ging zum Bordstein zurück. Er beobachtete jetzt nicht mehr jedes Fahrzeug, das vorüberkam. Er hielt den Kopf gesenkt, starrte auf die Risse im Bürgersteig und stieß mit den Spitzen seiner Turnschuhe gegen den Beton.

Die Uhr stand auf null Uhr siebenundfünfzig, als er das nächstemal sein Gesicht ans Glas drückte. Noch drei Minuten warte ich, nahm er sich vor. Wenn Shadowmaster sich mehr als eine halbe Stunde verspätet hatte, würde er wahrscheinlich gar nicht mehr kommen.

Stephen glaubte, zum Narren gehalten worden zu sein.

Um fünf nach eins schloß er die Fahrradkette auf und wickelte sie um die Stange unter dem Sattel. Irgendwo saß jetzt bestimmt Shadowmaster und lachte sich ins Fäustchen. Nur eines verstand Stephen nicht – warum machte sich jemand soviel Mühe, schrieb ein Programm, schickte ihm die Diskette, unterzog ihn extra diesem Test, nur um ihn auf den Leim zu führen? Das war doch verrückt.

Aber die Welt war voll von Verrückten, sagte er sich und machte sich auf den Heimweg.

Während Joyboy den langen Hügelhang hinaufradelte, aß der Killer im Restaurant die letzten Bissen eines Stücks Zitronenschaumkuchens. Er sah dem Jungen nach, als er auf seinem Rad in der Dunkelheit verschwand, und spülte mit einem Schluck Kaffee nach.

Er hatte es nicht eilig.

Er saß seit etwa Viertel nach zwölf in dem Restaurant, in einer Nische am vorderen Fenster. Halbgardinen verhüllten die untere Hälfte der Glasscheibe, aber der Killer brauchte sie nur ein wenig zur Seite zu ziehen, um den Bürgersteig draußen sehen zu können.

Er bestellte ein ganzes Menü – es wunderte ihn nicht, daß er einen Riesenhunger bekam, als der kritische Moment näher rückte – und beobachtete Joyboys Ankunft.

Auf einem Fahrrad!

Diese Möglichkeit hatte er nicht in Betracht gezogen. Das erleichterte die Durchführung seines Plans. Es bedeutete, daß er sein Opfer entführen konnte, wann und wie es ihm beliebte.

Aber Joyboy war so winzig.

Ein Kind, dachte er, während er den mageren kleinen Burschen am Bordstein beobachtete. Nicht das, was er erwartet hatte. Er spürte richtig, wie die gewaltige Blase der Mordlust in seinem Inneren in sich zusammensank.

Er konnte sich nicht vorstellen, daß er auch nur die geringste Befriedigung daraus ziehen würde, diesen glattwangigen Schuljungen mit den dünnen Gliedern zu töten.

Aber Joyboy mußte weg. Ordnung mußte sein. Joyboy gehörte zu einem Ganzen, das ohne die Gesamtheit seiner Teile mißlungen und bedeutungslos sein würde.

Ein kleines Nichts. Das man zertreten konnte wie einen Pappbecher.

Dann hatte er einen Einfall, wie sich die Sache doch noch interessant gestalten ließe.

Perfekt.

Die Blase in seinem Inneren schwoll von neuem an und drängte nach Auslaß.

Joyboys Weg vom Einkaufszentrum nach Hause war nach

der Straßenkarte auf seinem Notebook klar. Zwei Straßen von seinem Elternhaus entfernt war der Skyline Boulevard. Er führte auf der Höhe des langen Hügelkamms entlang, der die Küste vom Rest der Halbinsel trennte. Das Einkaufszentrum befand sich am Fuß dieses Hügelkamms, in schnurgerader Fahrt den Hang hinunter, insgesamt vielleicht anderthalb Meilen.

Bergab war die Strecke für den Jungen auf seinem Fahrrad natürlich ein Klacks gewesen. Bergauf würde er sich schwerer tun.

Zwischen dem Einkaufszentrum und dem Skyline Boulevard zeigte das Display des Notebook ein Flickwerk mehrerer großer freier Flächen, die keinerlei Kennzeichnungen trugen.

Es waren Friedhöfe, die sich großflächig über den Hang erstreckten. Die Straße vom Skyline Boulevard zum Einkaufszentrum hinunter führte zwischen einigen von ihnen hindurch, ein Gebiet von mehreren tausend Hektar, groß wie ein Maisfeld in Iowa, auf dem nichts wuchs als Grabsteine.

Eigentlich ganz passend für die Situation, dachte der Killer. Er legte genug Geld für die Rechnung und ein üppiges Trinkgeld auf den Tisch und ging.

Ganz ohne Eile, aber mit der entschlossenen Miene eines Mannes, der ein Ziel und eine Aufgabe hatte.

Als der Hang steil wurde, stieg Stephen Leviste ab. Einen Bürgersteig gab es nicht, nur einen schmalen Grasstreifen neben der Straße, auf dem er sein Fahrrad bergan schob. Es war nicht viel langsamer als auf dem Rad, und es war weit weniger mühsam.

Er war schon ein gutes Stück vom Einkaufszentrum entfernt, weit und breit kein Haus zu sehen. Er war auf dem Stück Straße zwischen den Friedhöfen.

Er schob. Das Quietschen seines Hinterrads, das geölt

werden mußte, war das einzige Geräusch. Er hatte seit mindestens vier oder fünf Minuten kein Auto mehr gesehen.

Straßenlampen gab es hier oben keine. Die Anwohner brauchten sie nicht.

So was Dummes, dachte er immer wieder. So was Dummes. Was mache ich hier? Ich könnte jetzt schön gemütlich zu Hause im Bett liegen.

Die Friedhöfe waren dunkel und still.

Aber jetzt kam hinter ihm ein Auto den Berg herauf. Er hörte das Tuckern des Motors, sein Aufheulen, als der Fahrer herunterschaltete und die Drehzahl erhöhte. Die Scheinwerfer erleuchteten den Weg vor ihm; er warf einen Schatten, der immer kürzer und schärfer wurde, je näher der Wagen kam.

Das Fahrzeug verlor an Geschwindigkeit, als es sich ihm näherte. Er drehte sich um und blickte zwinkernd ins Licht der Scheinwerfer, Fernlicht.

Kein PKW; ein brauner Lieferwagen.

Er hielt neben ihm an. Das Fenster auf der Mitfahrerseite war heruntergekurbelt. Aus dem Inneren des Wagens sagte ein Mann: »Joyboy, richtig? Tut mir leid, daß ich mich verspätet habe.«

Stephen konnte das Gesicht nicht sehen, das zu der Stimme gehörte.

Das konnte nur Shadowmaster sein. Aber sie waren weit von Denny's Restaurant entfernt. Shadowmaster konnte ihn unmöglich erkennen.

Irgendwas stimmte hier ganz und gar nicht . . .

»Komm schon, steig ein«, sagte der Mann. »Wenn du nicht nach Palo Alto fahren willst, ist es okay. Das können wir nachholen. Ich fahr dich nach Hause.«

»Nein danke.« Stephen Leviste war beinahe ein wenig überrascht darüber, daß er die Worte herausbrachte, obwohl ihm der Hals wie zugeschnürt war. Er wandte sich ab und schob sein Fahrrad weiter den Hügel hinauf.

Der Lieferwagen setzte sich wieder in Bewegung, blieb auf gleicher Höhe mit Stephen Leviste.

»Na los, steig ein«, sagte der Mann.

Stephen hielt den Blick starr geradeaus gerichtet und versuchte den Mann zu ignorieren, während er sein Fahrrad weiterschob.

Der Lieferwagen blieb an seiner Seite.

Da reagierte er blitzschnell.

Er schwang das Fahrrad auf dem Hinterrad herum, sprang auf und sauste los, den Hügel hinunter, mächtig strampelnd, mit zunehmender Geschwindigkeit.

Er hörte, wie der Lieferwagen hinter ihm abbremste, wie die Schaltung krachte, der Motor aufheulte, die Reifen quietschten.

Der Lieferwagen verfolgte ihn im Rückwärtsgang, raste rückwärts den Hang hinunter, immer schneller.

Ein Irrer, dachte Stephen Leviste.

Und der Irre kam immer näher.

Stephen trat noch fester in die Pedale, und der Wagen donnerte hinter ihm her. Am Rand seines Blickfelds konnte er sehen, wie er schlingerte, wie die Hinterräder hin und her kippten, beinahe außer Kontrolle.

Der Wagen schoß schwankend auf ihn zu.

Er sah es und zuckte zusammen, wollte ausweichen, verlor nun selbst die Kontrolle, geriet ins Schleudern, bremste mit aller Kraft und stürzte schließlich, rollte sich überschlagend durch das Gras am Straßenrand und blieb an einer hüfthohen Steinmauer, die den Friedhof umschloß, liegen.

Der Lieferwagen kam etwas weiter abwärts schlingernd zum Stehen, und Stephen hörte deutlich, wie eine Tür geöffnet und krachend zugeschlagen wurde.

Schritte näherten sich, ein dumpfes Donnern im Gras.

Stephen Leviste sprang auf, warf sich über die Steinmauer in den Friedhof und rannte auf den Weg, der zwischen zwei Gräberreihen hindurchführte. Hinter sich konnte er den durch das Gras gedämpften Aufprall hören, als der Fremde seinerseits die Steinmauer übersprang und ihm folgte.

Einige Augenblicke lang waren sie im Gleichschritt, Stephen, der über das kurze Gras zwischen den Gräberreihen rannte, und der Fremde, der ihm folgte.

Stephen bog scharf nach rechts ab, lief an Grabsteinen und Kreuzen vorbei zu einem Friedhofsteil weiter unten, wo acht oder zehn Gräber zwischen hohen Gedenksteinen standen. Dort konnte er Deckung finden. Der Fremde blieb ihm auf den Fersen. Doch Stephen rannte in den Wald von Marmorblöcken hinein, duckte sich hinter einem der großen Grabmäler und verhielt.

Die hämmernden Schritte wurden langsamer. Der Fremde blieb stehen.

Stephen wartete.

Ein, zwei Minuten lang hörte er gar nichts. Er schlich sich um das Grabmal herum und spähte auf den Weg hinaus, den er gekommen war.

Er sah niemanden. Die hohen Standbilder schützten ihn, aber sie boten auch dem Irren Deckung.

Die Straße war irgendwo zu seiner Linken, von hier aus nicht zu sehen, aber er wußte, daß sie nicht weit sein konnte. Vorsichtig begann er, sich in Richtung zur Straße zu bewegen, um sich von der Stelle zu entfernen, wo der Irre ihn zuletzt gesehen haben mußte.

Er wagte sich aus dem Schutz des Grabmals und kroch hinter das Standbild eines Kindes in fließendem Gewand mit einem Heiligenschein.

Keine Spur von dem Fremden.

Stephen kroch hinter dem Standbild hervor und huschte hinter eine breite Gedenktafel.

Oben am Hang rührte sich nichts.

Links von ihm, in einem Abstand von vielleicht zwanzig Metern, war ein letztes marmornes Grabmal. Von dort aus konnte er den Durchbruch zur Straße wagen.

Oben am Hang war immer noch alles still. Stephen hockte sich auf die Fersen und machte sich bereit, in geduckter Haltung zu dem letzten Grabmal hinüberzulaufen.

Da packte von hinten eine Hand seine Schulter.

Der Schreck allein hätte ihn wahrscheinlich gelähmt. Aber der Zugriff dieser Hand war eisern. Gleich darauf drückte eine zweite Hand ihm den Mund zu und zwang seinen Kopf nach hinten. Er wurde rücklings zu Boden gerissen, und gleichzeitig sprang der Irre über ihn und rammte ihm ein Knie in den Magen.

Dann zog der Irre ihn hoch, hielt ihn fest, begann ihn zu tragen. Eine Hand umklammerte sein Gesicht und erstickte jeden Laut aus seinem Mund.

Stephen versuchte sich aus der Umklammerung zu befreien. Nur einmal. Sofort umschlangen ihn beide Arme noch fester; der eine drückte ihm Mund und Nase zu, der andere preßte ihm alle Luft aus der Lunge.

Stephen erkannte, daß der Irre die Kraft und die Entschlossenheit besaß, ihn an Ort und Stelle zu töten.

Er hörte auf, sich zu wehren, und ließ seinen Körper erschlaffen.

Die tödliche Umklammerung lockerte sich. Dankbar sog Stephen frische Luft ein und ließ sich von seinem Bezwinger durch den finsteren Friedhof tragen.

38

In diesem Moment saß Ellis Hoile in seinem Datsun, der an der Mole in der Nähe von Tor sieben geparkt war.

Louis Markham hatte ihn gebeten, gegen Abend ins Studio zu kommen, weil er über die Nachtaufnahmen des Jaguarfilms mit ihm sprechen wollte.

Ungefähr zwei Stunden lang hatten sie sich über die

verschiedenen technischen Möglichkeiten unterhalten, die es für einen Kameramann gab, nachts eine mißtrauische Großkatze im Urwald aufzunehmen – Dinge, über die Ellis Hoile die ganze Nacht reden konnte.

Er hatte sich dabei ertappt, daß er hoffte, Kate würde kommen. Aber als er ungefähr zwei Stunden vor Mitternacht das Studio verließ, hatte er sie immer noch nicht gesehen.

Er ging hinaus und setzte sich in seinen Datsun, ein zwanzig Jahre altes Auto, das seinen Ansprüchen vollauf genügte. Beinahe gegen seinen Willen war er zu der Mole auf der anderen Seite des Parkplatzes gefahren.

Von dort aus hatte er das Hausboot beobachtet und an Kate gedacht.

Er sehnte sich danach, sie zu sehen – es war so lange her, seit er ihr das letztemal in die Augen geblickt und ihre Stimme gehört hatte. Die Art, wie sie nach ihrem letzten Besuch bei ihm gegangen war, hatte ihn erschüttert. Zum erstenmal hatte er das Gefühl gehabt, ihr wahrhaft entfremdet zu sein.

Und er haßte dieses Gefühl. Er haßte die Trennung. Das ist doch falsch, dachte er, das sollte nicht geschehen.

Er wußte, daß er ihr das hätte sagen, ihr hätte zeigen sollen, was in ihm vorging. Er wußte, wenn er das während ihrer Ehe getan hätte, dann säße er jetzt nicht allein – dann wären sie zusammen in dem Haus am Telegraph Hill.

Er achtete nicht oft darauf, was in seinem Inneren vorging; das war ein Teil des Problems. Gefühle schienen sich von selbst zu erledigen, irgendwo im Hintergrund auf Sparflamme vor sich hin zu köcheln, so daß er unbehelligt seine Aufmerksamkeit anderen Dingen zuwenden konnte.

Darum achtete er häufig nicht auf Gefühle, und bis zu dem Tag, an dem Kate sich von ihm getrennt hatte, war er damit scheinbar auch gut gefahren, ohne daß es ihn etwas gekostet hatte.

Selbst wenn er sich seiner Gefühle bewußt war – wie jetzt,

in schmerzlichem Detail –, kam er sich vor wie geknebelt, wenn er versuchte, über sie zu sprechen.

Worte schienen nicht nur schwach, sondern belanglos, wenn man sie in dieser Weise verwendete.

Wie heute abend, wie jetzt: Er konnte sich nicht vorstellen, in Worte zu fassen, was er fühlte, da er das Hausboot über dem Wasser sah und wußte, daß sie dort drinnen war und er nicht zu ihr gehörte.

Einfach den Pier hinaufzugehen und es ihr zu sagen, erschien ihm undenkbar. Phantastisch. Darum blieb er, wo er war, beobachtete das Boot und dachte an sie, bis ihm die Augen schwer wurden und er, den Kopf ans Fenster, gelehnt einschlief.

39

Stephen Leviste war zusammengeschnürt wie ein Paket. Seine Augen waren verbunden. Hände und Füße waren hinter seinem Rücken gefesselt. Der Irre hatte das alles gleich in dem braunen Lieferwagen erledigt.

Mehrere Stunden waren seit der Entführung vergangen – so schätzte Stephen jedenfalls, sicher sein konnte er nicht. Die Isolierbandstreifen klebten immer noch über seinem Mund und nahmen ihm jede Möglichkeit, zu schreien oder auch nur zu brummen. Und auch die Kapuze aus schwarzem Stoff, die der Irre ihm über den Kopf gezogen und um den Hals zusammengebunden hatte, saß noch so fest wie zuvor.

Er hing irgendwo zwischen Himmel und Erde, eingepackt in eine Art Netz aus Nylongewebe, wie ihm schien. Ein Lastennetz vielleicht. Er wußte nicht, wo er hing oder wie weit über dem Boden.

Er hatte ja nichts machen können. Der Irre hatte ihn mit Gurten um seine Füße und um seine Taille in das Netz geschnallt, es mit einem Schnappverschluß geschlossen – das Geräusch war deutlich zu hören gewesen – und ihn dann in den leeren Raum hinausgestoßen.

Vorher allerdings hatte er noch etwas Merkwürdiges getan. Er hatte die Verschnürung um Stephens Handgelenke gelockert.

Eine Einladung zur Flucht.

Mindestens zu einem Fluchtversuch.

Und Stephen Leviste, der jetzt seine Handgelenke hin- und herdrehte und versuchte, sich Raum zu verschaffen, um seine Hände aus den Schlingen zu ziehen, war klar, daß er wahrscheinlich damit genau das tat, was der Irre wollte.

Aber hier – wo immer das auch war – würde er auf keinen Fall bleiben.

Mit viel Anstrengung war es ihm gelungen, sich auf die Seite zu wälzen. So waren seine Handgelenke von der Last seines Körpers befreit, und er hatte mehr Spielraum, um die Verschnürung zu dehnen. Er beugte und drehte seine Handgelenke, zog einen Arm hoch, suchte und tastete, bewegte von neuem seine Handgelenke und zog seine linke Hand aus der Schlinge.

Frei.

Die rechte Hand war immer noch mit einem Stück Schnur an seine Füße gefesselt, aber jetzt, wo ein Arm frei war, saß die Verschnürung lockerer, und er brauchte nur eine halbe Minute, um auch seinen rechten Arm zu befreien.

Er zog beide Arme hinter seinem Rücken hervor und beugte und schüttelte sie, bis das Gefühl in sie zurückkehrte.

Er schnürte die Kapuze auf und zog sie sich vom Kopf.

Beinahe wünschte er, er hätte es nicht getan.

Er sah, daß tatsächlich ein festgewobenes Netz ihn einhüllte. Er hing in einem Schacht von etwa drei mal drei Metern, der mindestens drei Stockwerke in die Tiefe reichte: zehn Meter oder mehr.

Wenn man da hinuntersprang und ungeschickt aufkam, konnte man sich leicht schwere Verletzungen zuziehen oder sogar sterben.

Unter ihm war ein Betonboden. Der Schacht hatte auf einer Seite, nicht weit vom Boden entfernt, eine Öffnung, durch die immerhin so viel elektrisches Licht – von einer nicht sichtbaren Lampe – eindrang, daß er den Boden direkt unter sich erkennen konnte.

Er zog vorsichtig das Isolierband von seinem Mund. Sein erster Impuls trieb ihn, laut zu schreien.

Ich gebe auf, hätte er am liebsten geschrien. *Ich bin fertig, ich bin erledigt – mach, was du willst.*

Aber er hatte eine hartnäckige Ader, die das nicht zuließ.

Er löste den Gurt, der um seine Brust lag. Ein zweiter Gurt fesselte noch seine Füße an das Netz, aber den konnte er so, wie er da hing, im Moment nicht erreichen.

Das Netz war an einem Strick aufgehängt, der von der Decke herabhing. Mit zwei Karabinerhaken, die es fest zusammenhielten, war es an einer Schlinge am Ende des Stricks befestigt.

Um sich aus dem Netz befreien zu können, würde er mindestens einen der Karabinerhaken öffnen müssen.

Er streckte seinen rechten Arm aus und umfaßte die Schlinge des Stricks. Dadurch wurde die Spannung an einem der Karabinerhaken verringert, und es gelang ihm, ihn mit der linken Hand zu öffnen und aus den Maschen des Netzes herauszuziehen.

Eine Hälfte des Netzes fiel von der Schlinge herab und glitt über seine Schulter abwärts. Das nützte überhaupt nichts, dachte er. Er hatte den falschen Karabinerhaken geöffnet; er hatte zuerst seine Füße frei bekommen wollen.

Er versuchte, sich an dem Strick hochzuhangeln und in eine Position zu gelangen, die es ihm ermöglichen würde, seine Füße aus dem Netz zu befreien.

Aber da rutschte seine rechte Hand ab, er verlor den Halt,

und sein Körper sauste abwärts, dem Betonboden entgegen –

– bis der Absturz mit einem Ruck gebremst wurde.

Die Gurte um seine Fußknöchel hielten ihn im Netz gefangen. Und eine Hälfte des Netzes hing immer noch an dem Strick von der Decke, von dem zweiten, dem letzten Karabinerhaken gehalten.

Er hing mit dem Kopf nach unten.

Und er spürte, wie seine Füße, von seinem Gewicht und der Schwerkraft gezogen, durch den Gurt rutschen wollten.

Einen Moment lang zappelte er wie ein Fisch auf dem Trocknen, dann zwang er sich zur Ruhe.

Der Gurt um seine Knöchel war das einzige, was ihn jetzt noch vor dem Fall auf den Betonboden bewahrte. In wenigen Sekunden würde er kopfüber dort hinunterstürzen.

Er warf sich zur Seite, beide Arme ausgestreckt, und bekam das Netz zu fassen, das neben ihm herabhing. Seine Füße rutschten immer weiter aus dem Gurt, aber er zog das Netz dicht zu sich heran und hielt es mit beiden Händen umklammert.

Seine Füße kamen mit einem Ruck frei. Seine Beine schnellten abwärts, sein Körper überschlug sich, wieder meinte er, gleich würde er in die Tiefe sausen, aber er hielt sich mit aller Kraft an dem sich wild drehenden Netz fest.

Und er schaffte es.

Nun hatte er wenigstens den Kopf oben, während er an dem Netz in dem Schacht hin und her schwang. Mit den Füßen fand er Halt in den Maschen und begann sich Hand um Hand hochziehend, aufwärts zu klettern.

Als er höher kam, sah er, was ihn oben erwartete.

Der Schacht war auf drei Seiten geschlossen, auf der vierten jedoch öffnete er sich zu einem weiten Raum, einem riesigen Raum.

Eine gewaltige Höhle mit hohen, glatten Betonmauern.

Ein Laufsteg aus Stahl zog sich durch die Höhle und

endete wie abgeschnitten, ohne Geländer, an der Öffnung des Schachts.

Er war jetzt auf einer Höhe mit dem Laufsteg. Seine Hände hielten den Strick oberhalb des Karabinerhakens umfaßt. Er begann hin und her zu schaukeln, um das Seil in Schwingungen zu versetzen. Immer größer wurden die Kreise, immer näher trugen sie ihn an die Schachtöffnung heran, wo der Laufsteg begann.

Er schwang hin, und er schwang her, und schließlich ließ er den Strick los und flog und landete krachend auf dem Stahlgitter des Laufstegs.

Er war aus dem Schacht heraus.

Er setzte sich auf und sah sich um. Einige Schritte entfernt lag eine Teleskopleiter aus Aluminium auf dem Laufsteg, auf fünf oder sechs Teilstücke zusammengeschoben.

Er versuchte sich zu sammeln, klar zu denken.

Der Betonboden war staubig. Die Luft roch feucht und muffig. Das war ihm schon aufgefallen, als er noch im Netz gehangen hatte, aber da hatten Gerüche keine große Bedeutung gehabt.

Doch von Staub und Geruch abgesehen, kam dieser Ort ihm sehr bekannt vor: der Schacht, der riesige Betonraum.

Er begann die Leiter auszufahren und in den Schacht hinunterzulassen. Das war, nachdem er den Mechanismus begriffen hatte, einfacher, als er gedacht hatte. Das Aluminium war leicht, und die Scharniere der einzelnen Teilstücke rasteten automatisch ein, je weiter er die Leiter hinunterließ.

Als sie ganz ausgefahren war, stand sie, an die Kante des Laufstegs gelehnt, auf dem Boden des Schachts. Sie paßte genau.

Aber er stieg sie nicht gleich hinunter. Zuerst ging er hinüber zum anderen Ende des Laufstegs. Ein gedämpftes Brummen wurde hörbar, als er sich dem Ende näherte – er glaubte zu wissen, was es war, was die Deckenlampen, die den großen Raum beleuchteten, mit Strom speiste.

An diesem Ende des Laufstegs war ein Drahtkäfig, der ein Betonpodest umgab – genau wie in dem Spiel. Auf der anderen Seite der Bühne waren eine graue Metalltür und eine Treppe, die abwärts führte, in unsichtbare Tiefen.

Der Käfig hatte eine Tür aus Maschendraht. Er versuchte, sie zu öffnen, aber es ging nicht.

Auch in TRY Me ließ sie sich nicht öffnen.

Der Laufsteg hier war viel höher, viel beängstigender als in dem Spiel. Aber alles andere paßte genau. Er war jetzt überzeugt: Dies war die letzte Stufe des Spiels.

Und wenn das zutraf, wußte er, wie er hier rauskam.

Er ging den Laufsteg zurück, auf die Leiter am anderen Ende zu. Auf halbem Weg ließ ein Geräusch ihn innehalten: ein feines Quietschen aus der Richtung, aus der er eben kam. Als er sich umdrehte, sah er gerade noch, wie die graue Metalltür in dem Maschendrahtkäfig geschlossen wurde.

Er konnte die Gestalt ausmachen, einen Mann, der jetzt auf das Podest hinaustrat.

»Hallo, Kleiner«, sagte der Irre.

Bei der Stimme wurde Stephen Leviste eiskalt, aber sie erschreckte ihn nicht. Mittlerweile konnte ihn nichts mehr erschrecken.

Der Irre begann in gedämpftem Singsang zu rufen: »Na komm, mein Kleiner, komm her, Jungchen, komm zu mir«, und dazu pfiff er und klatschte leicht in die Hände, geradeso, als riefe er einen Hund.

Stephen wich vorsichtig vor der Stimme zurück, dem anderen Ende des Laufstegs entgegen. Er bemühte sich, ruhig zu bleiben. Er mußte die Leiter erreichen.

Der Irre öffnete die Maschendrahttür des Käfigs und trat auf den Laufsteg hinaus. Er ging auf Stephen Leviste zu. Mit schnellen Schritten.

Stephen begann zu laufen. Ihre Füße schlugen klirrend auf den Stahl.

Stephen erreichte das Ende des Laufstegs, den Schacht,

in dem die Leiter stand. Er umfaßte das obere Ende der Leiter, schwang seine Beine über die Kante und landete mit den Füßen auf einer Sprosse.

In rasendem Tempo kletterte er die Leiter hinunter, halb rutschend, den Fall mit den Händen bremsend, die die Seitenteile der Leiter umfaßt hielten.

Die Schritte des Irren hallten auf dem Laufsteg wider.

Stephen verstauchte sich den linken Knöchel, als er auf dem Boden aufkam, doch sofort richtete er sich auf, sprang unter die Leiter, packte mit beiden Händen eine Sprosse und begann, die Leiter von der Laufstegkante wegzuschieben. Keuchend vor Anstrengung mühte er sich, sie in die Senkrechte zu bekommen.

Noch ein Ruck, dann ließ er los, und die Leiter fiel krachend an die hintere Mauer des Schachts.

Die Schritte auf dem Laufsteg verstummten.

Ohne die Leiter konnte man nur noch springen, um hinunterzugelangen.

Der Irre war groß und kräftig, aber Stephen bezweifelte, daß er fliegen konnte.

Stephen trat aus dem Schacht in den riesigen Betonbunker. Von hier aus konnte er den Irren auf dem Laufsteg sehen. Er blickte zu ihm hinunter.

Der Irre folgte ihm auf dem Laufsteg, als er über den endlos scheinenden Betonboden rannte.

Unten, in der gegenüberliegenden Mauer, war eine Stahltür, rot gestrichen. Die Farbe war verblaßt, nicht ganz so leuchtend, wie sie in dem Spiel gewesen war. Aber fast.

Zu dieser Tür rannte Stephen.

Über ihm verschwand der Irre in dem Maschendrahtkäfig am Ende des Laufstegs.

Stephen blieb vor der Tür stehen.

Wenige Stunden zuvor, im Spiel, hatte er sie mit einem Klick seiner Maus geöffnet und dahinter die Freiheit gefunden.

Jetzt griff er nach dem Türknauf, drehte ihn, zog . . .

Nichts rührte sich.

Wieder drehte er den Knauf, rüttelte daran. Die Tür gab nicht nach.

Im Geist sah Stephen die rote Tür im Spiel und das Sonnenlicht und die offene Weite, die dahinter gewartet hatten. In höchster Verzweiflung rüttelte er an der Tür, drehte noch einmal ihren Knauf.

Und diesmal schwang die Tür auf. Stephen riß sie ganz auf und machte einen Schritt nach vorn.

Aber da stand der Irre vor ihm.

Stephen fuhr zurück.

Der Irre grinste. »Es ist doch nicht alles ganz gleich, hm, Jungchen?«

Stephen antwortete nicht. Er spähte hinter den Irren, der am Fuß einer Betontreppe stand, die offensichtlich vom Drahtkäfig oben hier herunter führte.

Hier war kein Weg in die Freiheit. Kein Entkommen.

»Oder?« brüllte der Irre ihn an.

»Nein.«

»Spielst du gern? He, darauf weiß ich die Antwort. Du wärst nicht hier, wenn du nicht gern spielen würdest, stimmt's? Das Spiel macht dir einen Riesenspaß, du stehst drauf, sag die Wahrheit.«

»Nein«, sagte Stephen. »Ich hab Angst.«

»Du hast allen Grund dazu.«

Dann sagte der Irre: »Die Lichter gehen in ungefähr acht Stunden aus. Danach komme ich wieder.«

Damit trat er zurück, und die rote Tür fiel krachend hinter ihm zu. Er war weg.

Der Killer schloß die rote Tür ab und stieg die Treppe hinauf.

Es war eine Treppe in drei Absätzen, die auf der Betonbühne am Ende des Laufstegs, zehn Meter über dem Betonboden, endete.

Oben blieb er stehen. Zu seiner Rechten befand sich ein massives Maschendrahtgitter mit einer Maschendrahttür. Auf der anderen Seite des Gitters war der Laufsteg.

Am anderen Ende des Laufstegs war der Schacht. Die Leiter im Schacht bot, abgesehen von dieser Treppe, die einzige Möglichkeit, zum Boden des Raums hinunterzugelangen. Und die Treppe benutzte nur er. Das Maschendrahtgitter hier oben und die rote Tür unten im Raum schlossen diesen Teil des Komplexes vom Rest ab.

Überall sonst konnte Joyboy sich frei bewegen.

Der Killer wandte sich nach links und öffnete eine schwere Brandschutztür. Hinter dieser Tür befand sich sein Reich, zu dem nur er allein Zutritt hatte. Er trat in einen kurzen Gang, an dem drei Räume gelegen waren: zwei auf der einen Seite, der dritte auf der anderen.

Jeder dieser Räume hatte eine Funktion. Er war ein methodischer Mensch, bei dem alles seine Ordnung haben mußte.

Der Raum auf der rechten Seite des Korridors – größer als die beiden anderen – war sein Lagerraum. Im zweiten Raum, auf der anderen Seite des Ganges, war der Generator, der für Strom sorgte. Das Geräusch seines Benzinmotors war leise, aber immer da: Dem Killer fiel es meistens gar nicht mehr auf.

Der dritte Raum, neben dem Generatorraum, war seine Schmuddelkammer. Der Boden war blutbefleckt. Hier waren Portia und DeeTeeDude gestorben.

Als er jetzt in den kurzen Gang trat, wandte er sich nach rechts, zu seinem Lagerraum.

Er wirkte bewohnt – eine Luftmatratze, mehrere Fernsehgeräte, ein Funktelefon, ein Arbeitsplatz mit Elektro- und Computerausrüstungen, Behälter mit Nahrungsmitteln, an der Wand aufgereiht verschlossene Kunststoffkanister mit Wasser, ein Propangaskocher, zwei Laternen und mehrere Propangasflaschen.

Es war ein Behelfsraum, in dem man zur Not einen schlimmen Sturm überstehen konnte; und so sah er ihn auch.

Er nahm einen Kunststoffkanister mit Wasser, trug ihn hinaus auf den Laufsteg und stellte ihn ab. Joyboy würde ihn hier finden.

Der Junge sollte nicht verdursten. Er wollte ihn noch ein Weilchen am Leben halten. Zu eventueller späterer Verwendung.

Er kehrte wieder in seinen Lagerraum zurück, ging an den Arbeitstisch, wo mehrere PCs und Monitore – sowie diverse Spezialgeräte – auf ihn warteten.

Der Einfall war ihm gekommen, während er Joyboy vom Restaurant aus beobachtet hatte. Körperlich war der Junge ein Witz. Aber er war intelligent: Wenn sein Körper seinem Gehirn entspräche, wäre Joyboy eine echte Herausforderung. Und er kannte Try Me so gut, daß es ihm gelungen war zu entkommen.

Der Killer hatte sich etwas einfallen lassen, um diese Intelligenz ins Spiel zu bringen. Es bedurfte nur einer kleineren Veränderung der Software und der geschickten Anwendung elementarer elektrischer Instrumente.

Etwa eine Stunde lang saß der Killer nun an seinem Arbeitstisch. Zuerst schrieb er Teile der Software-Codes um, dann justierte er die Hardware.

Danach probierte er die Sache aus.

Die Lichter wurden einen Moment lang trübe, als der Generator unter plötzlicher Überlastung bockte.

Hervorragend, dachte der Killer. Das würde prima klappen.

Ein paar Teile fehlten ihm noch, Spezialteile, die er nicht dahatte, aber die würde er später besorgen. Fürs erste würde er ein paar Stunden lang seine Gelüste brodeln und aufwallen lassen.

Er wußte, wie er sie anfachen konnte. In dem großen Raum stand auf einem Stativ eine Videokamera. Der Killer nahm eine Kassette aus der Kamera und steckte sie ein, als er ging.

Wenige Augenblicke später ließ er den Betonbunker hinter sich und trat ins Freie hinaus, in die Stille der letzten Stunde vor Tagesanbruch.

Und sagte sich, daß Joyboys Stunde schlagen würde. Bald.

40

Die aufgehende Sonne weckte Ellis Hoile. Sie stieg hinter Angel Island auf und brannte ihm direkt ins Gesicht.

Er beschattete seine Augen und blickte zum Hausboot hinüber. Im Küchenfenster brannte Licht. Sie muß wach sein, dachte er.

Er wollte nicht, daß sie ihn hier fand. Nur das nicht.

Rasch ließ er den Motor seines Wagens an und fuhr davon.

Ungefähr eine halbe Stunde später betrat er sein Haus in der Tesla Street. Das Wohnzimmer mit seinem Arsenal von Geräten sah schäbig und sinnlos aus.

Das war einer der Gründe, warum er nicht mehr viel aus dem Haus ging. Wenn er aus gewesen war, und sei es nur für ein paar Stunden, begann er, sein Leben aus der Perspektive der Außenwelt zu sehen. Das war nicht sehr schmeichelhaft.

Er wußte nicht, ob das hieß, daß er mehr ausgehen solle oder überhaupt nicht mehr. Es war eine offene Frage, jedenfalls an diesem Morgen.

Seine erste Handlung – beinahe ein Reflex – bestand darin, bei Verba einzuloggen, um nach seiner Post zu sehen. Er überließ seinem Login-Skript die Arbeit, während er in die Küche ging. Er wusch sein Gesicht mit kaltem Wasser, trocknete es mit einem Handtuch, goß sich ein Glas Orangensaft ein.

Als er an seinen Schreibtisch zurückkam, zeigte der Bildschirm des Computers, über den er mit Verba verbunden war, mehrere Zeilen Text.

STOMA> Guten Morgen, Avatar.
STOMA> Hallo, Avatar!
STOMA> Erde an Avatar, ist da jemand?
STOMA> Hallo, Avatar!

Ellis Hoile zog im Stehen die Tastatur zu sich heran. Er beugte sich hinunter und tippte:

AVATAR> Ja.
STOMA> Hast du das Spiel schon ausprobiert?
AVATAR> Dein Spiel ist ein übles Stück Dreck.

Die Antwort kam sogleich:

STOMA> Das ist eine interessante Reaktion. Vielleicht sollten wir uns darüber mal unterhalten. Warum gibst du mir nicht deine Telefonnummer?
AVATAR> *Du* bist ein übles Stück Dreck.

Und wieder kam die Antwort prompt:

STOMA> Ich freue mich immer über Feedback. Gib mir deine Telefonnummer, dann unterhalten wir uns.

Feedback? dachte Ellis Hoile. *Feedback?*

Da konnte doch was nicht stimmen. Er glaubte auch zu wissen, was. Er tippte:

AVATAR> Friß Scheiße und fall tot um.
STOMA> Hm, das hatte ich gar nicht bedacht. Darüber würde ich gern ausführlicher sprechen. Was hast du für eine Telefonnummer?

AVATAR> Rosen sind rot, Veilchen blau.

STOMA> Das ist interessant. Vielleicht sollten wir uns darüber mal unterhalten. Warum gibst du mir nicht deine Telefonnummer?

AVATAR> In der Hölle verfaulen sollst du.

Der Bildschirm zeigte Stomas Antwort:

STOMA> Ich freue mich immer über Feedback. Gib mir deine Telefonnummer, und wir reden darüber.

AVATAR> Schon mal den Tripper gehabt?

STOMA> Du wirfst da eine interessante Frage auf. Darüber würde ich mich gern länger unterhalten. Warum gibst du mir nicht deine Telefonnummer?

Es war ein *bot* – ein Software-Roboter, der mit einer Reihe konservierter Antworten arbeitete. *Bots* waren Programme, die den Eindruck erwecken sollten, ein Mensch säße an der Tastatur. Ein gutes *bot,* das geschickt geschrieben war, konnte über mehrere Minuten hinweg ein einfaches »Gespräch« führen, solange der Austausch vorhersehbar blieb.

Aber *bots* konnten nicht improvisieren. Angesichts einer unerwarteten Behauptung oder Frage konnten sie nur auf ihre festgeschriebenen Antworten zurückgreifen. Und da hatte die Täuschung ihr Ende.

Ellis Hoile machte die Probe sicherheitshalber noch einmal.

AVATAR> Die Eule und das Kätzchen fuhren in einem schönen erbsengrünen Boot aufs Meer hinaus.

STOMA> Ich weiß nicht, wie ich das verstehen soll. Gib mir deine Telefonnummer, dann sprechen wir darüber.

AVATAR> Sie nahmen Geld und Honig mit und packten alles in einen Fünfpfundschein.

STOMA> Wir könnten das sicher besser besprechen, wenn wir uns am Telefon unterhalten würden. Gib mir deine Nummer, dann rufe ich an.

Eindeutig ein *bot*. Es hatte darauf gewartet, daß Avatar erschien. Stoma hatte ihm damit seine Telefonnummer herauskitzeln wollen.

Ein Haufen Arbeit bloß wegen einer Telefonnummer.

Wer ist dieser Kerl? fragte sich Ellis Hoile.

Er loggte aus, wandte sich von seinem Schreibtisch ab und zog die Vorhänge vor dem großen Panoramafenster auf. Unwillkürlich wanderte sein Blick zu dem Wohnhaus in der Union Street.

Er schaltete Videoscanner und Monitor ein und überprüfte die Einstellung der Antenne auf dem Stativ. Sie war immer noch auf C. W. Hartmundts Wohnung gerichtet.

Der Monitor war hell. Ein verzerrtes Bild entfaltete sich unter seinen Augen: Es waberte auf dem Bildschirm und löste sich in durchlaufende vertikale Linien auf.

Mit der Fernbedienung bewegte Ellis Hoile den Stativkopf eine Winzigkeit nach links.

Er verlor das Bild. Der Scanner war darauf eingerichtet, das stärkste Signal innerhalb eines bestimmten Wellenbereichs aufzunehmen, dieses Signal festzuhalten und alle anderen abzuweisen. Das stärkste Signal war im allgemeinen das, welches am direktesten auf die Richtantenne wirkte; bewegte man die Achse der Antenne auch nur in geringstem Maß, so nahm der Scanner sofort ein anderes Signal auf.

Er tippte auf einen anderen Knopf. Der Bildschirm blieb leer.

Noch einmal tippte er. Immer noch Leere. Er hatte das Bild verloren.

Diesmal führte er die Antenne mit einem kurzen Knopfdruck etwas aufwärts.

Noch einmal aufwärts, dann wieder abwärts, und jetzt teilten sich die flimmernden Linien, und das Bild wurde klar.

Es zeigte eine nackte Frau, die auf einem Fußboden ausgestreckt lag. Er konnte nicht allzu viele Details erkennen. Das Bild, das er über den Scanner empfing, war körnig, und die Beleuchtung des Videos selbst war grell und hart.

Aber er konnte Blut auf dem Gesicht der Frau erkennen und Blut auf ihren Armen.

Es hob sich dunkel von ihrer Haut ab – im grellen Licht wirkte ihre Haut beinahe weiß.

Das gefiel ihm nicht. Aber der Gedanke, daß dieses Bild aus der Wohnung C.W. Hartmundts kam, hielt ihn gefesselt.

Dann trat von hinter der Kamera ein Mann ins Bild. Die Aufnahme wackelte nicht, aber die Bildschärfe wechselte, bis der Mann vor der Frau stehenblieb.

Das Bild war mit einer Autofocus-Videokamera aufgenommen, vermutete Ellis Hoile. Die Kamera stand, ohne daß jemand sie bediente, auf einem Stativ. Der Mann hatte sie auf Aufnahme gestellt und war dann ins Bild getreten.

Er schien groß zu sein, recht schlank. Er hatte der Kamera den Rücken zugewandt – sein Gesicht war nicht zu sehen. Die Augen der Frau waren lebendig geworden, ihr Blick folgte ihm, als er durch den Raum ging.

Er sah zu ihr hinunter und blieb so.

Ellis Hoile beobachtete die Szene.

Der Mann im Bild trat von einem Fuß auf den anderen, sein Körper schien sich zu spannen, er ging halb in die Hocke und hob seinen rechten Arm. Der Arm war lang . . . er schien eine künstliche Verlängerung zu haben . . .

Der Mann hielt eine Machete.

Er schwang sie abwärts, zum Kopf der Frau. Sie zuckte leicht zusammen und machte wie im Reflex eine Bewegung, ihn abzuhalten, aber die Geste war zu langsam, viel zu schwach.

Die Machete schlug tief in ihren Hals. Ihr Körper zitterte – Blut spritzte –, der Mann riß die bluttriefende Klinge aus der Wunde und sah hinunter auf das, was er getan hatte.

Ihre Glieder zuckten. Aus einer Arterie sprudelte schwarzes Blut.

Ellis Hoile wußte mit Sicherheit, daß niemand die Kamera bediente. Kein Kameramann der Welt hätte, ohne vor Entsetzen zurückzufahren, diese Szene aufnehmen können.

Der Funke von Leben, der in den Augen der Frau geglänzt hatte, war jetzt erloschen. Ihr Hals war von einer tiefen fleischigen Kerbe durchzogen.

Und der Mann holte aus und schwang von neuem die Machete, hieb mit Wucht in die klaffende Kerbe.

Ellis Hoile schloß die Augen, als der Kopf wegrollte.

Als er sie wieder aufmachte, lief die Aufnahme rückwärts. Es war ein Band, dachte er, und jemand spulte es zurück.

Spulte es zurück und hielt es in dem Moment vor dem ersten Hieb mit der Machete an.

Nun lief es wieder vorwärts. Die Machete schwang von neuem in die Höhe und grub sich ein zweites Mal in den weißen Hals der Frau.

Wieder wurde das Band angehalten und zurückgespult, lief dann wieder vorwärts.

Wieder machte die Frau dieselbe kleine, mitleiderregende Bewegung, um die Machete abzuwehren. Wieder traf der Schlag.

Und das Band wurde angehalten, zurückgespult, begann von neuem zu laufen.

Ein Gedanke schoß Ellis Hoile durch den Kopf: C. W. Hartmundt sah sich das nicht einfach an. Er verschlang es.

Und plötzlich dachte er, daß auch *er* dies alles aufnehmen sollte.

Er hatte einen zweiten Videoanschluß in den Scanner

eingebaut, um die Ausgabe kopieren zu können. Aber er hatte sich nie die Mühe gemacht, einen Videorecorder anzuschließen.

Er lief zu dem Regal im Wohnzimmer. Auf dem Monitor sauste wieder die Machete herab.

Auf dem obersten Regalbord stand ein Videorecorder, ein professionelles Aufnahmegerät. Er griff nach oben und holte es herunter.

Als er den Recorder zum Scanner brachte, hatte die Szene auf dem Monitor sich verändert. Derselbe Raum, derselbe Mann, dieselbe Frau – oder Leiche jetzt. Aber das Band war endlich weitergelaufen: Der Mann kauerte jetzt neben der Leiche und hackte mit der Machete auf sie ein, aber nicht wütend, sondern präzise und wohlüberlegt.

Er war dabei, den Leichnam zu zerstückeln.

Ellis Hoile hielt einen Moment inne, um zuzusehen. Der Mann auf dem Videoband hatte bereits den rechten Arm am Ellbogen abgetrennt. Er war jetzt mit dem anderen Ellbogen beschäftigt.

Ellis Hoile wandte sich ab und machte sich daran, das Kabel einzuschrauben. Es dauerte länger als normal. Seine Hände zitterten stark.

Er schaltete den Videorecorder ein. Es fehlte eine Kassette.

Wieder hinüber zum Regal. Er packte eine Kassette von einem Stapel. Die Videobilder liefen jetzt schnell und ruckartig über den Bildschirm. C. W. Hartmundt ließ die Aufnahmen, die den Mann dabei zeigten, wie er einzelne Gliedmaßen neben dem Leichnam zu einem gespenstischen Haufen stapelte, schnell vorlaufen.

Ellis Hoile legte die Kassette ein und begann aufzuzeichnen.

Beinahe gleichzeitig endete die grausige Szene auf dem Monitor, und Leere folgte.

Das blieb mehrere Sekunden so. Dann folgten neue Videoaufnahmen.

Ein anderer Ort diesmal, andere Beleuchtung, eine ganz andere Kulisse.

Eine Parkgarage bei Nacht. Langer Zoom an einer Reihe parkender Wagen vorbei auf einen fülligen Mann in den Dreißigern, der auf die Kamera zuging.

Die diesmal eindeutig von Hand gehalten wurde. Der Zoom zog zurück, als der Mann näher kam.

Dann schwankte und wackelte das Bild wie verrückt. Der Fotograf vollführte wilde Bewegungen mit der Kamera, ohne sie vorher ausgemacht zu haben. Die Aufnahme zeigte kurz den Boden der Parkgarage, Rad und Kotflügel eines Autos.

Dann drang orangefarbenes Glühen ins Bild. Beinahe so, als hätte jemand am Rand des Sichtfelds plötzlich ein Feuer entzündet. Der orangefarbene Schein leuchtete ein zweites Mal auf, heller jetzt, als brenne das Feuer jetzt höher.

Die Kamera wurde hochgeschwungen – der Fotograf bewegte sie zu seinem Gesicht, sah jetzt wieder durch die Linse – und blieb jetzt auf einem lodernden Feuer an der Stelle, wo vorher der dickliche Mann gestanden hatte. Flammen schossen in die Höhe und breiteten sich an der Decke aus.

Und dann sah Ellis Hoile, daß der Mann noch da war, jetzt jedoch auf den Knien, mitten in dem Feuerball. Der Zoom holte das Gesicht des Mannes näher heran, bis es das ganze Bild ausfüllte, in lautlosem Schrei verzerrt, während seine Haut sich im Feuer runzelte und schwarz wurde.

Vier oder fünf Sekunden lang blieb die Kamera voll auf das entstellte Gesicht gerichtet. Dann entfernte sie sich. Wieder folgten schwankende, kippende Bilder. Ellis konnte erkennen, daß der Fotograf in ein Auto stieg. Die Kamera bewegte sich wild auf und nieder, nahm die Innenseite einer Autotür und die Beine und Füße des Fahrers auf, ehe dieser sie ausschaltete.

Das Bild auf dem Scanner verschwand.

Es war vorbei.

Ellis Hoile blieb auf dem Boden sitzen, wo er den Videorecorder abgestellt hatte.

Er war sich bewußt, daß er das, was er gesehen hatte, nicht einordnen konnte. Sein Verstand schien wie betäubt an diesem Morgen. Seine Nerven waren überreizt.

Nun, es gab ein Mittel, sich Gewißheit zu verschaffen.

Er ließ die Kassette ein Stück zurücklaufen, um sie dann abzuspielen.

Er erwartete einige Augenblicke Leerlauf vor dem Erscheinen der Scanner-Aufzeichnung. Statt dessen sah er Kate, die gerade die Kerzen auf ihrer Geburtstagstorte ausblies.

Ihr Geburtstag, die Feier ihres fünfundzwanzigsten Geburtstags, ach Gott, er erinnerte sich genau. Sie hatten in der Woche ein Haus am Lake Tahoe gemietet, er hatte die Torte gekauft und sie damit überrascht, er hatte diese Aufnahmen gemacht.

Die Kassetten auf dem Stapel, von dem er diese hier genommen hatte, waren gar keine Leerkassetten; es waren Heimkinoaufnahmen.

Jetzt war sie in Shorts und T-Shirt unten am See, bis zu den Waden im klaren Wasser, und blickte über den großen See hinweg zu den Bergen am anderen Ufer, ehe sie sich ihm zuwandte und ihn anlächelte.

Oh, Teufel, ein liebevolles Lächeln.

Sie war glücklich gewesen. Sie waren beide glücklich gewesen.

Unvermittelt schaltete sich die Scanner-Aufzeichnung ein und verdrängte Kate und den Lake Tahoe; der Moment nun auf ewig verloren, ersetzt durch die Aufnahmen eines dicklichen Mannes, der durch eine dunkle Parkgarage seinem Tod entgegenging.

Ellis Hoile zwang sich hinzusehen und genau achtzugeben.

Die Autos in der Garage waren alle neuerer Bauart – es

fiel ihm diesmal auf –, die Aufnahme mußte also innerhalb der letzten ein, zwei Jahre gemacht worden sein.

Die Nummernschilder waren dunkel, anders als die weißblauen Kaliforniens. Er konnte die Kennzeichen nicht entziffern, aber er war ziemlich sicher, daß die Aufnahmen nicht in Kalifornien gemacht worden waren.

Er beobachtete das Gesicht des Mannes, besonders in dem Moment, als dieser merkte, daß er gefilmt wurde. Es zeigte milde Verwunderung, eine Art gedämpfter Überraschung. Keinen Funken des Erkennens.

Das Opfer hatte seinen Mörder nicht gekannt.

Die technische Qualität der Aufnahmen war allerdings schlecht. Camcorder waren in den letzten Jahren wesentlich besser geworden, aber an professionelle Geräte reichten sie noch immer bei weitem nicht heran.

Diese Bilder waren nicht mit einer professionellen Kamera aufgenommen worden.

Kontrast und Beleuchtung waren schlecht: Licht spendeten nur die trüben Lampen, wie man sie in einer Tiefgarage erwarten konnte.

Und das Feuer: In der Aufnahme wurde es nur zu einem grellweißen Fleck. Es fehlte jede Kontur, jedes Detail. Die Möglichkeit von Kamera und Band reichten nicht aus für solche Helligkeit. Ein professioneller Kameramann hätte bei einer künstlich inszenierten Situation die Mittel gefunden, damit fertigzuwerden.

Amateurkram.

Der Ausdruck auf dem Gesicht des Sterbenden . . .

Das war keine Inszenierung. Das war Realität.

Jetzt folgten wieder diese wackligen Bilder, die entstanden waren, als der Kameramann das Gerät gesenkt und in seinen Wagen gelegt hatte; Bilder vom Wageninneren, vom rechten Bein und Fuß des Fahrers, als dieser aufs Gaspedal trat.

Dann war Kate wieder da. Immer noch am Lake Tahoe.

Sie zog einen Flunsch, als der Zoom ihr Gesicht heranholte – Ellis konnte sich jetzt daran erinnern, wie er diese Aufnahme gemacht hatte –, dann lachte sie, und am Schluß entspannten sich ihre Züge in einem Ausdruck reiner, rückhaltloser Liebe.

Das Band lief weiter, während Ellis Hoile zum Telefon griff und Lee Wades Privatnummer wählte.

»Ellis Hoile hier«, sagte er, als Lee Wade sich meldete. »Ich möchte Sie bitten, heute morgen noch vorbeizukommen. Ist das möglich?«

»Ist es wichtig?« fragte Wade.

»Ich glaube schon«, antwortete Ellis Hoile. »Ja, es ist wichtig. Ja.«

Na gut, sagte Lee Wade – er würde allerdings ein, zwei Stunden brauchen.

»Danke«, sagte Ellis Hoile und legte auf.

Das Band lief immer noch. Kate mit ihrem Lächeln, ihrer Ausstrahlung füllte den Bildschirm: Sie beschwor einen lang vergangenen Nachmittag herauf, so fern, daß er einem anderen Leben anzugehören schien. Und dies war auf seine Weise genauso schrecklich anzusehen wie der grausige Tod eines Fremden.

Ellis Hoiles Augen wurden feucht. Füllten sich.

Er ließ es geschehen, ließ die Tränen fließen. Die Traurigkeit überwältigte ihn, die Traurigkeit über Kate und ihren Geburtstag am Lake Tahoe, über das Glück, das sie verloren hatten, über die Schäbigkeit seines Hauses und seines Lebens. Dazu kamen seine tiefe Müdigkeit und das Entsetzen über das, was der Videoscanner gezeigt hatte – er konnte das alles nicht mehr voneinander trennen.

Er weinte einfach.

Kein Grund, es zurückzuhalten, dachte er. Es konnte nicht schaden. Niemand würde es erfahren.

Er war ja allein.

41

Stephen Leviste kniete auf dem Betonboden.

Direkt vor ihm, in den Boden eingelassen, war ein Stahlgitter. Er beugte sich vor und versuchte durch die Ritzen des Gitters zu sehen.

Mehrere Stunden war er in der riesigen Betonhöhle herumgestreift. Aber so groß sie war, im Grunde war sie nichts anderes als eine Gefängniszelle, kahl und ausweglos, die keine Möglichkeit des Entkommens, keinen Anlaß zu Hoffnung bot.

Das traf zumindest für den Teil zu, der ihm offenstand. Die rote Stahltür unten und das massive Maschendrahtgitter am Ende des Laufstegs hielten ihn eingesperrt.

Stephen Leviste konnte sich nicht vorstellen, wozu dieser riesige Raum gebaut worden war. Er schien irgendwann einmal eine Bestimmung gehabt zu haben. Ein halbes Dutzend Stahlscheiben war in der Decke hoch über dem Boden verankert – sie mußten aus einem bestimmten Grund dort gewesen sein, sagte er sich.

Auf dem Boden, direkt unter diesen Scheiben, lagen sechs massive Stahlplatten mit Gewinden und Bohrungen, als hätten früher einmal irgendwelche schweren Geräte auf ihnen geruht. Doch die Geräte, welcher Art auch immer sie gewesen sein mochten, waren jetzt nicht mehr da. Stephen Leviste schien es, als hätte der Irre diese nackte Betonhöhle eines Tages entdeckt, lange nachdem der Rest der Welt sie vergessen hatte.

Seit der Irre gegangen war, hatte Stephen mindestens ein dutzendmal den ganzen Raum untersucht, war von Wand zu Wand gegangen, in den Schacht am Ende des Laufstegs, sogar hinauf auf den Laufsteg war er geklettert. Er hatte sich die Besonderheiten des Raums – die wenigen, die vorhanden waren – angesehen und eingeprägt.

Der Schacht war ursprünglich ein Treppenschacht gewesen. Die Stahltreppe, die sich einmal in ihm befunden hatte, war abgerissen worden. Ihre Teile lagen jetzt in einem wüsten Haufen auf dem Boden des Schachts.

In einer Mauer war eine große Schiebetür wie in einem Lagerhaus. Sie war zugeschweißt.

Ein verzinktes Rohr führte eine Mauer hinauf und dann, parallel zum Laufsteg, die Decke entlang.

Und er hatte dieses Gitter entdeckt.

Es lag in einem Stahlrahmen im Boden. Ursprünglich hatte man es wohl herausheben können. Jetzt aber war es an den vier Ecken mit vier Tropfen geschweißten Stahls am Rahmen befestigt.

Stephen stand auf und ging hinüber zu dem Haufen stählerner Treppenteile. Die meisten waren so groß, daß sie sich nicht von der Stelle bewegen ließen, ganze Treppenläufe und Stützpfeiler, aber mit einiger Anstrengung gelang es ihm, ein Stück Handlauf aus dem Haufen zu ziehen, das ungefähr zweieinhalb Meter lang war.

Er schleppte es zum Gitter.

Durch die schmalen Ritzen konnte Stephen nichts erkennen.

Das Gitter schien nur Leere zu bedecken, einen leeren Raum.

Stephen stellte den Handlauf aus Stahl auf einer Ecke des Gitters senkrecht auf. Dann hob er ihn über der Ecke hoch – fünfundzwanzig, dreißig Zentimeter, so hoch es ging, ohne daß das Stück Stahl kippte.

Finsternis und Leere, das ist nicht viel, dachte er. Aber immer noch verheißungsvoller als der kahle, kalte Beton, der ihn einschloß.

Mit aller Kraft, die ihm zu Gebote stand, stieß Stephen das dicke Ende des Stahlhandlaufs zum Gitter hinunter, auf einen der vier geschweißten Stahlpfropfen, die es im Rahmen verankerten. Der Handlauf schlug klirrend auf. Wieder hob Stephen ihn hoch, wieder stieß er ihn auf die Ecke des Gitters hinunter.

Zehn-, fünfzehn-, zwanzigmal hob er die Stahlstange und schmetterte sie auf die Ecke des Gitters.

Ganz gleich, was da unten in der Dunkelheit wartete, dachte er, es konnte nur besser sein, als hier auf den Tod zu warten.

Wieder hob er die Stange. Wieder stieß er sie hinunter. Diesmal zersprang einer der vier Pfropfen unter der Wucht des Stoßes.

Er wußte nicht, was dort unten, in der Finsternis unter dem Gitter, wartete. Aber er war entschlossen, es herauszufinden.

42

Ellis Hoile sah zum Fürchten aus. Total erledigt und verlottert, dachte Lee Wade.

Hatte er etwa *geweint?*

Er schien nicht der weinerliche Typ zu sein. Aber die Augen . . .

Sofort sagte Ellis Hoile: »Ich möchte Ihnen etwas zeigen.«

Es war das Band, das er kurz zuvor aufgenommen hatte. Er schob die Kassette in ein Videogerät, aber ehe er sie abspielte, mußte er Wade die Sache mit dem Videoscanner erklären.

Wade hatte zwei Kommentare, als er Ellis Hoiles Erklärungen gehört hatte.

»Ist das legal?« fragte er.

Und dann sagte er: »Ich sag's ja, die Privatleute haben die tollsten Sachen. Die Privatleute und das FBI. Ich hätte gute Verwendung für so einen kleinen Spion, das können Sie mir glauben.«

Danach spielte Ellis Hoile das Band ab. Als es abgelaufen war, spulte er es zurück und ließ es noch einmal laufen.

»Realistisch«, sagte Wade am Ende.

»Nicht realistisch. *Real.*«

»Das können Sie nicht wissen.«

»Na, hören Sie mal! Sie haben es doch gesehen.«

»Haben Sie eine Ahnung, was die Leute alles aufnehmen. Was soll das schon gewesen sein? Einmal seh ich einen Mann, der auf die Kamera zugeht. Dann seh ich eine Weile nichts als Betonboden. Als nächstes brennt's irgendwo. Das kann doch alles mögliche gewesen sein. Eine Inszenierung. Mit Sicherheit können Sie gar nichts wissen. Vielleicht ist der Mann abgehauen, sobald er aus dem Bild war, und was da angezündet worden ist, war eine Puppe. Es kann durchaus so gewesen sein.«

»Und warum sollte sich jemand diese Mühe machen?«

»Die Leute stellen die perversesten Dinge an, und ganz ohne Grund«, antwortete Wade. »Sie können es mir glauben. Ich weiß es.«

»Das hier war Realität«, entgegnete Ellis Hoile. »So pervers wie möglich.«

»Das Problem ist nur«, sagte Lee Wade, »daß ich keinen Mord untersuche, bei dem jemand in einer Parkgarage verbrannt worden ist. Ich habe nicht einmal von einem Fall *gehört*, wo jemand in einer Parkgarage verbrannt worden ist.«

»Aber es paßt«, sagte Ellis Hoile. »Donald Trask hat mit Verba gearbeitet. Dieses Arschloch arbeitet auch mit Verba und benutzt den Dienst dazu, einige sehr seltsame Nummern abzuziehen.«

Er berichtete von dem Spiel, von Stoma und Christian Willem Hartmundt, von dem Trojanischen Pferd und dem Dämon.

Lee Wade schwamm der Kopf. Trojanische Pferde und Dämonen, das ging über seinen Horizont.

»Er hat versucht, in Ihren Computer zu hacken«, sagte Lee Wade. »Das wollen Sie mir doch sagen?«

»Ich vermute, daß ich nicht der erste bin. Die meisten hätten es nicht gemerkt – seine Methode ist zu raffiniert.«

»Ich weiß nicht, ob das ein Verbrechen ist«, sagte Lee Wade. »Die Computer anderer Leute zu knacken. Aber selbst wenn es eines ist, ist es nicht Mord. Und mein Ressort ist Mord.«

Ellis Hoile bemühte sich, die Geduld zu bewahren. Lee Wade sah es ihm an.

»Irgendwas läuft hier, und es stinkt«, sagte Ellis Hoile.

»Sie möchten, daß ich den Mann überprüfe«, sagte Lee Wade.

»Ja.«

»Daß ich zu ihm gehe und mit ihm rede?«

»Sie sind der Cop. Aber ich würde sagen, das wäre ein Anfang.«

Sie standen bei dem großen Panoramafenster. Lee Wade sah zu dem Wohnhaus in der Union Street hinunter, musterte dann Ellis Hoiles Gesicht – das sehr ernst war, beinahe verzweifelt – und das Videoband in seiner Hand.

Die Union Street war gleich am Fuß des Telegraph Hill. Nur ein paar Minuten von hier. Und Ellis Hoile schien so sicher zu sein.

»Na schön, dann geben Sie mir noch mal den Namen und die Adresse«, sagte Lee Wade.

Ein paar Minuten später prüfte Lee Wade die Namen auf den Briefkästen des Wohnhauses in der Union Street. Hartmundt, da war es. Er nahm seinen Dienstausweis heraus und klappte das Etui auf. Dann ging er zu Wohnung 1 A und klopfte an die Tür.

Nach einigen Augenblicken hörte er drinnen jemanden – oder vielleicht war es auch etwas – an die Tür kommen. Es war ein dumpf klirrendes Geräusch in gleichmäßigem

Rhythmus – klunk ka-bum, klunk ka-bum –, das lauter wurde, als es näher kam.

Dann ging die Tür auf, und Lee Wade sah sofort, was das Geräusch zu bedeuten hatte. Der Mann, der ihm gegenüberstand, trug an einem Bein eine Metallschiene.

Lee Wade nannte seinen Namen und sagte: »Sind Sie Christian Hartmundt?«

»Das ist richtig.«

»Sie leben allein hier?«

»Ja.«

Lee Wade konnte den Blick nicht von der Schiene wenden. Sie war ein großes, schwergewichtig wirkendes Ding aus Stahl und Leder, das vom Fußknöchel bis zur Mitte des Oberschenkels von Christian Hartmundts linkem Bein reichte.

»Gibt es ein Problem?« fragte Christian Hartmundt.

»Tragen Sie die Schiene immer?«

»Wenn ich nicht gerade Lust habe, eine Bauchlandung zu machen, ja.« Er wirkte erheitert und gereizt zugleich.

Lee Wade versuchte sich vorzustellen, wie ein Mensch mit so einer Schiene einen anderen umbringen sollte. Wie er ein widerwilliges Opfer jagen, fangen, niederkämpfen sollte.

Ausgeschlossen.

Christian Hartmundt fügte hinzu: »Es ist multiple Sklerose, falls es Sie interessiert. Sie ist vor zehn Jahren diagnostiziert worden.«

Lee Wade steckte seinen Dienstausweis ein.

»Es handelt sich um ein Mißverständnis«, sagte er. Ganz sicher. »Mit Ihnen hat das nichts zu tun. Tut mir leid, daß ich Sie belästigt habe.«

»Sie brauchen mich nicht mehr? Ich wollte gerade frühstücken . . .«

Lee Wade schüttelte den Kopf und wandte sich zum Gehen. Die Tür fiel hinter ihm zu, und als Lee Wade stehen blieb, hörte er wieder das Geräusch – klunk ka-bum, klunk ka-bum –, das jetzt schwächer wurde, als Christian Hartmundt sich von der Tür mühsam in seine Wohnung schleppte.

Lee Wade war so wütend, daß er Ellis Hoile jetzt nicht sehen wollte. Darum rief er ihn statt dessen an.

Ellis Hoile hob beim ersten Signalton ab. Sofort sagte Lee Wade: »Sie können Ihre Theorie vergessen. Der Bursche da unten hat vielleicht einen eigenartigen Geschmack bei Videos, aber ein Killer ist er nicht.«

»Haben Sie ihn gesehen?«

»O ja.«

»Hat er Donald Trask gekannt?«

»Das hab ich ihn nicht gefragt. Nie im Leben ist der Mann ein Killer. Er ist körperbehindert.«

»Das dachte ich mir.«

»Das haben Sie gewußt?«

»Ich hatte so eine Ahnung. MS, vermute ich.«

»Sie haben das *gewußt*? Lassen Sie mich das mal klarstellen: Sie haben gewußt, daß er ein Krüppel ist, und trotzdem erzählen Sie mir, er sei ein Killer?«

Ellis Hoile sagte nichts.

»Verdammt noch mal«, sagte Lee Wade. »Gottverdammt! Das ist doch nicht zu fassen.«

Er merkte, daß er anfing zu stottern, und versuchte, sich zu beruhigen. Er holte tief Atem und sagte dann: »Würden Sie mich bitte aufklären? Ja? Würden Sie mir mal erklären, was zum *Teufel* Sie sich dabei denken, mir zu erzählen, daß ein Krüppel mindestens zwei Menschen umgebracht hat?«

»Ich weiß, was ich weiß«, antwortete Ellis Hoile.

»Danke«, sagte Lee Wade. Es kostete ihn Anstrengung, seine Stimme zu beherrschen. »Nein, wirklich, besten Dank. Besten Dank für die kleine Demonstration, besten Dank für all die Hinweise und all Ihre Bemühungen. Wir sind auf die Hilfe unserer Mitbürger angewiesen.«

Er wußte, er sollte es dabei bewenden lassen. Aber als Ellis Hoile stumm blieb, sagte er dennoch: »Sie haben es gewußt? Sie haben gewußt, daß er ein Krüppel ist? Und Sie haben es mir nicht gesagt?

Sie sind ein sehr intelligenter Mann, das weiß ich«, fuhr er fort. »Ein echtes Genie, ganz zweifellos. Aber ich würde nicht ein Gramm echten Menschenverstands gegen eine Tonne von dem eintauschen, was Sie in Ihrem Hirn haben.«

Und dann legte er auf. *Zur Hölle mit diesem Quatsch,* dachte er. *Ich hab Arbeit genug.*

43

Unten in der Union Street saß Christian Hartmundt reglos in der Stille seiner Wohnung.

Ein Cop an der Tür.

Er hatte verblüfft gewirkt. Ja, er war offensichtlich verblüfft gewesen, als er ihn gesehen hatte.

Hatte nichts gefragt. Hatte es beinahe eilig gehabt, wieder wegzukommen. Das war gut.

Es konnte also wahr sein, daß der Cop irrtümlich aufgekreuzt war.

Nein, sagte er sich, es *mußte* wahr sein. Denn Christian Willem Hartmundt hatte nichts getan, um aufzufallen. Christian Willem Hartmundt hatte nichts getan, was irgend jemandem – schon gar nicht der Polizei – Anlaß gegeben hätte, auf ihn aufmerksam zu werden.

Ganz genaugenommen hatte Christian Willem Hartmundt gegen kein Gesetz verstoßen. Er hatte eine reine Weste. Er hatte von der Polizei nichts zu fürchten.

Langsam löste sich seine Spannung.

Aber es erschreckte ihn doch immer noch, die Vorstellung, daß da ein Cop an der Tür gewesen war, nur Schritte von den verräterischsten, den vernichtendsten Beweisen entfernt.

Das Videoband lag in einer Kunststoffkassette auf einem Tisch neben der Tür. Er mußte es verschwinden lassen.

Er warf es in eine Einkaufstüte und nahm die Tüte mit, als er die Wohnung verließ und so schnell, wie die Schiene an seinem Bein es erlaubte, den Korridor hinunterhumpelte.

44

In dem Haus in der Tesla Street spielte Ellis Hoile das Band ab. Er sah es sich auf einem Monitor an und wartete auf genau die richtigen Sekunden – den Moment, als die Kamera hochgezogen wurde, um den Mann im Flammenmeer zu zeigen – *da*!

Er hielt das Band an und schloß ein Kabel des Videogeräts an eine Videokarte in einem seiner Computer an.

Er spielte einige Sekunden des Bands ab, und die Festplatte des Computers begann zu arbeiten. Millionen von Datenbits wurden eingegeben, das grauenvolle Bild auf dem Schirm in binäre Form gepreßt, so nichtssagend nun wie die Datei irgendeiner digitalisierten Kritzelei oder Einkaufsliste.

Er hielt das Band an, nahm es heraus und legte es auf die Seite.

Dann wandte er sich dem Computer zu. Er gab ein Videoschnitt-Programm ein und rief die kurze Sequenz ab, die er vom Band übertragen hatte.

Frame um Frame begann er die Datei zu prüfen. Er wollte ein Bild finden, das besonders grausig, das unmißverständlich war.

Die Beschreibung traf so ziemlich auf alle zu.

Er wählte einen Moment, als der Blickwinkel der Kamera

sich zu verengen begann, um den brennenden Menschen inmitten des Infernos zu erfassen: Es waren Details des Gesichts zu erkennen, doch auch die nahe stehenden Autos und die Garage selbst waren noch deutlich zu sehen.

Die Aufnahme war eindeutig.

Er speicherte dieses eine Bild, die übrigen löschte er. Das Schnittprogramm gestattete ihm, vier Wörter am unteren Rand des Frames einzutragen und die Datei dann in eine Form zu codieren, die als E-Mail geschickt werden konnte.

Bei der Arbeit hörte Ellis Hoile ständig Lee Wade: *Würden Sie mich aufklären? Würden Sie mir sagen, was zum* Teufel *Sie sich dabei denken?*

Die Antwort, dachte Ellis Hoile, war ziemlich simpel. Manchmal akzeptiert man einfach, was man weiß, ohne Schlüsse zu ziehen oder Urteile zu fällen.

Laß die Wahrheit wahr sein, und der Rest ergibt sich von selbst.

Stoma – der C. W. Hartmundt sein mußte – war so sehr daran gelegen, Avatars Telefonnummer zu bekommen, daß er extra ein *bot* geschrieben hatte, um sie sich zu beschaffen.

Das war keine Kleinigkeit. Ein Gesprächs*bot* erforderte Algorithmen, präzise formulierte Verarbeitungsvorschriften zur Analysierung von Sprache und Auswahl angemessener Reaktionen aus einem Bestand im voraus geschriebener Antworten.

Ellis Hoile war klar, daß er dem *bot* rein zufällig auf die Spur gekommen war, dank den von ihm vorgebrachten Beschimpfungen, die der Algorithmus nicht erwartete. Und nachdem er einmal gemerkt hatte, was los war, hatte er mit unsinnigen Bemerkungen, die die Software unmöglich erkennen konnte, das *bot* entlarvt.

Aber es hätte auch anders kommen können, dachte er. Wäre ihm nicht ein glücklicher Zufall zu Hilfe gekommen, so wäre er vielleicht nie auf das *bot* aufmerksam geworden.

Andere Benutzer hatten sich vielleicht schon von dem *bot* hereinlegen lassen.

Was hatte Stoma von *ihnen* gewollt?

Ellis Hoile war überzeugt, Stoma müsse ein bestimmtes Ziel verfolgen, einen Grund dafür haben, soviel Mühe und Arbeit aufzuwenden. Und nach dem, was er bisher über Stoma wußte, was er bisher von seiner Persönlichkeit mitbekommen hatte, konnte das Ziel kein gutes sein.

Es war nicht so, daß er den Gedanken, Christian Willem Hartmundt, den er des Mordes verdächtigte, könnte ein körperlicher Krüppel sein, einfach verwarf. Er wollte sich nur vorläufig nicht mit ihm befassen.

Er loggte in Verba ein und lud die Bilddatei hoch, die ausgewählte Einzelszene aus dem Videofilm. Die Adresse lautete:

An: stoma@verba.

Und die Mitteilung am unteren Rand lautete:

CWH: Ich weiß Bescheid.

45

Am späten Nachmittag dieses Tages kehrte der Killer in den Betonbunker zurück. Er hatte die letzten Kleinigkeiten bei sich, die er brauchte, um das Spezialprojekt, das er an diesem Morgen begonnen hatte, zu vollenden – seine kleine Überraschung für Joyboy.

Spielstunde.

Er kam auf demselben Weg, auf dem er gegangen war: über eine Eisenleiter im Inneren eines Betonschachts, der unter die Erde führte.

Er knipste seine Taschenlampe an. Der Brennstofftank des Generators war mit Sicherheit inzwischen leer.

Der Generatorenraum befand sich zu seiner Rechten, als er vom Schacht aus in den kurzen Korridor trat. Er ging hinein, füllte den Tank aus einem der Kanister auf, die im Raum standen, und ließ den Motor mit einem Knopfdruck an.

In der folgenden halben Stunde saß er an seinem Arbeitstisch im Lagerraum und legte letzte Hand an das Gerät, mit dessen Konstruktion er am Morgen begonnen hatte. Als er fertig war, trug er das ganze Equipment – mehrere Arme voll – in den Schlachtraum gegenüber.

Dann kehrte er noch einmal in den Lagerraum zurück, um ein Stück Seil zu holen. Einen Moment lang überlegte er, ob er einen Knüppel mitnehmen sollte, für den Fall, daß Joyboy Schwierigkeiten machte.

Nein, dachte er. Joyboy würde leichte Beute sein.

Er nahm das Seil mit, als er zum Ende des Korridors ging und auf die Betonbühne hinaustrat. Er warf einen raschen Blick auf den Laufsteg hinaus und sah, daß er leer war.

Der Killer stieg die lange Treppe hinunter zu der roten Tür und trat in die Betonhöhle.

Joyboy war nirgends zu sehen.

Er versucht sich zu verstecken, dachte der Killer. Aber die Höhle bot kaum Versteckmöglichkeiten. Joyboy mußte sich in den Schacht unterhalb vom Ende des Laufstegs verkrochen haben.

Der Killer ging langsam durch den großen öden Raum.

»Komm, mein Kleiner«, rief er. »Komm raus, wir wollen ein bißchen spielen.«

Er trat in den Schacht, bereit, sofort zuzupacken, sollte der Junge versuchen, an ihm vorbeizuspringen.

Aber der Schacht war leer.

Schnell sah der Killer unter dem Haufen Eisenteile der demontierten Treppe nach. Mager und schmächtig wie der

Junge war, hatte er sich vielleicht irgendwie unter den ganzen Schrott gezwängt.

Aber auch dort war Joyboy nicht.

Entkommen konnte er nicht sein – das war unmöglich.

Der Blick des Killers fiel auf das Stahlgitter im Boden. Er eilte hinüber, kauerte nieder und musterte prüfend die Ecken, wo er das Gitter verschweißt hatte.

Die Schweißnähte waren gesprengt.

Dieser kleine Mistkerl, dachte er. *Wie hat er das geschafft?*

Unter dem Gitter war ein Versorgungsgang, der Zugang zu den Rohren und elektrischen Leitungen bot, die ursprünglich unter dem Boden gelegen hatten. Er war eng und niedrig und dem Killer, der immer und überall Bewegungsfreiheit suchte, tief zuwider.

Dort unten mußte Joyboy sein. Bei seiner Körpergröße würde er den Raum dort unten weniger beengend finden. Aber dennoch gewiß unangenehm. Kein Licht dort unten. Es würde stockdunkel sein.

Und clever wie er war, hatte er inzwischen zweifellos herausgefunden, daß das Versteck eine Sackgasse war. Dieses Loch im Boden, über dem das Gitter lag, war der einzige Ein- und Ausstieg.

Jetzt mußte der Killer ihn herausholen.

Er beugte sich über das Gitter und rief: »Wenn du's dir unbedingt schwermachen willst, dann bleib ruhig, wo du bist. Wenn du's dir leichtmachen willst, dann komm raus. Und zwar jetzt. Verstanden? Komm sofort raus, dann kriegst du keine Probleme.«

Aber noch während der Killer das sagte, wußte er, daß das nicht verfangen würde. Joyboy hatte ein Riesenproblem, und sie wußten es beide.

Unter dem Gitter blieb alles still.

»Na schön«, sagte der Killer. Er richtete sich auf und klopfte sich den Staub von der Hose. Er würde Joyboy mit

Gewalt da herausholen müssen. »Wenn du dir's unbedingt schwermachen willst – das kannst du haben.«

Er brauchte Licht. Oben hatte er mehrere Lampen, auch die Taschenlampe, die er mitgebracht hatte.

Er lief durch den Raum zurück zu der roten Tür, öffnete sie mit einem Schlüssel, den er an einem Bund trug, und rannte die Treppe hinauf, zurück zu seinem Lagerraum.

Er packte eine große Taschenlampe und eilte wieder hinunter, zurück zu dem Einstieg in den Versorgungsschacht.

Ächzend hob er das Gitter hoch. Flüchtig schoß ihm der Gedanke durch den Kopf, daß Joyboy kräftiger sein mußte, als er aussah, wenn er es geschafft hatte, das Gitter zu entfernen und dann über sich wieder an seinen Platz zu ziehen.

Wir werden sehen, dachte er. Er knipste die Taschenlampe an und setzte sich mit baumelnden Beinen auf die Kante des Einstiegs, ehe er sich langsam in das Loch hinunterließ.

Sein Kopf und seine Schultern waren noch oberhalb des Rands der Öffnung, als seine Füße den Boden des unterirdischen Gangs berührten.

Und genau in diesem Moment jagte ein mörderischer Schmerz seine Beine hinauf, traf ihn mit solcher Gewalt, daß ihm einen Moment schwarz vor Augen wurde.

Etwas, jemand hatte ihm einen Schlag auf die Schienbeine gegeben. Mit aller Kraft. Noch während ihm das bewußt wurde, traf ihn der nächste Schlag, und danach verging ihm das Denken. Er hievte seinen Körper und seine brennenden Beine aus der Öffnung und brüllte vor Schmerz und Wut.

Unten in dem engen Gang, beinahe direkt unter dem Einstieg, hörte Stephen Leviste das Gebrüll. Ein Schatten über der Öffnung verriet ihm, daß der Irre sich auf den Boden geworfen hatte, wo er nun stöhnend und leise fluchend lag.

Stephen hielt das Stück Handlauf umfaßt, mit dem er die Schweißnaht am Gitter gesprengt und das er mit in die Tiefe genommen hatte. Dieser unterirdische Gang war beängstigend eng – das hatte er selbst in der Finsternis erkannt –, aber hier, gleich unter dem Einstieg, war er ein wenig erweitert. Gerade so viel, daß er den Handlauf schwingen konnte.

Er faßte ihn jetzt fester und wartete. Der Irre konnte nur auf einem Weg hier runterkommen, durch den Einstieg oben im Fußboden. Und in den wenigen Augenblicken, da er sich hier herunterließ, war er angreifbar und verletzlich. Man konnte ihm weh tun. Einmal hatte Stephen ihm schon weh getan, und er würde es wieder tun, wenn sich Gelegenheit dazu bot.

Ein, zwei Minuten vergingen. Stephen wartete. Der Irre hatte seine Taschenlampe fallen lassen; sie beleuchtete jetzt den Boden des Versorgungsgangs, aber Stephen hob sie nicht auf. Er hielt nur seinen eisernen Handlauf umklammert und wartete.

Allmählich versiegten die gedämpften Flüche. Die Schatten oben verschoben sich, und Stephen vermutete, daß der Irre jetzt im Begriff war aufzustehen.

Gleich wird er wiederkommen, dachte Stephen und holte von neuem mit dem Metallrohr aus.

Aber der Irre ging weg. Er konnte es an den Schritten hören, die sich entfernten.

Stephen war enttäuscht. Er hatte gehofft, dem Kerl ein paar Knochen gebrochen, ihn verkrüppelt zu haben. Aber der Irre war nicht verkrüppelt.

Dann eben das nächste Mal, dachte Stephen.

Er hörte, wie die rote Eisentür drüben auf der anderen Seite zugeschlagen wurde.

Dann war es still.

Stephen legte den Handlauf nieder und hob die Taschenlampe vom Boden auf. Er knipste sie aus und legte sie neben den Wasserbehälter, den er mit hinuntergenommen hatte.

Er wartete. Es dauerte nicht lange, da wurde die rote Tür wieder geöffnet – in der Stille konnte Stephen es deutlich hören –, und der Irre stampfte über den Betonboden, wieder zum Einstieg in den unterirdischen Gang.

Neben den schweren Schritten war noch etwas anderes zu hören, ein regelmäßiges Quietschen, ungefähr jede Sekunde. Es hörte sich beinahe an wie ein quietschendes Rad.

Die Geräusche kamen näher. Stephen packte den Handlauf und hielt ihn zum Schlag bereit.

Oben blieb der Irre am Rand der Öffnung stehen. Er bückte sich, hob das Gitter vom Boden auf und warf es in den Rahmen über dem Einstieg. Stephen war verblüfft. Er hatte erwartet, daß der Killer erneut versuchen würde, sich ihn zu schnappen.

Gleich darauf hörte Stephen von oben einen gedämpften Knall. Es klang wie beim Anzünden eines Gasherdbrenners, der ein wenig verspätet Feuer fing. Darauf folgte sogleich ein anderes Geräusch, das er im ersten Moment nicht deuten konnte: ein leises Zischen und Knistern.

Blaue Flammen züngelten durch die Ritze zwischen dem Stahlgitter und dem Rahmen, in dem es ruhte. Gelbe Funken sprühten in den Gang hinunter, zuerst nur einige, dann eine ganze gleißende Kaskade. Stephen wandte sich ab.

Oben schweißte der Irre das Gitter zu.

Diesmal, sagte sich der Killer, würde er Nägel mit Köpfen machen. Keine läppischen kleinen Punktverschweißungen an den Ecken; diesmal legte er eine Naht um das ganze Gitter.

Niemand, am wenigsten der schmächtige kleine Joyboy, würde diesmal das Gitter sprengen. Man würde jetzt schon einen Schneidbrenner oder eine Bombe brauchen, um das Gitter zu lösen. Und so erfinderisch Joyboy auch sein mochte, da unten in seinem Loch würde er weder das eine noch das andere auftreiben.

Der Killer stellte die Gaszufuhr ab und klappte die Gesichtsblende des Schutzschirms hoch, um sein Werk zu begutachten.

Hmhmm. Sollte Joyboy hämmern, soviel er wollte. Dieses Gitter würde sich keinen Millimeter bewegen.

Der Killer stand auf – langsam, mühevoll – und entfernte sich mit steifen Schritten von dem Gitter. Die Schweißausrüstung auf dem quietschenden Handwagen nahm er mit.

In ein paar Tagen, sagte er sich, würde er das Gitter herausschneiden. Wenn dem kleinen Stinker da unten das Wasser ausgegangen war. Wenn er darum betteln würde, freigelassen zu werden.

Das war überhaupt eine Idee. Joyboy hatte Stolz, das war dem Killer inzwischen klar, aber wenn ihm das Wasser ausging, dann würde er betteln.

O ja. Der Killer sah ein paar höchst befriedigende Abende vor sich. Er sah sich oben auf dem Laufsteg sitzen, ein Bier trinken oder auch zwei, während er sich das Jammern und Stöhnen, das Betteln und die Hilferufe anhörte, bis es ihm langweilig wurde oder die Rufe zu einem verzweifelten Japsen wurden.

Dann würde er das Gitter herausschneiden und Joyboy herauskriechen lassen.

Oder vielleicht auch nicht. So wie er sich im Augenblick fühlte, mit seinen schmerzenden Beinen, konnte er sich gut vorstellen, das Gitter einfach liegenzulassen. Joyboy da unten langsam sterben zu lassen.

Das würde bedeuten, daß er die Spielstunde verschieben mußte, fürs erste auf die Chance verzichten mußte, den Apparat auszuprobieren, den er heute gebaut hatte.

Aber Ziggy und Avatar warteten ja noch. Ihre Zeit rückte näher. Und an ihnen ließ sich der Apparat auch ausprobieren.

Es wäre eine kleine Verzögerung, mehr nicht. Seine Spielstunde würde er trotzdem bekommen und dazu die Genugtuung haben, Joyboy da unten in dem Loch zu wissen, wo er langsam starb und vermoderte.

Was *das* erst für eine Idee war!

46

An diesem Abend parkte Ellis Hoile seinen Datsun an derselben Stelle, an der er vor zwölf Stunden aus dem Schlaf erwacht war. Er kurbelte das Fenster herunter. Die Nachtluft war klar. Die Lichter der Stadt jenseits der Bucht leuchteten mit scharfem Glanz.

Unerledigtes hatte ihn wieder hierhergeführt. Es mußte bereinigt werden, ehe das Leben weitergehen konnte.

Lange saß er da wie am Abend zuvor und beobachtete. Er konnte Kates Hausboot mit den hellen Küchenfenstern leicht erkennen. Er wußte, daß sie zu Hause sein mußte.

Der Anblick des Hausboots war ihm eine Qual. Es verkörperte die Trennung. Jeden Tag wurden er und Kate weiter auseinandergerissen, ihre Wege liefen auseinander, gemeinsame Stunden und Erinnerungen verloren immer mehr an Bedeutung, verbanden immer weniger.

Wenn das so weiterging, war das Ergebnis unvermeidlich. Irgendwann würden sie die Entfernung betrachten, die zwischen ihnen entstanden war, und sehen, daß sie einander fremd geworden waren.

Er würde sie verlieren.

Aber heute abend würde er nicht einfach zusehen und warten.

Die Lichter in der Küche erloschen. Und Ellis Hoile ging zur Hafenmauer und dann den hölzernen Pier hinauf zum Hausboot.

Kate Lavin trug das letzte Geschirr vom Abendessen in die Küche, stellte es ins Spülbecken und machte das Licht aus.

Sie ging ins Wohnzimmer hinaus, das nur vom Schein des Feuers in dem schwedischen Kaminofen auf der einen Seite des Raums erleuchtet war.

Jon Wreggett trat von hinten an sie heran, als sie ins

Zimmer kam. Er umfaßte ihre Taille und drehte sie zu sich herum. Dann küßte er sie.

Ziemlich lange.

Sie legte ihre Arme um seinen kräftigen Körper. Seine Hände glitten an ihr hinauf, dann ihren Rücken hinunter, unter ihre Bluse auf ihre bloße Haut.

Anderthalb Flaschen Wein zum Abendessen. Sie fühlte sich locker und entspannt. Und er wahrscheinlich auch, dachte sie.

Er neigte sich ein wenig zurück, so daß sie sein Gesicht klar vor sich sehen konnte. Es trug einen Ausdruck, als wollte er sagen, der Moment ist gekommen.

Tja, dachte sie, wahrscheinlich ist es so.

Wieder neigte er sich zu ihr, um sie zu küssen. Seine Hände streichelten die nackte Haut ihres Rückens. Große Hände, warm und kräftig.

Sie küßte ihn wieder. Es ist gut so, dachte sie, sie wollte es so, sie hatte keine Vorbehalte.

Sie brach den Kuß ab und wollte ihn ins Schlafzimmer ziehen, als ihr einfiel, daß sie die Schiebetür einen Spalt offengelassen hatte, um die Abendluft hereinzulassen.

Sie drehte sich herum und wollte zur Tür gehen. Und da sah sie Ellis.

Er stand draußen auf dem Pier und blickte durch den Spalt der geöffneten Tür herein. Er konnte sie und Jon sehen, wie sie sich küßten – sie fragte sich, wie lange er schon da draußen stand.

Sie ließ Jon los, schob ihn von sich weg und ging auf die Tür zu, verärgert und beschämt und besorgt. Eines nach dem anderen wallten diese Gefühle auf und versickerten gleich wieder, bis sie die Tür erreicht hatte und ihn deutlich sehen konnte.

Seine Lippen bewegten sich, aber kein Laut kam aus seinem Mund. Sein Körper war angespannt und zitterte leicht, seine Hände waren zu Fäusten geballt.

Als tobte in seinem Inneren eine gewaltige Kraft, und er wehrte sich dagegen, sie hervorbrechen zu lassen.

Aber als sie sein Gesicht genauer betrachtete, sah sie, daß er nicht versuchte, den inneren Aufruhr zurückzuhalten, sondern einfach nicht wußte, wie er ihm Luft machen sollte.

Nur seine Augen drückten ihn aus. Sie waren voller Qual.

»Ich halte das nicht aus«, sagte er. »Ich halte es nicht aus. Es muß aufhören.«

Im ersten Moment glaubte sie, er spräche von dem, was er gesehen hatte, von dem Kuß, von ihr und Jon. Und vielleicht war das auch ein Teil davon, aber sie sah, daß es tiefer ging.

»Bitte«, sagte er. »Bitte.«

»Du solltest nicht hier sein«, sagte sie. Es klang schroffer, als sie beabsichtigt hatte. Die Worte trafen ihn hart; beinahe zuckte er zurück.

Sie hatte ihn nie so erlebt, an der Grenze der Beherrschung.

Und er hatte sie niemals so angesehen. Sie spürte beinahe, wie sein gequälter Blick in sie eindrang.

Am anderen Ende des Raums sagte Jon Wreggett: »Soll ich das in die Hand nehmen?«

»Ist schon okay«, erwiderte sie, ohne zurückzublicken – sie konnte nicht aufhören, Ellis anzusehen.

»Wenn er dich belästigt . . .«

»Nein.«

»Wer ist dieses Arschloch?« sagte Ellis, über ihre Schulter sehend, als bemerke er Jon erst jetzt.

»*Ich* soll das Arschloch sein? Wer hat *Sie* denn eingeladen?«

Das reicht, dachte sie und schob sich durch den Türspalt. Sie trat vor Ellis hin, legte ihre Hände auf seine Brust und schob ihn behutsam ein paar Schritte nach rückwärts und sagte: *Bitte keine Szene, E. Bitte bring mich nicht in Verlegenheit.*

Sie kannte Jon noch nicht so gut; sie hatte keine Ahnung, wie er reagieren würde.

Doch Ellis, es war unglaublich, schien bereit, es auf einen Kampf ankommen zu lassen.

Hastig sprach sie auf ihn ein. *Komm mit*, sagte sie. *Wir reden da vorne miteinander*, und zog ihn den Pier hinunter. Einmal drehte sie sich kurz um und sagte zu Jon, der an die Tür gekommen war: *Bleib hier, ja? Warte bitte.*

Ellis folgte ihr zum Ende des Piers.

»Ellis«, sagte sie, »was soll das?«

»Ich konnte es nicht zulassen.« Er sah verloren aus. »Das Ende, es darf nicht dazu kommen.«

»Es ist schon da, Ellis. Es ist vorbei.«

Er schüttelte heftig den Kopf.

»Das kann nicht sein.«

»E, bitte . . .«

»Es kann nicht vorbei sein«, sagte er, »weil ich es immer noch fühle.«

Sie spürte, wie die Nacht sich herabsenkte und sie beide einhüllte.

»Was sagst du da?«

»Wir beide gehören zusammen. So muß es sein.«

»Ellis . . .«

»So allein bin ich nichts, ich brauche dich, ich habe es nie begriffen, du weißt ja, wir waren nie getrennt, darum hatte ich keine Ahnung. Aber ich brauche dich.«

Sie berührte sein Gesicht.

Nur eine Geste, ihre Hand an seiner Wange, aber er schien sich zu entspannen. Die Starrheit löste sich. Die Qual verging.

Nur die Verlorenheit blieb.

»Ich liebe dich«, sagte er.

Schritte hinter ihr. Die näher kamen. Das mußte Jon sein.

»Ach, verdammt«, sagte sie.

»Wirklich«, sagte Ellis. »Ich liebe dich. Ich brauche dich.«

»Du hast so viele Gelegenheiten gehabt, mir das zu sagen, als es noch etwas bedeutet hätte.«

Sie wünschte, sie hätte die Worte nicht gesprochen. Sie waren wahr, aber sie wünschte dennoch, sie hätte sie für sich behalten.

Sein Gesicht wurde so entsetzt und traurig, als hätte sie ihn geschlagen.

Jon trat jetzt von hinten an sie heran.

»Du mußt jetzt gehen«, sagte sie zu Ellis.

Er nickte einmal, warf einen Blick auf Jon und ging davon, geschlagen.

Jon Wreggett blieb neben ihr stehen. Sie sah Ellis nach, der zu seinem Auto trottete. Er ließ den Datsun an, fuhr rückwärts aus der Parklücke heraus, und dann, als sie glaubte, er würde verschwinden, hielt er wenige Schritte von ihr entfernt plötzlich an.

Er starrte sie an. Verletzt, mutlos, niedergeschlagen, bevor er schließlich davonfuhr.

Jon Wreggett schob einen Arm um ihre Schultern. Und es war seltsam, er schien auf einmal nicht dorthin zu gehören.

»Sag nichts«, sagte er. »Das muß der Exmann sein. Ellis, richtig?«

Sie hatte Jon ein wenig von ihm erzählt, von ihrer Ehe, ihrem gemeinsamen Leben.

»Ja«, antwortete sie.

»Scheint ein bißchen überdreht zu sein.«

Darauf mußte sie lächeln; ganz im stillen, in der Dunkelheit, so daß Jon es nicht sehen konnte.

»Nur wenn er in Höchstform ist«, sagte sie.

»Wer oder was ist ein Avatar?«

Ach ja, das Nummernschild.

»Das ist er, das ist Ellis' Computerpseudonym«, antwortete sie.

»Oh, ein ganz persönliches Nummernschild«, sagte er. »Er scheint's nötig zu haben.«

»Nein, er ist überhaupt nicht der Typ. Ich habe ihm das Nummernschild gekauft. Selbst hätte er das nie getan.«

Aus irgendeinem Grund fühlte sie sich genötigt, ihn zu verteidigen. Er sollte nicht mißverstanden werden.

»Er ist ein Genie«, sagte sie.

»Wenn du das sagst.«

Jons Lächeln war abfällig – beinahe höhnisch. Er wollte sie den Pier hinaufführen, zurück zum Hausboot.

»Nein«, sagte sie.

»Warum nicht?«

»Vielleicht ein andermal.«

»Du wirst dir doch davon nicht den Abend verderben lassen.« Sein Ton klang beinahe wegwerfend.

»Ich möchte allein sein«, erwiderte sie, ohne Wärme jetzt.

Es war unerfreulich, dies an ihm zu entdecken. Wenn er nicht bald ging – sofort –, würde sie sehr schnell aufhören, ihn zu mögen. Schnell und ganz.

Auch er schien das zu spüren.

»Okay, ich hab schon begriffen«, sagte er. »So ist es eben, du brauchst mir kein Bild zu malen.«

Er ging schon davon, die Hafenmauer entlang, zu Tor drei und seinem Boot.

Ehe er zu weit weg war, rief er noch zurück: »Ich melde mich.«

Aber sie sah ihn gar nicht. Sie beobachtete die Lichter des Datsun, die mit denen der Autos auf der Zufahrt zum Freeway verschmolzen.

Sie ging nicht gleich zum Hausboot zurück, sondern blieb auf dem Pier stehen und ließ die Ereignisse der letzten Minuten in sich einsinken. Als sie schließlich doch zurückging und auf dem Hausboot die Lichter anmachte, hatte sie ein Gefühl, als hätte sich etwas grundlegend verändert und würde niemals wieder so werden wie zuvor.

Sie spülte das Geschirr, beseitigte die letzten Zeugnisse

des Essens und des Abends. Dann legte sie sich angekleidet auf ihr Bett und versuchte das Gefühl loszuwerden, daß sie sich in einem fremden Haus befand, in einem fremden Leben.

Und jetzt? dachte sie.

Einige Minuten nach Mitternacht stand sie auf. Sie nahm ihre Tasche und ihre Schlüssel, schlüpfte in eine Jacke und eilte hinaus.

47

Julia Chua mußte dauernd an ihren Mieter denken. Corwin Sturmer war am Morgen vielleicht zwei Minuten da gewesen und dann wieder verschwunden, wieder so ein Blitzbesuch in dem Souterrainzimmer, in dem er angeblich wohnte.

Das war vor zwölf Stunden gewesen. Sie mußte immer noch an ihn denken, nicht an ihn als Person, sondern an die Fragen, die er provozierte.

Die Antworten befanden sich direkt unter ihr, da war sie sicher.

Sie wäre schon längst unten, sagte sie sich, wenn sie wüßte, wie sie in die Wohnung hineinkommen konnte. Aber das Vorhängeschloß an der Tür machte es unmöglich.

Dann fiel es ihr ein. Es gab doch einen Weg . . .

Sie holte den Schraubenzieher, der unten im Keller auf dem Bord über dem Wäschetrockner lag. Ihr Mann war kein Heimwerker – und sie war schon gar nicht der Typ –, aber sie hatten den Schraubenzieher aus gutem Grund dort deponiert.

Sie stellte sich vor die Wand aus Sperrholz und Latten, die die Souterrainwohnung vom Rest des Kellers abtrennte. Dies war die Hinterseite der Wand; was sie vor sich hatte, waren unlackiertes Holz, die Wasserrohre für das Badezimmer und die Küche der Wohnung sowie die elektrischen Leitungen.

Die Wohnung nahm mehr als die Hälfte des Kellerraums ein. Sie hatte gerade genug Platz für die Waschmaschine, den Trockner und einige Vorratsregale übriggelassen.

Sie nahm den Schraubenzieher mit, als sie an der Trennwand entlangging – da!

Eine einzelne Sperrholzplatte, die nicht vernagelt war, sondern im Gegensatz zu den anderen von vier Klammern gehalten wurde, die jeweils mit nur einer Schraube befestigt waren.

Dies war die Rückwand des Einbauschranks im Schlafzimmer der Wohnung.

Ihre Schwiegermutter, die früher hier gelebt hatte, hatte es sich nicht ausreden lassen, die Wohnungstür nachts zu verriegeln. Julia und ihrem Mann, denen der Gesundheitszustand der alten Frau große Sorge bereitet hatte, war so jede Möglichkeit genommen gewesen, in einem Notfall nachts in die Wohnung zu gelangen.

Unter dem Vorwand irgendwelcher Reparaturarbeiten hatten sie deshalb einen Schreiner kommen lassen, der die Rückwand des Schlafzimmerschranks herausgenommen und durch diese Sperrholzplatte ersetzt hatte, die jederzeit entfernt werden konnte, indem man die vier Schrauben herausdrehte. Dann hatten sie den Schraubenzieher auf dem Bord über dem Trockner bereitgelegt, um ihn sofort zur Hand zu haben, wenn sie ihn brauchen sollten.

Aber sie hatten ihn nie gebraucht: Alberts Mutter war eines Tages mitten auf der Straße zusammengebrochen und gestorben.

Das war nun mehr als fünf Jahre her. Sie hatten die Sperrholzplatte nie ausgetauscht.

Sie machte sich daran, die Schrauben zu entfernen. Als die letzte heraus war, hob sie die Platte weg und trat durch die so entstandene Öffnung.

Sie befand sich jetzt im Schrank. Zwei Hemden und eine abgewetzte Lederjacke hingen hier. Sie schob sie zur Seite und trat ins Schlafzimmer hinaus.

Sie knipste das Licht an. Die Möbel waren billig, einfach, sauber. Das Bett war gemacht, auf der Kommode stand nichts. Und sie war sauber, wie sie feststellte, als sie mit einem Finger über das Holz streifte. Ein ordentlicher Mensch, das mußte man ihm lassen. Außer einem Paar Joggingschuhe, die nebeneinander am Fußende des Betts standen, war alles aufgeräumt. Es sah aus wie in einem Motelzimmer, nachdem das Zimmermädchen dagewesen war.

Das gleiche konnte man von dem anschließenden Badezimmer sagen. Das Porzellan war gewischt, die Chromarmaturen blitzten.

Sie bekam langsam direkt eine gewisse Achtung vor Corwin Sturmer. Kleinigkeiten waren ihm wichtig – das mußte man bei einem Mann bewundern.

Sie ging in den Wohnraum, in dessen Bescheidenheit sich der Computer auf dem Tisch ausnahm wie ein Ferrari an einem Taxistand. Das restliche Mobiliar war schlicht und billig. Die Kochnische am hinteren Ende des Raums war sauber aufgeräumt. Im Kühlschrank waren ein Karton Orangensaft, etwas aufgeschnittener Schinken in einem Plastikbeutel, ein paar Äpfel. Im Küchenschrank standen mehrere Dosen Fertigsuppe.

Corwin Sturmer war ordentlich, dachte sie, aber langweilig.

Sie begriff nicht, warum man so eine Bude noch durch ein Vorhängeschloß sichern mußte. So wertvoll konnte der Computer auf dem Tisch im Wohnzimmer doch nicht sein.

Sie kehrte ins Schlafzimmer zurück. Hier verwahrten die Leute ihre Geheimnisse.

In der obersten Schublade der Kommode waren Unterwäsche und Socken, so akkurat geordnet wie in einem Soldatenspind.

Zweite Schublade: Hemden, sauber gefaltet.

Dritte Schublade: Zwei Pullover.

Und fast ganz hinten eine Videokassette, aufgestellt an der Rückwand der Schublade, beinahe versteckt.

Sie holte sie heraus, nahm sie aus dem Kassettenbehälter. Sie hatte kein Etikett.

Corwin Sturmer hatte keinen Videorecorder. Er hatte nicht einmal einen Fernsehapparat. Aber er hatte eine Videokassette ohne Etikett, die er in einer Kommodenschublade versteckt hielt.

Die Kassette schrie danach, angesehen zu werden.

Sie nahm sie mit hinauf, schob sie in ihr Videogerät und begann sie abzuspielen.

Als erstes erschien ein Mann auf dem Bildschirm. Ein junger Kerl . . .

. . . ein *nackter* Mann . . .

. . . auf dem Boden liegend, zu voller Länge ausgestreckt, das Gesicht nach oben. Seine Arme waren über seinem Kopf hochgezogen, seine Beine ausgestreckt.

Eine Sexkassette, dachte sie. Das muß ich mir wirklich nicht anschauen.

Doch in diesem Moment trat eine zweite Person ins Bild, und sie sah weiter hin.

Denn der zweite Mann – und der war voll bekleidet – war Corwin Sturmer.

Sie konnte das Gesicht nicht deutlich sehen. So wie er stand, sah sie eigentlich nur seinen Hinterkopf, aber sie erkannte seinen Gang und seine Figur.

Dieser Mann war ihr Mieter. Sie war sicher.

Er stellte sich mit gespreizten Beinen über den Nackten.

Der Nackte zuckte und zappelte. Offensichtlich konnte er nicht aufstehen. Seine Handgelenke und Fußknöchel waren auf dem Bild nicht zu sehen, aber so wie er sich wand, war klar, daß er irgendwie gefesselt war.

Corwin Sturmer hockte sich auf den Bauch des Nackten.

Dessen Gesicht zeigte Todesangst. Dann legte Corwin Sturmer eine Hand auf die Brust des Nackten. Der Mann, der in ihrer Souterrainwohnung lebte, hielt ein Ding wie einen langen Nagel – einen blitzenden Nagel mit scharfer Spitze, vielleicht zwanzig bis fünfundzwanzig Zentimeter lang – und drückte die Spitze des Nagels auf die Brust des Nackten, auf seine linke Brustseite, gleich oberhalb des Herzens.

In der rechten Hand hielt Corwin Sturmer einen Holzhammer.

Der Nackte zuckte und wand sich und versuchte, Corwin Sturmer abzuwerfen, aber er war hilflos.

Corwin Sturmer hielt den Nagel auf die linke Brustseite des Nackten gedrückt und hob den Hammer.

Julia Chua wollte nicht sehen, wie er herabsauste. Sie griff hastig zum Telefon und wählte den Notruf.

Eine Frau meldete sich beim ersten Ton.

Julia Chua sagte: »Schicken Sie die Polizei her. Hier ist ein Mord begangen worden.«

48

Ungefähr zwanzig Minuten nachdem sie aus dem Hausboot weggegangen war, zwängte Kate ihren Miata in eine Lücke gegenüber dem Haus in der Tesla Street 2600 und stieg aus.

Sie kam sich vor wie ein Eindringling, als sie die Haustür mit dem Schlüssel öffnete. Aber sie brachte es auch nicht fertig zu läuten, als wäre sie eine Fremde.

Sie trat ein und ging hinüber zur Treppe.

Drei Monitore erleuchteten den Raum mit mattem Schein. Doch Ellis beachtete keinen. Er stand reglos an dem großen Fenster und sah hinaus.

Sie fragte sich, ob er sie absichtlich ignorierte.

»Hallo, E«, sagte sie leise.

An der Art, wie er sich herumdrehte, so schnell, wie aufgeschreckt, sah sie, daß er von ihrer Anwesenheit nichts gemerkt hatte.

»Kate!«

Sie stieg die Treppe hinunter und blieb einige Schritte von ihm entfernt stehen. Über beladene Schreibtische und Geräte hinweg sah sie ihn an.

»Entschuldige«, sagte er. »Ich hab mich danebenbenommen. Es wird nicht wieder vorkommen.«

»Keine Entschuldigungen.«

»Ich hab wohl alles verpfuscht, hm?« sagte er.

»Nein«, sagte sie. »Du hast es gut gemacht.«

Das schien ihn zu überraschen.

»Ich dachte, du seist hierhergekommen, um mir gründlich die Meinung zu sagen.«

»Das hätte ich auch per Telefon tun können.«

»Warum dann?« Es klang zaghaft.

Sie ging die letzten Schritte, die sie noch voneinander trennten, und blieb vor ihm stehen, so nahe, daß sie seine Augen sehen konnte.

Sie sagte: »Ich möchte gern noch ein bißchen mehr hören. Darüber, wie unglücklich du ohne mich bist.«

»Soviel Zeit gibt es gar nicht, um dem gerecht zu werden.«

Sie legte ihm beide Arme um den Hals.

»Versuchen wir's«, sagte sie.

Er sagte: »Mein Leben war kein Leben mehr. Ich habe nie gewußt, wieviel von allem, was ich getan habe, nur für dich war; daß *du* mir die Gründe gegeben hast weiterzumachen, von Tag zu Tag. Seit du gegangen bist, lebe ich nur noch aus Gewohnheit, aber es ist ein sinnloses Leben, es ist wertlos –«

Sie berührte mit den Fingerspitzen seine Lippen.

»Später«, sagte sie und küßte ihn.

Und in diesem Moment meldete sich der Piepser in ihrer Handtasche.

Der Killer, der am Steuer des braunen Lieferwagens saß, griff nach seinem Piepser, um nach der eingegangenen Nachricht zu sehen. Der Piepser war ein Duplikat von dem Ziggys – das Prinzip war ähnlich wie beim Klonen eines Funktelefons, aber einfacher – und empfing alle ihre Nachrichten im selben Moment wir ihr eigener Piepser.

Das Display zeigte:

BITTE PRÜFEN SIE IHRE VOICE MAIL.

Ein Computer betreute alle Voice-Mail-Accounts im Studio. Er funktionierte im wesentlichen wie ein digitaler Auftragsdienst. Die Anrufer konnten einen Code eingeben, mit dem das Gerät angewiesen wurde, Kate über den Piepser von einer dringenden Nachricht zu informieren.

Der Rechner war an das örtliche Netz des Studios angeschlossen. Und der Killer war längst in dieses System eingedrungen.

Rasch nahm er sein Funktelefon, wählte sich in das Account ein und gab Kates Paßwort ein.

Der Computer spielte den Anruf ab. Eine Frauenstimme:

»Kate, hier spricht Sandy Weil. Du wirst es nicht glauben ...«

Kate legte auf.

»Was ist?« fragte er.

»Ach, nichts.«

»Nun komm schon, ich kenn doch diesen Blick.«

»Sie haben Probleme in Belize. Cynthia ist gerade mit einem schweren Fall von Dünnpfiff ins Krankenhaus gekommen, und der Führer, behauptet Sandy, ist ein Säufer, der nicht mal eine zahme Hauskatze finden könnte, geschweige denn einen Jaguar. Sie sind ziemlich in Panik da unten.«

»Du mußt hin«, sagte er. »So schnell wie möglich.«

Er ging von ihr weg und setzte sich an einen Computer.

»Ich könnte jemand anderen schicken«, sagte sie.

»Nein«, sagte er. »Du bist sowieso schon ein großes Risiko mit der Sache eingegangen. Es geht hier für dich um eine halbe Million Dollar. Da darf nichts passieren.«

Er sprach, ohne vom Bildschirm aufzusehen. Seine Finger sprangen über die Tastatur.

»Ach, Mensch, das tut mir so leid, E. Wirklich«, sagte sie. »Daß ausgerechnet jetzt so etwas passieren muß . . .«

Jetzt sah er doch zu ihr auf.

»Kommst du wieder?« fragte er.

»Das weißt du doch. So schnell ich kann.«

Er antwortete mit einem vorsichtigen Lächeln.

»Hierher?«

»Auf dem kürzesten Weg. Ich versprech's dir, E.«

»Mehr brauche ich nicht zu wissen«, sagte er.

Er richtete seine Aufmerksamkeit wieder auf den Bildschirm. Sie ging zu ihm und legte ihre Arme um ihn.

»Ausgebucht«, sagte er. Tippte wieder, sah auf den Bildschirm, sagte wieder: »Ausgebucht.«

Tippte weiter und sagte: »Na also! Der letzte Platz auf der morgigen Maschine nach Belize City. Um Viertel vor zwei. Umsteigen in L. A. Schaffst du das?«

»Könnte nicht besser sein«, sagte sie. »Der Nachmittagsflug ist mir sowieso lieber.«

»Wieso das?« fragte er.

Sie gab seinem Drehsessel einen Schubs.

»Weil wir dann ausschlafen können«, sagte sie.

Sie hinterließ eine Anzahl von Nachrichten im Studiocomputer: ihre Flugpläne, Instruktionen für die Zeit ihrer Abwesenheit.

Sie würde morgen fliegen.

Sie rechnete mit einer Abwesenheit von mindestens einer Woche.

Aber eine Woche ist zu lang, dachte der Killer.

Es passierte zuviel, es gab zu viele Komplikationen.

Ihre Stunde war jetzt.

49

»Er hat ihm einen Nagel mitten ins Herz gestoßen«, sagte einer der beiden Streifenbeamten.

Er war jung, nicht älter als fünfundzwanzig. Sein Partner sah noch jünger aus. Ein paar Stunden waren vergangen, seit der Notruf aus Julia Chuas Haus sie erreicht hatte und sie hierhergefahren waren. Sie waren im Wohnzimmer. Julia Chua stand abseits.

»Sie haben es sich nicht angeschaut?« fragte Lee Wade.

»Nein«, antwortete der ältere der beiden Beamten. »Aber sie hat es gesagt, und ich glaub's ihr.«

»Ganz recht«, sagte Julia Chua. Sie hielt die Kassette in der Hand. »Sie können es sich ja selbst ansehen. Ich spiel's Ihnen ab.«

»Nein«, sagte Lee Wade. »Ich will es nicht sehen. Das war keine genehmigte Durchsuchung.«

»Was ich in meinem Haus tue, ist meine Sache«, erklärte sie.

Der jüngere Streifenbeamte sagte zu ihr: »Diese Kassette ist vielleicht ein Beweis für einen Mord. Wenn wir so ein Beweismittel ohne gerichtliche Verfügung an uns nehmen, ist es vor Gericht nicht zulässig. Und alles, was wir von ihm ableiten, kann als Frucht von einem vergifteten Baum betrachtet werden.«

Diese Wendung tauchte in den Seminaren zum vierten

Zusatzartikel der Verfassung an der Polizeiakademie immer wieder auf. Zweifellos hatte der junge Beamte diese Vorlesungen in den letzten Monaten gehört.

Lobenswert, daß er sich die Vorschriften so gründlich zu Herzen genommen hat, dachte Lee Wade.

Und lobenswert auch, daß die beiden, nachdem sie von Julia Chua gehört hatten, was diese auf der Kassette gesehen hatte, sich bei der Mordkommission gemeldet hatten, um anzufragen, ob dort jemand etwas von einem weißen männlichen Toten gehört hatte, der mit dem Stich eines Nagels ins Herz getötet worden war.

So war es gekommen, daß Lee Wade kurz vor vier Uhr morgens in die Tenth Avenue geschickt worden war.

Er sagte Julia Chua, er würde gern im Wohnzimmer warten, wenn sie nichts dagegen hätte. Er wollte zur Stelle sein, falls Corwin Sturmer aufkreuzen sollte.

Er setzte sich auf das blaue Veloursofa im Wohnzimmer und griff zum Telefon, um die Dienststelle anzurufen. Er sprach mit seinem Partner, Ronson.

Corwin Sturmer mußte überprüft werden.

Sie brauchten einen Durchsuchungsbefehl.

Sie brauchten die Aufzeichnungen der Telefongesellschaft zu Corwin Sturmers Telefonanschluß in der Wohnung. Er solle Dampf machen, diesmal könnten sie nicht erst zwei Wochen warten.

»Ich hab hier noch die Kassette«, bemerkte Julia Chua. »Was soll ich mit ihr tun?«

»Sie täten mir einen großen Gefallen, wenn Sie sie wieder dorthin brächten, wo Sie sie gefunden haben. Sagen Sie mir gar nicht erst, wo das war. Wir nehmen die Bude hier auseinander, sobald wir den Durchsuchungsbefehl haben.«

»Und wann ist das?« fragte sie.

»Das kann schon ein paar Stunden dauern. Wir müssen erst einen Richter aus dem Bett holen.«

»Und wenn er vorher heimkommt?«

»Dann werd ich ihn mir zur Brust nehmen.«

»Er ist ein Mörder«, sagte sie.

Lee Wade glaubte ihr. Der Mann, dem diese Kassette gehörte, war ein Killer oder Komplize eines Killers.

»Wir werden sehen«, war alles, was er sagte.

50

Der Mann, der sich manchmal Corwin Sturmer nannte, fuhr in dem braunen Lieferwagen durch die Clement Street, die um diese Zeit menschenleer war, aber wie immer voll parkender Autos.

Er fuhr die Clement Street hinunter und bremste an der Kreuzung mit der Tenth Avenue ab. Er blickte die Straße hinunter.

Zwei Streifenwagen der Polizei von San Francisco parkten in zweiter Reihe auf der Straße.

Oben im Haus der Familie Chua brannte Licht.

Er bog nicht ab, sondern fuhr geradeaus weiter bis zur nächsten Ecke, wo er in die Geary Street einbog. Beim Fahren griff er wieder zu seinem Funktelefon.

Er wählte die Nummer seiner Wohnung. Der Computer nahm den Anruf lautlos an, und Corwin Sturmer tippte einen sechsstelligen Code auf der Kleintastatur ein.

Der Code aktivierte ein kurzes Programm, das nun daranging, die Daten auf der Festplatte des Computers zu vernichten, indem es die Dateien überschrieb. Wenn später jemand die Festplatte überprüfen würde, würde er nichts als sinnlose Bytes darauf finden.

Er fuhr weiter die Geary Street hinauf. Er war nicht in Panik, er war nicht einmal mehr in Eile.

Am Ende der Geary Street war der Ozean. Jetzt fuhr er in südlicher Richtung den Great Highway hinunter, Strand und Brandung zu seiner Rechten. Links war eine Parkinsel, auf der sich an den Wochenenden die Autos der Strandbesucher drängten. Aber es waren keine Häuser in der Nähe, und so war es in dieser Nacht, wie in den meisten Nächten, fast leer hier. Er hielt weiter nach Süden, immer die Straße am Wasser entlang, immer darauf achtend, daß er die Geschwindigkeitsbegrenzung nicht überschritt.

Ungefähr zwei Meilen weiter stand auf der Parkinsel ein einsames Auto. Ein weißer Chevrolet Cavalier. Der Mann im braunen Lieferwagen hielt nicht weit davon entfernt an und schaltete den Motor aus.

Die Brandung donnerte. Der Strand war leer, die Straße auch.

Aus dem Handschuhfach des Lieferwagens nahm er die Autopapiere und einen kleinen Werkzeugkasten.

Er zerriß die Papiere in kleine Fetzen, die er in den vom Ozean kommenden Wind warf. Wenn die Polizei aus der Datenbank des *Department of Motor Vehicles* das digitalisierte Führerscheinfoto Corwin Sturmers abrufen wollte, würde sie feststellen, daß das Bild aus den elektronischen Archiven gelöscht war. Und sie würde erkennen, daß die Daten auf seinen Unterlagen reine Fiktion waren, daß die Daten selbst auf unbekannte Weise mehrere Monate zuvor eingeschmuggelt worden waren.

Der Killer hatte sich seit Monaten auf diesen Moment vorbereitet. Er war darauf eingestellt gewesen, die Identität Corwin Sturmers abzuwerfen, wie eine Schlange ihre Haut abwirft – allerdings nicht ganz so bald, nicht ganz so plötzlich.

Identitäten waren momentane Schutzhüllen – wegwerfbar wie Gummihandschuhe.

Er schloß die Tür des weißen Cavalier auf, warf die Autokennzeichen und den Werkzeugkasten hinein und zog aus dem Raum zwischen den Sitzen die Aluminiumschiene hervor. Er legte sie um sein rechtes Bein, zog das Bein dann in den Wagen und schlug die Tür zu.

Er ließ den Motor des Cavalier an, schaltete die Scheinwerfer ein und fuhr los, indem er den extra eingebauten Handgashebel betätigte.

C. W. Hartmundt zu sein war unbequem, aber im Moment hatte es einen großen Vorteil.

C. W. Hartmundt war unsichtbar.

Niemand verdächtigte ihn des Mordes.

Er kurbelte das Fenster auf seiner Seite herunter und atmete die rauhe Seeluft ein. Sie tat gut – wirkte erfrischend. Sie hatte die Würze der Freiheit.

51

In dem Haus in der Tesla Street teilten Kate und Ellis zum erstenmal seit über einem Jahr das Bett.

Ellis trieb auf seichten Wellen des Schlafs, in einem Zustand seliger Benommenheit, zum erstenmal seit der Trennung wahrhaft entspannt und unbelastet.

Kate lag an ihn geschmiegt. Sein rechter Arm umschloß ihre Schultern, er hielt sie, als wünschte er, sie würde lange bleiben.

Ihr gefiel das.

Zur gleichen Zeit betrat mehrere Straßen entfernt, unten am Russian Hill, C. W. Hartmundt die Wohnung in der Union Street.

Drei von Ellis Hoiles Monitoren glühten noch in der Dunkelheit des großen Arbeitsraums, unsichtbar für Kate und Ellis, die sich im Schlafzimmer des Hauses in der Tesla Street befanden.

Dann veränderte sich das Bild auf einem der Schirme: Es war der Monitor, der mit dem Videoscanner verbunden war, der auf Stomas Wohnung am Russian Hill gerichtet war. Körniges graues Geflimmer huschte über den Schirm.

C. W. Hartmundt hatte sein Gerät eingeschaltet, und der Videoscanner übermittelte, was der Bildschirm zeigte.

Im Schlafzimmer des großen Hauses war Ellis Hoile sich einzig der Wärme Kates bewußt, die neben ihm lag.

Der Scanner-Monitor zeigte – unbeobachtet, unbemerkt – weiterhin Christian Hartmundts Arbeit.

Er loggte sich eben in ein Flugreservierungssystem ein, gab einen Berechtigungscode ein, suchte dann die Aufzeichnungen über Kate Lavins Reservierung für den Flug nach Belize.

Innerhalb einer Minute hatte er sie gefunden und stornierte die Reservierung. Automatisch füllte das System die Leerstelle mit einem von drei Namen auf der Warteliste auf.

Er loggte aus und fuhr sein Straßenkartenprogramm hoch. Er gab den Namen ein:

Hoile, Ellis

Im Schlafzimmer öffnete Ellis Hoile die Augen, als Kate ihn sanft wachschüttelte.

»He, E, hör mal«, sagte sie. »Ich hab eine prima Idee. Hörst du mir zu?«

Er nickte.

»Warum kommst du nicht nach Belize runter? Nimm irgendwann in den nächsten Tagen einen Flug, dann können wir da unten zusammensein. Du kannst mir helfen, wenn du willst, ich kann deine Hilfe bei der Geschichte gebrauchen. Aber es gibt bestimmt nicht nur Arbeit. Ganz egal, wir können zusammensein, und darauf kommt's an.«

Sie richtete sich auf, schob ein Bein über seinen Bauch, bis sie über ihm kniete.

»Wie früher«, sagte sie. »Was hältst du davon, hm?«

Er sagte nichts, zog sie zu sich hinunter und küßte sie.

Auf dem an den Videoscanner angeschlossenen Bildschirm zeigte die Straßenkarte jetzt das Telegraph-Hill-Gebiet in San Francisco.

Das rote Licht blinkte direkt unterhalb des Symbols für den Coit Tower.

Ein Fenster am unteren Rand des Displays zeigte:

Hoile, Ellis
2600 Tesla St
San Francisco

Bevor er sich schlafen legte, stellte Christian Hartmundt eine Verbindung zu Verba her, um nach seiner E-Mail zu sehen. Er bemühte sich, das wenigstens einmal am Tag zu tun, aber am Abend zuvor war er nicht dazu gekommen.

Der Online-Dienst begrüßte ihn:

Willkommen, Stoma
Sie haben Post.

Sein Postverzeichnis zeigte eine neue Nachricht vom Vortag.

Sie war von Avatar.

Er lud sie runter. Sein Postprogramm decodierte automatisch und zeigte den Inhalt der Datei.

Er sah, daß es eine Fotografie war.

Sie erschien Zeile um Zeile, von oben angefangen. Es wirkte, als würde langsam ein Vorhang herabgezogen, hinter dem allmählich das ganze Bild erschien.

Der Killer spürte, wie heiße Wut in ihm aufstieg, als das Bild sich zeigte und er erkannte, was es war.

Eine Parkgarage.

Der sterbende Chaz mit zum Schreien aufgerissenem Mund.

Avatar hatte ihm einen Ausschnitt aus einem seiner eigenen privaten Videobänder geschickt.

Mit beiden Händen umklammerte er die Kante des Tischs vor ihm. Sein Herz stolperte. Er erkannte, daß das nicht nur die Wut war.

Es war auch Panik.

Das Bild entfaltete sich bis hinunter zu dem kurzen Text, den Avatar am Ende angefügt hatte:

CWH: Ich weiß Bescheid.

Hastig schaltete er den Computer aus. Doch er fuhr fort, auf den leeren Bildschirm zu starren, während er versuchte, Wut und Panik zu überwinden und einen klaren Gedanken zu fassen.

Das konnte doch nicht möglich sein.

C. W. Hartmundt war unantastbar.

C. W. Hartmundt war unsichtbar.

Zuerst der Cop an seiner Tür; jetzt das.

Er dachte über die Möglichkeit nach, daß er entlarvt worden sei. Aber wie?

Er stand aus seinem Sessel auf, durchquerte das Zimmer und zog die Vorhänge des vorderen Fensters auf. Von hier aus hatte er ungehinderten Blick den Telegraph Hill hinauf, mit dem Coit Tower auf dem Gipfel des Hügels – und unmittelbar darunter das Haus des Mannes, der sich manchmal Avatar nannte.

Auch ich weiß Bescheid, dachte er.

FÜNFTER TEIL

Refugium

12. Mai

52

David Hudgins hörte die Musik schon draußen auf der Straße, als er seiner Großmutter an diesem Morgen zum Haus Ellis Hoiles folgte.

Klassische Musik – er war ziemlich sicher, daß es Bach war, klar und richtig laut – schallte aus dem Inneren des Hauses.

»Oho, was ist denn das?« sagte Roberta Hudgins.

Drinnen empfing sie strahlender Sonnenschein, der durch die Fenster fiel, neben der jetzt natürlich noch lauteren Musik. Sie waren die schwarze schmiedeeiserne Treppe hinuntergestiegen, ehe sie aus der Küche die Stimme der Frau hörten, leise lachend.

David konnte die beiden durch die breite Türöffnung sehen, Ellis Hoile und eine hübsche Frau, beide beim Frühstück, so miteinander beschäftigt, daß sie zuerst gar nicht merkten, daß sie nicht mehr allein waren. Davids Großmutter mußte an der Küchentür stehenbleiben und ein paar Sekunden warten, ehe die beiden sie bemerkten.

David kannte die Frau nicht, aber seine Großmutter schien sie zu kennen. Sie ging zu ihr und gab ihr die Hand. Das, sagte sich David, mußte die Frau sein, die seine Großmutter eingestellt hatte, die geschiedene Frau von Ellis Hoile.

Sah heute morgen aber gar nicht so geschieden aus.

Während David sie beobachtete, gab sie Ellis Hoile einen Kuß und stand dann von ihrem Platz am Tisch auf. Sie hatte ein Männerhemd an und sonst nichts, soweit David sehen konnte. Sie winkte David lächelnd zu und lief dann ins Schlafzimmer.

David kannte seine Großmutter, und er merkte ihr an, daß es ihr gefiel, das Haus so vorzufinden, hell und lebendig nach so vielen Wochen toter Düsternis. Aber David wußte auch, daß sie ein wenig Angst hatte, diese neue Wendung könnte sie um ihren guten Job bringen.

Er merkte es daran, wie sie halb im Scherz zu Ellis Hoile sagte: »Da werden Sie mich vielleicht bald nicht mehr brauchen, hm?«

Und Ellis Hoile antwortete: »Da werden wir beide Sie vielleicht brauchen.«

53

Lee Wade wartete immer noch auf den Durchsuchungsbefehl, als Pacific Bell um kurz vor zehn Corwin Sturmers Unterlagen freigab. Julia Chuas Mann hatte ein Faxgerät, Ronson konnte also die paar Seiten mit den Angaben über die Telefongespräche, die in den letzten zwei Monaten von der Souterrainwohnung aus geführt worden waren, gleich in die Tenth Avenue hinüberfaxen.

Und er schickte auch eine Kopie von Donald Trasks Telefonunterlagen aus den Akten mit.

Ronson hatte die wichtigsten Punkte schon herausgepickt und unterstrichen. Dreimal waren Donald Trask und Corwin Sturmer gleichzeitig über Telefon mit Verba Interchange verbunden gewesen.

Einmal am Abend des Mordes.

Lee Wade dachte an Ellis Hoiles Mutmaßungen darüber, daß der Killer sich online mit den Opfern getroffen hatte, unsichtbar, über eine Computerverbindung.

Corwin Sturmer hatte viel Zeit online verbracht: Manchmal war er stundenlang mit Verba verbunden gewesen, nach der Länge seiner Telefongespräche zu urteilen.

Ein Punkt für das Genie, dachte Lee Wade: Ellis Hoile hatte den falschen Mann verdächtigt, aber seine Überlegung war vielleicht richtig gewesen.

Abgesehen von den Anrufen bei Verba hatte Corwin Sturmer nicht viel telefoniert. Er hatte vielleicht fünfzehn, zwanzig verschiedene Nummern angerufen, die meisten im Stadtgebiet. Er hatte Anrufe von vielleicht einem Dutzend anderer Nummern empfangen.

Lee Wade hatte ein Funktelefon und begann sogleich, die Leute anzurufen, die mit dem Killer telefoniert hatten. Zuerst nahm er sich die abgehenden Anrufe vor, Pacific Bell hatte eine Liste angefügt, die den Namen des Teilnehmers jedes Anschlusses zeigte, und die meisten waren nichts Besonderes: kleine Geschäfte in der Gegend, wo man nie von dem Mann gehört hatte.

Hier waren zwei Anrufe bei einer Nummer in Mendocino County, Gemeinde Point Arena, eingetragen auf den Namen Jane Regalia. Als Lee Wade die Nummer anrief, bekam er nur ein Quietschen zu hören – ein Faxgerät oder ein Computer, dachte er.

Und zwei Ferngespräche nach Missouri; von derselben Nummer aus war Sturmer dreimal angerufen worden.

Lee Wade wählte diese Nummer. Es läutete fünfmal, sechsmal, und Lee Wade wollte gerade auflegen, als eine Männerstimme sich meldete.

»Hallo?«

Lee Wade stellte sich vor und sagte dann: »Spreche ich mit Charles Obend?«

Die Pause, die darauf folgte, war so lang, daß Lee Wade schon glaubte, der andere hätte aufgelegt.

Schließlich sagte der Mann: »Charles Obend war mein Bruder. Er wird morgen beerdigt. Ich räume gerade seine Wohnung aus.«

Unwillkürlich setzte sich Lee Wade aufrechter auf dem blauen Sofa hin.

Er fragte: »Wie ist er gestorben?«

Charles Obends Bruder berichtete, schilderte den Mord in der Parkgarage. So wie er sprach, schien es ihm schwerzufallen zu glauben, daß es wirklich wahr war, daß jemand seinen Bruder so behandelt hatte.

Aber Lee Wade glaubte es. *Und ich habe es gesehen*, dachte er immer wieder, während der Bruder sprach. Er hatte den Mord auf dem Videoband gesehen, das Ellis Hoile mit Hilfe seines Scanners aus der Wohnung in der Union Street aufgenommen hatte.

Und das bedeutete . . . was? Daß Corwin Sturmer eine Kopie des Bandes Christian Hartmundt gegeben hatte?

Charles Obends Bruder berichtete ihm, daß der Mord in der Nacht vom Samstag verübt worden war. Lee Wade erinnerte sich, daß die anonyme Faxmitteilung an das Morddezernat wenige Stunden später, am Sonntagmorgen, auf der Dienststelle eingegangen war.

Charles Obend war Fleischware 3.

Lee Wade hatte nur noch eine Frage.

»Ihr Bruder hatte einen Computer, ist das richtig?« sagte er. »So einen, den man mit einer Telefonleitung verbinden kann.«

»Ja. Er steht direkt vor mir.«

Der Durchsuchungsbefehl wurde wenige Minuten später erteilt. Lee Wades Partner brachte ihn vorbei.

Julia Chua führte Lee Wade und Ronson in den Keller hinunter und zeigte ihnen, wie man die Wandplatte losmachte. Sie holten die Kassette aus der Kommodenschublade, in die Julia Chua sie wieder hineingelegt hatte.

Sie nahmen das Band mit nach oben und schoben es in Julia Chuas Videogerät, um es sich anzusehen. Julia Chua ging in ein anderes Zimmer. Sie habe es bereits einmal gesehen, erklärte sie, und das sei einmal zuviel gewesen.

Die erste Aufnahme zeigte einen Toten auf einem Betonboden, den jungen Mann, auf dessen linker Brustseite, genau dort, wo das Herz sein mußte, sich ein glänzender dunkler Fleck ausbreitete. Ein zweiter Mann, dessen Gesicht nicht im Bild war, hockte auf der Brust des Toten. Er griff mitten hinein in den sich ausbreitenden dunklen Fleck und zog einen langen Nagel aus dem Leichnam heraus. Er mußte sich anstrengen, um ihn herauszubekommen.

Lee Wade begriff, daß dies die Stelle sein mußte, an der Julia Chua das Band abgeschaltet hatte. Er hielt es an, spulte es zurück und ließ es von Anfang an ablaufen.

Ein merkwürdiges Gefühl, dachte er, während er zusah. Nie zuvor hatte er einen Mord, den er untersuchen mußte, mit eigenen Augen beobachtet.

Der Mann, der da an Händen und Füßen gebunden auf dem Boden lag, mußte Donald Trask sein. Und dies mußte seine Ermordung sein.

Lee Wade verspürte zunehmende Enttäuschung, während er sich das Band ansah. Er wartete wie ein Luchs auf eine klare Aufnahme von Corwin Sturmers Gesicht, aber sie kam nie. Der Kerl blieb die ganze Zeit mit dem Rücken zur Kamera. Lee Wade fragte sich, wieso Julia Chua so sicher sein konnte, daß es sich bei dem Mann um ihren Mieter handelte.

Ihm war klar, daß das Band allein nicht ausreichen würde, den Täter zu überführen. Die Schatten, der Standort des Killers in Beziehung zu Licht und Kamera machten eine Identifizierung unmöglich.

Selbst jetzt, nachdem er sich das Band angesehen hatte, würde er Corwin Sturmer nicht erkennen, wenn sie einander auf der Straße begegnen sollten.

Er sah sich das Band bis zum Schluß an, fast zehn Minuten, dann spulte er es zurück und sah es sich noch einmal an, bis nach dem letzten Bild das körnige Flimmern des leeren Bands auf dem Bildschirm erschien.

Er war im Begriff, das Band anzuhalten, herauszunehmen und einzustecken, als plötzlich eine neue Aufzeichnung begann.

Der Betonraum schien derselbe zu sein wie im ersten Teil des Bands. Doch diesmal lag eine Frau auf dem Boden. Sie lebte noch; so gerade noch, nach den Aufnahmen zu urteilen. Ein Mann trat hinter der Kamera hervor. Er trug eine Machete.

Er hob die Machete, wandte sich dabei leicht der Kamera zu und zeigte sein Gesicht.

An dieser Stelle fuhr Lee Wade in die Höhe und griff nach der Fernbedienung, um das Band zurückzuspulen.

Er *kannte* diesen Kerl. Sie hatten sich vor nicht einmal vierundzwanzig Stunden gegenübergestanden.

Dieser Mann war Christian Willem Hartmundt, aber er trug keine Beinschiene, und er konnte sich ohne sie bestens bewegen.

Die Machete sauste herab, als Lee Wade zum Telefon griff. Er bat seinen Lieutenant um Verstärkung für die Festnahme des Mörders von Donald Trask.

Er nahm die Kassette aus dem Gerät und teilte Julia Chua mit, er gehe jetzt. Wenn Corwin Sturmer kommen sollte, sagte er, solle sie sofort das Haus verlassen und von der nächsten Telefonzelle aus die Polizei anrufen.

Aber er glaubte nicht daran, daß Corwin Sturmer kommen würde. Jetzt nicht mehr.

Corwin Sturmer hatte einen zweiten Unterschlupf. Eine Wohnung in der Union Street.

Aber nicht mehr lange.

54

Unten, in dem engen Schacht, den der Killer ihm als Grab zugedacht hatte, erwachte Stephen Leviste in tiefer Finsternis. Keine fünf Minuten, nachdem der Irre das Gitter zugeschweißt hatte, war er eingeschlafen. Anderthalb Tage lang war er bis dahin ununterbrochen wach gewesen, hatte sich gezwungen, die Augen offenzuhalten, während er unten im Schacht gewartet hatte, weil er wach und bereit sein mußte, sich zu wehren, sobald der Irre zurückkehren würde.

Aber als das Gitter zugeschweißt war, gab es keinen Grund mehr wach zu bleiben. Die ganze Spannung war verpufft. Der Kopf war ihm auf die Brust gesunken, und der Schlaf hatte ihn übermannt.

Er hatte den Abend und die ganze Nacht durchgeschlafen.

Jetzt erwachte er.

Er schluckte eine Aufwallung panischer Angst hinunter, als er sich bewußt wurde, wo er war und wie er dort hingekommen war, und besann sich, was er hatte tun wollen, bevor er eingeschlafen war.

Er tastete mit der Hand herum, fand die Taschenlampe, die der Killer hatte fallen lassen, und knipste sie an. Nachdem er einen Schluck aus dem Wasserbehälter getrunken hatte, ging er daran, den Schacht zu erkunden, was ihm in der Dunkelheit am Tag zuvor nicht möglich gewesen war.

Jetzt sandte er den Lichtstrahl erst in der einen Richtung durch den Tunnel, dann in der anderen. Soweit er sehen konnte, war es ein gleichbleibend enger Schacht, der sich unter dem Betonboden durch die Erde zog.

Er schien keine Hoffnung zu bieten. Stephen bezweifelte, daß es einen Ausgang gab – weshalb hätte sich der Irre die Mühe machen sollen, das Gitter festzuschweißen, wenn es einen anderen Ausweg gab? –, aber da er nichts Besseres zu tun hatte, stand er dennoch auf und schob sich in gebückter Haltung in den Schacht hinein.

Er vermutete, daß er sich auf dem Weg zu der roten Tür in der hinteren Mauer befand, parallel zu dem Laufsteg. Der Schacht hatte nirgends eine Öffnung. Stephen erreichte die Mauer, wo der Schacht endete, und machte kehrt, ging den Weg zurück, den er gekommen war, bis er wieder unter dem Gitter stand.

Von hier setzte sich der Schacht in die entgegengesetzte Richtung fort. Hinüber zur anderen Mauer des Bunkers, vermutete er und fragte sich, ob es überhaupt Sinn hatte, auch diesen Teil noch zu untersuchen. Von hier aus sah er genauso aus wie der andere.

Er beschloß, sich dennoch dort hinten umzusehen. Das war immer noch besser, als tatenlos herumzusitzen.

Ein gutes Stück lang war alles wie drüben im anderen Teil, und er war im Begriff umzukehren, als der Strahl der Lampe das Ende des Schachts fand.

Und er sah, daß hier doch nicht alles genauso war wie drüben.

Er hastete vorwärts. Als er näher kam, sah er, daß der Tunnel hier nicht wie auf der anderen Seite vor einer blanken Mauer endete, sondern vor einem Kasten aus verzinktem Stahl.

Nein, es war nicht einfach ein Kasten, wie er sah; es war eine Lüftungsöffnung. Mit einer Abschirmung. Der Kasten war Teil eines Lüftungsrohrs.

Ein Lüftungsrohr, dachte er und erinnerte sich jetzt, oben an der Decke, über dem Laufsteg, eines gesehen zu haben. Er hatte nicht weiter darauf geachtet. Aber das hier mußte die Fortsetzung dieses Rohrs sein, das an der hinteren Wand der Betonhöhle abwärts und durch den Boden führte.

Durch den Boden . . .

Er trat gegen die Abschirmung des Luftschlitzes, bis er locker war, und riß ihn dann mit den Händen weg. Dahinter befand sich eine Öffnung, die ungefähr dreißig Zentimeter breit war und vielleicht zwanzig Zentimeter hoch.

Er legte sich auf den Rücken, drehte den Kopf zur Seite und schaffte es so, den Kopf durch die Öffnung zu schieben. Aber dort oben war es finster, er konnte nichts sehen. Er schob die Taschenlampe hinein, stellte sie senkrecht, so daß der Lichtstrahl nach oben zeigte, ließ sie so stehen und schob wieder seinen Kopf in die Öffnung.

Jetzt konnte er im Licht der Lampe das Innere des Rohrs erkennen. Es stieg senkrecht in die Höhe, höher, als der Lichtstrahl reichte, voller Spinnweben, die sich leise bewegten.

Das Stück Handlauf, mit dem er sich am Tag zuvor gegen den Killer verteidigt hatte, hatte er beim Gitter zurückgelassen. Sein erster Gedanke war, den Handlauf als eine Art Rammbock zu benutzen. Auf das Rohr dort, wo es durch den Boden kam, einzuschlagen, um es so weit zu lockern oder zu deformieren, daß er sich an ihm vorbeizwängen konnte, aus dem Schacht hinaus und zurück in die Betonhöhle.

Aber was hätte ihm das gebracht?

Er war ja schon in der Höhle gewesen und hatte keinen Fluchtweg gefunden. Genau dort wollte der Irre ihn doch haben.

Dort oben würde er leicht einzufangen und zu töten sein. Hier unten war er wenigstens außer Reichweite.

Sosehr er sich wünschte, dem engen, finsteren Schacht zu entkommen, eine Flucht in die Höhle war sinnlos.

Er hockte sich an der Lüftungsöffnung nieder, und seine Schultern sanken herab. Das Rohr war schließlich auch nicht besser als eine undurchdringliche Mauer. Mutlosigkeit packte ihn, und Tränen schossen ihm in die Augen, und obwohl er sie zurückzuhalten versuchte, liefen doch ein paar sein Gesicht hinunter.

Hör auf damit, befahl er sich – weinen half überhaupt nichts.

Er wischte sich das Gesicht ab. Die Nässe auf seinen Wangen fühlte sich kühl an. Sehr kühl – die Tränen trockneten schnell.

Er erkannte, warum. Unglaublich, daß er das übersehen hatte. Die wabernden Spinnweben, die Tränen, die so rasch auf seiner Haut trockneten.

Luft kam aus dem Rohr, ein feiner, aber wahrnehmbarer Hauch.

Aber dazu war das Lüftungsrohr ja auch da, um Luft zu befördern. Natürlich. Schlechte Luft hinaus, frische Luft hinein. Früher hatte wahrscheinlich einmal ein großer Ventilator die Luft zirkulieren lassen; dies hier jedoch war nur ein natürlicher Luftstrom, der vom wechselnden Druck bewegt wurde.

Aber in einem geschlossenen Lüftungssystem, dachte er, würde sich der Druck nicht verändern.

Und dann fühlte er es. Er roch es: Luft. Dies war kein geschlossenes System. Die Luft, die durch die Rohrleitung in sein Gesicht herabströmte, hatte jetzt einen Geruch, eine Frische, die nur eines bedeuten konnte.

Daß die Luft von draußen kam.

55

Kate ging gleich nach dem Frühstück. Sie mußte noch pakken, und sie mußte noch ins Studio, bevor sie abflog.

Ellis hielt sie in den Armen und sah ihr in die Augen und küßte sie, ehe er sie gehen ließ.

Als sie weg war, sah er sich ein Programm an, das David Hudgins in der vergangenen Woche geschrieben hatte. Dann buchte er für sich einen Flug nach Belize. In drei Tagen wollte er fliegen.

Mrs. Hudgins hatte noch zu tun – sie würde noch eine ganze Weile hier sein –, und David war in seine Arbeit am Computer vertieft.

Ellis Hoile sah sich das Videoband aus Christian Hartmundts Wohnung an, die Feuersbrunst in der Parkgarage.

Er hatte schon am Abend zuvor, als er noch allein im Haus gewesen war, ein paar Minuten mit dem Band zugebracht. Er hatte nach Details gesucht, die er vielleicht zuvor beim Abspielen übersehen hatte.

Die Suche war beklemmend gewesen – er fand dieses verdammte Band grauenhaft –, aber heute morgen, bei hellem Tageslicht, in einer Stimmung, die sich in den letzten Stunden so grundlegend geändert hatte, würde sie vielleicht erträglicher sein.

Er begann das Band in Zeitlupe abzuspielen, spulte zurück, spielte es von neuem ab, immer wieder.

Nein, er mußte es sich Frame um Frame ansehen.

Das Sonnenlicht störte ihn. Es blendete auf dem Bildschirm.

Mrs. Hudgins und ihrem Enkel allerdings schien es zu gefallen. Jeder liebt die Sonne, dachte er. Er hatte selbst im Grunde nichts dagegen. Sie war nur manchmal eben störend.

Die Treppe hoch, an das Haus angebaut, war ein Raum, der einmal eine Garage gewesen war. Als er und Kate das Haus gekauft hatten, hatte er ihn in ein Büro umbauen lassen. Die Garage war sein Arbeitszimmer geworden.

Er hatte es jahrelang benutzt, auch noch nachdem Kate ihn verlassen hatte. Erst als die Scheidung rechtskräftig war, hatte er angefangen, sich unten auszubreiten, nicht weil er mehr Platz brauchte, sondern um das Haus, das so leer war, ein wenig zu beleben.

Er nahm einen Computer – der Pentium hatte ein Videoschnittsystem – und trug ihn nach oben.

Er war seit Wochen nicht mehr hier gewesen. Der Raum war leer bis auf einen Schreibtisch und einen Sessel. Das reichte. Er stellte den Computer auf den Schreibtisch, ging nach unten, um das Videogerät und die Kassette zu holen, und lief dann noch ein drittes Mal hinunter, um einen Farbmonitor mitzunehmen.

Er sagte Mrs. Hudgins, daß er eine Weile oben arbeiten würde, und war schon die Treppe hochgegangen, auf dem Weg zur Haustür, als David ihn rief. Er wollte wissen, wie er die Verbindung zu Verba herstellen könne, was er dazu tun müsse.

Ellis Hoile ließ sich nicht gern ablenken, wenn er einmal einen bestimmten Kurs eingeschlagen hatte. Und er war in Gedanken schon bei dem Videoband, was er damit anfangen würde.

Mit dem schweren Monitor in den Armen trat er an den Rand der Galerie über dem großen Wohnraum.

David saß am richtigen Gerät, jenem, das Ellis Hoile im allgemeinen benutzte, wenn er online war. Es war einfach, die Verbindung zu Verba herzustellen.

Laut und deutlich sagte er von oben: »Com. Verba. Verbinden.«

Unten begann das Modem zu piepsen.

»Das ist mein Script. Alles automatisch«, sagte Ellis Hoile von der Galerie.

Die Nummer meldete sich beim ersten Signalton. Das System las das automatische Paßwort und begrüßte Avatar.

»Jetzt bist du drinnen«, sagte Ellis Hoile, »und bist für heute Avatar. Mach mir keine Schande und tu nichts, was ich nicht tun würde. Wenn du Fragen hast, dann klopf einfach.« Damit ging er in sein altes Arbeitszimmer.

Nachdem er den Monitor auf dem Schreibtisch abgestellt hatte, verband er die verschiedenen Kabel, machte die Tür zu und schaltete das Licht aus. Das Licht, das der Monitor spendete, reichte ihm.

Die Stille und die Dunkelheit taten ihm gut. Er brauchte diese Atmosphäre, um produktiv arbeiten zu können.

Er begann die Videokassette abzuspielen. Wieder beobachtete er genau die grausige Szene – das Nahen des ahnungslosen Opfers, das durch die Parkgarage ging, den Feuerball. Das Schnittprogramm las das Signal, wandelte es in digitale Form um und speicherte es auf der Festplatte des Computers.

Jetzt spielte Ellis Hoile das Ganze noch einmal ab, nicht das Band diesmal, sondern die digitalisierte Kopie. Er stellte die Geschwindigkeit auf ein Frame pro Sekunde ein. Man hatte jetzt das Gefühl, in einer Dia-Vorführung zu sitzen, bei der eine Folge beinahe identischer Aufnahmen mit winzigen Pausen dazwischen auf den Bildschirm geworfen wurde.

Der ganze Clip bestand aus 1372 Frames. Jedes Frame war ein gefrorener Moment, aus der Zeit herausgelöst und in Form von Licht- und Farbpunkten – Pixels – bewahrt, die in präzisen Reihen und Linien geordnet waren.

Bei Normalgeschwindigkeit von dreißig Frames pro Sekunde dauerte der Clip ungefähr sechsundvierzig Sekunden.

Bei einer Geschwindigkeit von einem Frame pro Sekunde brauchte Ellis Hoile etwa dreiundzwanzig Minuten, um sich die ganze Folge anzusehen.

Er beugte sich in seinem Sessel vor und ließ den Bildschirm keinen Moment aus den Augen, während die Frames im Abstand von einer Sekunde wechselten.

Sieben Minuten. Er hielt die Flut von Bildern an und rieb sich die Augen. Bisher nichts Neues.

Noch mal fünf oder sechs Minuten. Nichts.

Er näherte sich dem Ende des Clips. *Moment mal . . .*

Er neigte sich noch näher, sah noch genauer hin und hielt mit ein paar Tastenanschlägen zuerst den Ablauf der Bilder an, um dann zurückzufahren.

Ein Frame zurück. Da . . .

Ein fleischfarbener Fleck in einem Spiegel.

Der Kameramann hatte seine Videokamera gesenkt und war neben ein parkendes Auto getreten. Er hatte sein eigenes Gesicht in einem Seitenspiegel aufgenommen, ein rein zufälliges Zusammenspiel von Spiegel und Kamera.

Ellis Hoile studierte mit zusammengekniffenen Augen das Bild. Das Gesicht im Spiegel war so klein, daß man es nicht erkennen konnte.

Mit einigen Tastenanschlägen isolierte er den Teil des Frames mit dem Spiegel und dem gespiegelten Gesicht. Es war das Gesicht des Killers. Und Ellis Hoile wußte, wie er es zu fassen bekommen konnte.

56

Christian Hartmundts Computer gab einen leisen, langgezogenen Summton von sich.

Der Ton war ein Alarmsignal. Er eilte zu dem Schreibtisch, auf dem der Computer stand, und sah, daß Avatar in Verba eingeloggt hatte.

Endlich war der Killer Avatar auf der Spur. Er wußte nicht viel über ihn, aber in diesem Moment waren nur drei Tatsachen von Bedeutung.

Avatar wohnte allein; er lebte zurückgezogen.

Er lebte sein zurückgezogenes Leben in einem Haus, das weniger als eine Meile von diesem Raum entfernt war.

Und er saß jetzt an seinem Keyboard.

Minuten später ging der Killer die Tesla Street hinauf.

Er trug einen marineblauen Overall und eine blaue Baseballmütze, und in einer Hand hielt er eine Segeltuchtasche mit Reißverschluß. Er ging schnell und zielstrebig wie ein Arbeiter, der auf dem Weg war, einen Auftrag zu erledigen; ein Mechaniker vielleicht, der sich um ein dringendes Problem im Haus kümmern sollte.

In gewisser Hinsicht war das zutreffend.

Das Problem war Avatar. Der Killer hatte eigentlich vorgehabt, ihn mit weit mehr Drama und Zeremonie außer Gefecht zu setzen, aber Avatar selbst hatte sein Ende beschleunigt, indem er Stoma dieses Foto in den Briefkasten geworfen hatte.

Avatar mußte beseitigt werden.

Da die Tesla Street eine Sackgasse war, gab es hier, abgesehen vom Kommen und Gehen der Anwohner, kaum Verkehr. Und da die Häuser in diesem Viertel teuer waren, mußten die meisten Bewohner tagsüber zur Arbeit, um das Geld für die Hypothekenzahlungen zu verdienen.

Der Killer fühlte sich völlig unbeobachtet, als er die Straße heraufkam. Kein Auto fuhr an ihm vorüber.

Das Haus hing am steilen Hang des Telegraph Hill, der Wohnraum befand sich größtenteils unterhalb der Tesla Street. Zwischen 2600 und dem Nachbarhaus klaffte eine Lücke. Sie war gerade so breit, daß er hindurchschlüpfen, über einen Zaun springen und das steinige Gefälle hinunterlaufen konnte.

Es war noch steiler, als er erwartet hatte, und er mußte sich an einer Rohrleitung neben dem Haus festhalten, um nicht zu weit abzurutschen.

Er war beinahe auf Höhe der Wohnräume. Ein paar Meter weiter war ein kleines Fenster. Er kroch am Hang entlang zu ihm hin und schaute hinein.

Dahinter befand sich ein Schlafzimmer. Die Tür war offen, und durch die Öffnung konnte er einen Teil des Wohnzimmers sehen.

Niemand in Sicht.

Er hielt inne, um Atem zu holen. Keine Eile; hier konnte er weder von der Straße noch vom Haus aus gesehen werden. Und vom Fuß des Hügels aus – falls jemand ihn bemerken sollte – würde es aussehen, als sei er ein Arbeiter, der irgend etwas reparierte.

Er öffnete die Segeltuchtasche.

Sie war fast voll: Plastikbeutel für blutige Kleider, ein frisches Paar Schuhe, ein Behälter mit Papiertüchern, eine Garnitur Werkzeuge und Nachschlüssel, eine Rolle Isolierband, ein Brecheisen und mehr noch, das unsichtbar war: die Ausrüstung eines Einbrechers und Schlächters.

Er zog Handschuhe und Skimaske über. Das Fenster war verschlossen, wie er sah. Er nahm einen großen Saugnapf aus der Tasche und drückte ihn auf eine Scheibe im oberen Teil des Fensters. Mit einem Glasschneider beschrieb er einen Kreis rund um den Rand des Saugnapfs.

Ein schneller Stoß gegen den Saugnapf genügte, das kreisrunde Stück Glas sprang heraus, und er griff durch die Öffnung, um das Fenster zu entriegeln.

Er warf Saugnapf und Glas in seine Tasche und holte aus ihrer Tiefe eine Machete hervor.

Kein rostfreier Stahl, aber die Klinge war fleckenlos rein mit blitzender scharfer Schneide.

Er legte die Machete einen Moment nieder, um mit beiden Händen das Fenster hochzuziehen. Dann kletterte er mit der Machete in der Hand durch das offene Fenster und sprang lautlos im Schlafzimmer zu Boden.

Er hörte das Klappern einer Tastatur, als er durch das Zimmer huschte und an der Tür, dem Eingang zum Wohnzimmer, stehenblieb.

Mit einem schnellen Blick sah er sich um. Das Haus wirkte von innen noch größer – das Zimmer, das über zwei Stockwerke hoch war, verstärkte diesen Eindruck.

Und die Schreibtische, die Regale voller Geräte und Zubehör, die Computer.

Avatar war eine Koryphäe, kein Zweifel.

Das Klappern der Tastatur kam von links, wo das große Fenster war.

Der Killer hielt die Machete leicht erhoben, zum Schlag bereit. Sein rechter Arm war am Ellbogen angewinkelt, als er durch die Tür trat und sich nach links wandte, dem Geräusch zu.

Etwa neun Meter entfernt saß, mit dem Rücken zum Killer, das Gesicht zum Fenster, eine Gestalt vornübergebeugt an einer Tastatur.

Der Killer setzte sich in Bewegung, glitt lautlos durch den Raum. Sein Weg führte ihn an einer zweiten, breiteren Türöffnung vorbei. Jenseits befand sich, soweit er aus dem Augenwinkel sehen konnte, eine Küche, aber er hielt seine Aufmerksamkeit auf die Gestalt an der Tastatur gerichtet, konzentrierte sich auf jene Stelle im Nacken der Gestalt, wo der Hals in die Schultern überging, und hob die Machete.

Gerade dachte er, daß da etwas nicht stimme, daß Avatar *so* nicht aussehe.

Als das Telefon läutete.

Es läutete hinter David Hudgins.

Der Junge wandte den Blick vom Monitor und drehte sich nach dem Telefon um. Er sah den maskierten Mann, der mit erhobener Machete auf ihn zukam, mit schnellerem Schritt jetzt.

Nicht Avatar, erkannte der Killer, als die Gestalt an der Tastatur sich herumdrehte.

Die Überraschung ließ ihn innehalten. Er zögerte einen Moment und senkte die Klinge ein wenig. Dann aber sagte er sich, daß es jetzt kein Zurück mehr gebe, daß die Sache zu Ende gebracht werden müsse, und er hob von neuem die Klinge.

Aber da geschah etwas – drüben, in der Küche, auf die er gar nicht geachtet hatte.

57

Roberta Hudgins war in der Küche.

Sie stand nicht weit von der Tür vor einer Anrichte, über der ein Bord mit Töpfen und Pfannen aus Kupfer hing, teuren Geräten, die Staub sammelten, seit die Herrin des Hauses nicht mehr da war.

Sie sah zum Telefon, als es das erstemal läutete.

Die Töpfe und Pfannen standen in Stapeln neben ihr auf der Arbeitsplatte. Sie war dabei, sie zu wischen und zu polieren, um sie dann wieder auf das Bord zu stellen, als das Läuten des Telefons sie ablenkte. Sie drehte den Kopf und sah den Mann mit dem maskierten Gesicht und diesem

Messer – diesem großen Messer –, als er an ihr vorüberglitt.

Aber er sah sie nicht.

David drehte sich auf seinem Stuhl herum.

Der Maskierte mit dem Messer zögerte, aber dann schwang er die Klinge in die Höhe und eilte vorwärts ...

... und plötzlich blieb der Gang der Dinge in qualvoller Langsamkeit stecken, und jeder Moment zog sich unendlich in die Länge ...

... ohne hinzusehen, griff sie nach einer Pfanne, eine Bratpfanne stand direkt neben ihrer Hand, aber mit der Bewegung ihres Arms stieß sie einen Stapel Töpfe um, und sie fielen laut klirrend und scheppernd zu Boden.

»HE, SIE, AUFHÖREN!« Die Worte sprangen tief aus ihrem Inneren auf, erst nur ein Ruf, doch dann zu einem wütenden Schrei anschwellend, in dem die ganze Macht ihrer Liebe zu ihrem Enkel lag.

Das Telefon läutete das zweitemal.

Der Schrei und das Scheppern irritierten den Mann mit dem Messer, veranlaßten ihn, stehenzubleiben und sich von David abzuwenden, um zu ihr hinzusehen.

Der Blick seiner Augen, die durch die Löcher in der Maske zu sehen waren, wirkte unsicher.

Und im selben Moment ließ David sich von seinem Stuhl fallen und rollte von ihr und dem Maskierten mit dem Messer weg.

Braver Junge.

Sie griff wieder nach der Pfanne und fand sie diesmal. Der lange, kompakte Stiel füllte ihre Hand.

Er schaute sich nach David um, aber David krabbelte stolpernd davon.

Das Telefon läutete ein drittes Mal.

Der Maskierte starrte sie an, schien zu überlegen, sie sah es seinen Augen an, dann holte er mit dem großen Messer aus und kam auf sie zu.

Aber seiner Sache jetzt nicht mehr ganz so sicher.

Er kam auf sie zu, und sie wich zurück, hinter eine Ecke der Anrichte. Sie schwang die schwere Kupferpfanne in die Höhe . . .

. . . sie hörte, wie aus weiter Ferne das Telefon ein viertes Mal läutete . . .

. . . als er sich über die Arbeitsplatte hinweg auf sie stürzte.

Und die Klinge herabsauste.

Sie schwang den Arm, um sie abzuwehren. Die Klinge schlug auf den gerundeten Rand der Pfanne und glitt ab.

Sie wich weiter zurück.

Er stürzte sich von neuem auf sie und schwang das Messer. Sie parierte mit der Pfanne, die genau gegen die Klinge schlug.

Die Pfanne klirrte laut unter dem Schlag. Die Machete fiel dem Maskierten aus der Hand und flog durch die Luft.

Sie prallte gegen einen Küchenschrank und fiel vor ihren Füßen auf den Boden.

Jetzt lief alles wieder in Normalgeschwindigkeit ab.

Sie bückte sich und hob die Machete auf.

Im Wohnzimmer war David am Telefon und tippte drei Stellen ein, die erlösende Nummer des Notrufs.

Sie hörte es, und der Maskierte hörte es auch. Er blickte zu David mit dem Telefon und zu ihr mit der Machete.

Er machte kehrt und rannte davon.

Ellis Hoile nahm das Scheppern der Töpfe und den Schrei Roberta Hudgins' nur am Rande wahr. Er hörte das Läuten des Telefons und wunderte sich, daß sie nicht hinging. Er hatte keinen Apparat mit heraufgenommen.

Er wollte sich jetzt nicht ablenken lassen. Er konzentrierte sich auf die Arbeit, die er vor sich hatte.

Er war dabei, den Videoausschnitt zu vergrößern, der das Gesicht des Killers im Seitenspiegel eines Autos zeigte.

Auf Bildschirmgröße aufgeblasen, war das Gesicht undeutlich. Verwischt.

Eine Möglichkeit gab es noch.

Aber die konnte er hier nicht ausprobieren.

Jetzt wieder Lärm von unten. Schreie. Es war die Stimme von Mrs. Hudgins' Enkel. Er rief um Hilfe.

Erst da sprang Ellis Hoile auf und eilte hinaus.

Er kam auf die Galerie hinaus und sah unten Mrs. Hudgins sitzen, einen Arm um ihren Enkel.

Sie blickte zu ihm hinauf.

»Ein großer Mann in Blau«, sagte sie. »Er wollte David was antun. Er ist ins Schlafzimmer gelaufen. Seien Sie vorsichtig. Die Polizei ist schon unterwegs.«

Das Schlafzimmerfenster unten war offen.

Ellis Hoile blickte hinaus und sah nichts.

Er lief wieder nach oben und zur Haustür hinaus.

Die Straße war leer.

Der Killer rannte rutschend und stolpernd den Hang unterhalb der Tesla Street hinunter.

Er war durch das Schlafzimmerfenster hinausgeklettert und den felsigen Hang unterhalb des Hauses hinuntergelaufen zum nächsten Straßenzug. Die Segeltuchtasche hatte er mitgenommen, Maske und Handschuhe abgestreift.

Niemand hielt ihn auf. Niemand schien ihn zu bemerken.

Der Cavalier war in der Nähe. Er schloß ihn auf, warf die Tasche hinein, stieg ein, ließ den Motor an und fuhr davon.

Polizei sah er zum erstenmal in einem schwarzweißen Streifenwagen am Fuß des Telegraph Hill. Er wollte gerade auf den Embarcadero abbiegen, als der Wagen sich in schneller Fahrt von rechts näherte. Drinnen saßen zwei uniformierte Beamte.

Er hielt an und ließ den Wagen vorbei. Das Blinklicht stach ihm einen Moment ins Gesicht, dann war der Wagen vorbei, raste den Hügel hinauf.

Er wurde langsam wieder ruhig. Er fühlte sich sicher. Er entfernte sich immer weiter von dem Fiasko oben am Hügel, und sie kannten ihn noch immer nicht, konnten ihm nichts anhaben.

Als er auf die Kreuzung hinausfuhr, konnte er über den Dächern der Geschäfte und Restaurants von Fisherman's Wharf die Golden-Gate-Brücke sehen.

Dorthin wollte er.

Zur Brücke, nach Marin County, Sausalito, ans Wasser.

Schluß mit den Nebenkriegsschauplätzen, dachte er.

Zeit für die Hauptsache.

58

Kate Lavin hatte bei ihrem Anruf in der Tesla Street das Telefon viermal läuten lassen; dann hatte sie ihr Mobiltelefon ausgeschaltet und in ihre Handtasche gesteckt.

Ellis mußte außer Haus sein. Wenn er am Schreibtisch saß, nahm er stets beim ersten oder zweiten Läuten ab.

Sie stand am Buchungsschalter im Flughafen. Sie hatte ihre Reservierungsnummer von Ellis erfragen wollen; er hätte sie finden können.

»Bitte sehen Sie noch mal nach«, sagte sie zu dem Angestellten.

Er antwortete mit einer leicht gereizten Geste. Die Schlange hinter Kate war lang.

»Ich habe auf meiner Liste nachgesehen«, sagte er. »Ich habe die ganze Liste geprüft, aber Ihr Name ist nicht drauf. Kein einziger Name, der mit Ihrem die geringste Ähnlichkeit hat.«

»Aber ich muß unbedingt nach Belize«, entgegnete Kate. »Wann ist die nächste Möglichkeit?«

»Nach Los Angeles krieg ich Sie ohne Probleme«, antwortete der Angestellte. »Aber die Warteliste dort ist lang, und ich würde nicht sagen, daß Sie gute Chancen haben. Oder ich kann Sie für morgen auf diesem Flug buchen.«

Sie hatte keine Lust, die Nacht allein in Los Angeles zu verbringen. Die Alternative war noch eine Nacht mit Ellis.

Sie warf ihre American-Express-Karte auf den Schaltertisch.

»Morgen«, sagte sie.

Es war unmöglich, vom Flughafen zur Golden-Gate-Brücke zu gelangen, ohne durch die Stadt zu fahren, sich mit dem Stadtverkehr herumzuschlagen. Sie versuchte nicht noch einmal, Ellis anzurufen. Sie beschloß, ihn über Nacht auf das Hausboot einzuladen, aber vorher wollte sie ein langes Bad nehmen und gründlich ausspannen.

Sie hatte fast eine Stunde im Wagen gesessen, als sie endlich die Brücke überquerte. Mehrere Minuten danach fuhr sie vom Freeway ab auf den Bridgeway und von dort auf den Parkplatz von Tor sieben.

Sie trug ihren Koffer den Pier hinauf zum Hausboot. Sie öffnete die Schiebetür und trat ein, stellte den Koffer ab und sperrte hinter sich ab.

Ein kühler Luftzug traf sie, als sie in ihr Schlafzimmer ging.

Das wunderte sie. Sie folgte dem Luftzug ins Badezimmer, wo sie das Fenster offen fand.

Sie ging hinein, um es zu schließen. Offenbar, sagte sie sich, hatte sie das am Morgen versäumt.

Sie zog das Fenster zu.

Und da trat *er* hinter dem Duschvorhang hervor.

59

Roberta Hudgins und ihr Enkel berichteten gerade einem Streifenbeamten, als Lee Wade ankam und seinen Wagen hinter den drei Streifenwagen abstellte, die vor dem Haus zusammengedrängt standen.

Wade hatte den Notruf zur Tesla Street 2600 gar nicht mitbekommen. Er war hierhergefahren, um sich bei Ellis Hoile, der mit seinen Vermutungen über C. W. Hartmundt von Anfang an recht gehabt hatte, zu entschuldigen.

Er sprach kurz mit einem der Streifenbeamten, einem Sergeant, dann nahm er Ellis Hoile beiseite.

»Was zum Teufel ist hier los?« fragte er.

»Es ist jemand ins Haus eingedrungen und hat versucht, die beiden zu töten. Aber ich bin sicher, er hatte es auf mich abgesehen.«

»Warum auf Sie?«

»Warum tötet er überhaupt?« entgegnete Ellis Hoile, fügte dann aber hinzu: »Er weiß, daß ich das Band habe.«

»Ach ja«, sagte Lee Wade, »das Band war echt. Am Samstag in den frühen Morgenstunden ist einer von Corwin Sturmers Telefonfreunden in einer Parkgarage am internationalen Flughafen von Kansas City verbrannt. Das muß die Szene gewesen sein, die Sie gesehen haben.«

Er berichtete von Corwin Sturmer, seinen Telefonaten, seinen Kontakten mit Verba und Charles Obend und von dem Videoband in seiner Wohnung, vom Tod Donald Trasks.

Dann erzählte er, wie er mit Ronson und zwei uniformierten Beamten in die Union Street gefahren war, um den Mann festzunehmen, der unter den Namen Sturmer und Hartmundt bekannt war.

Die beiden Streifenbeamten hatten an den Fenstern gestanden, während Wade und Ronson an der Wohnungstür geläutet hatten. Geläutet, geklopft und gerufen hatten, ohne eine Reaktion zu erhalten.

Als der Hausmeister ihnen schließlich die Wohnung geöffnet hatte, hatten sie sie leer gefunden. Der Killer war verschwunden.

»Ich glaube, Sturmer ist sein richtiger Name«, sagte Lee Wade. »Christian Hartmundt ist offensichtlich eine Erfindung. Genau wie die Sache mit der Körperbehinderung. Na, wir werden das erfahren, sobald wir ihn festnehmen. Wird nicht mehr lange dauern.«

»Glauben Sie?«

»Na hören Sie, gestern morgen hatte der Kerl zwei sichere Adressen. Jetzt sind beide aufgeflogen. Wie viele mehr kann er noch haben? Der ist auf der Flucht, garantiert. Und er kurvt nicht irgendwo in Ihrem Netzwerk rum, er befindet sich in der wirklichen Welt, und die ist mein Revier.«

Er schien seiner Sache völlig sicher, zufrieden und zuversichtlich.

Sinnlos, dachte Ellis Hoile, ihm sagen zu wollen, daß er sich täuschte.

60

Kate Lavin war gefesselt und geknebelt.

Sie konnte sich nicht rühren. Sie konnte nichts sehen als blaues Nylongewebe, das Material des Sacks, in den er sie gesteckt hatte.

Es war ein sehr großer Sack, einem Leichensack ähnlich. Die meisten Leute unten am Wasser würden ihn einen Seesack nennen.

Er hob sie hoch, legte den Sack über seine Schultern und trat aus dem Hausboot. Einer von vielen Seglern, der einen

Sack voller Segelzeug mit sich schleppte. Das sah man hier in Sausalito dauernd.

Er schwankte leicht beim Gehen, als er sie den Pier hinunterschleppte.

Er brachte sie fort.

Das Lüftungsrohr schien endlos in die Höhe zu steigen.

Stephen Leviste schätzte, daß die Entfernung zum oberen Ende des Rohrs, zu der Stelle, wo es einen Knick machte und horizontal weiterlief, mindestens fünfzehn Meter betrug.

Ihm, der in das Rohr gezwängt dastand und nach oben spähte, erschien das endlos.

Es war ihm gelungen, sich durch die Öffnung am unteren Ende des Rohrs zu quetschen. Zuerst hatte er Arme und Schultern hineingeschoben und den Rest seines Körpers dann nachgezogen. Er schaffte es mit knapper Not. Er mußte dazu die Arme über den Kopf erhoben halten.

Als er drinnen stand, Hüften und Schultern diagonal in dem viereckigen Rohr, sah er, daß es vielleicht möglich sein würde, innen in die Höhe zu klettern.

Aber die Vorstellung war auch sehr beängstigend.

Er stand auf dem Grund des Rohrs, hielt die Taschenlampe über seinem Kopf und blickte an den geraden Seiten des Rohrs hinauf. Das Rechteck aus Eisenblech verengte sich im Aufsteigen in die Dunkelheit zu einer Spitze, so gerade wie eine Lanze, die ihn mitten durch das Herz spießte.

Ich muß es versuchen, sagte er sich. Er konnte nicht lange hier in dem Rohr bleiben. Er war nicht einmal sicher, daß er es schaffen würde, sich auf dem Weg, auf dem er hineingekommen war, wieder hinauszuwinden.

Außerdem sprach alles dafür, lieber den Versuch zu wagen, als umzukehren.

Er ließ die Taschenlampe los – er würde seine Hände für anderes benötigen. Sie fiel herab, schlug ihm auf die Brust und blieb dort stecken. Er drehte seinen Körper, und die

Lampe rutschte abwärts, an seinen Hüften hinunter und schlug dumpf auf den Boden.

Jetzt war nur noch Finsternis über ihm. Besser so, dachte er.

Er senkte seine Arme und drehte seinen Oberkörper hin und her, um ihnen Raum zu schaffen. Dann knickte er sie an den Ellbogen in die Höhe, einen nach dem anderen, und kreuzte sie über der Brust, schob sie immer weiter übereinander, bis seine Handflächen gegen die Seitenwände des Rohrs drückten.

Ein kurzer Sprung in die Höhe, und schon hatte er den Boden unter sich gelassen. Er drehte seine Schultern und preßte sie gegen das Rohr. Er drückte die Spitzen seiner Turnschuhe in die Ecken.

Nun steckte er fest, vielleicht einen knappen halben Meter über dem Boden, hatte guten Halt. Er begann sich zu winden wie ein Wurm, kurbelte mit den Schultern, stieß mit den Füßen abwärts.

So gewann er wieder ein paar Zentimeter.

Zentimeter lagen hinter ihm, und ein langer, langer Weg lag vor ihm.

Er kletterte.

61

Mrs. Hudgins und David waren mit einem Taxi nach Hause gefahren.

Lee Wade hatte einen Streifenbeamten vor dem Haus postiert, für den Fall, daß Sturmer sich noch einmal blicken lassen sollte.

Ellis Hoile untersuchte das kaputte Fenster im Schlafzimmer und dachte, er würde wohl einen Handwerker holen müssen, um es reparieren zu lassen.

Aber gleichzeitig ging ihm noch etwas anderes im Kopf herum.

Seine Gedanken kreisten um den Killer, einen Mann mit wechselnden Namen und Adressen, einen vielschichtigen Mann. Seine Methoden und Handlungen verrieten ihn. Und er hatte sich – wenn auch unwissentlich – in dem Spiel und dem dazugehörigen Programmcode gezeigt.

Aber man mußte wissen, wo man zu suchen hatte und wonach. Bei ihm der Wahrheit auf den Grund zu kommen war wie Zwiebelschälen. Immer folgte auf eine Schale die nächste.

Er war auf der Hut: äußerst umsichtig.

Lee Wade zufolge hatte Corwin Sturmer zu mindestens einem seiner Opfer über ein Standardtelefon Verbindung aufgenommen und so eine Spur gelegt.

Er mußte sich dessen bewußt gewesen sein und gewußt haben, daß es ihn eines Tages angreifbar machen würde.

Das bedeutete, daß Corwin Sturmer nicht sein richtiger Name war. Dieser Name, diese Existenz konnten abgeschüttelt werden. Sie abzulegen hatte ihn nichts gekostet, was nicht ersetzt werden konnte.

Und was hatte es ihm gebracht?

Ellis Hoile glaubte es zu wissen. Er sah noch das Gesicht Lee Wades, wie es vor ein paar Minuten ausgesehen hatte, voll drängenden Eifers und selbstbewußter Zuversicht.

Genau das war die vom Killer gewünschte Wirkung. Er hatte den Verfolgern ein paar Brocken, den Hunden einen Köder hingeworfen, um ihr Interesse wachzuhalten.

Er wollte gejagd werden. Er liebte dieses Spiel.

Aber er würde sich immer eine Rückzugsmöglichkeit offenhalten, einen sicheren Unterschlupf, eine Identität, hinter der er sich unantastbar wußte.

In solch einem Refugium würde er sich vielleicht zur Unvorsichtigkeit verleiten lassen. Dort war er vielleicht – vielleicht – verletzbar.

Ellis Hoile griff zu der Fotokopie, die Lee Wade ihm ein paar Tage zuvor überlassen hatte. Er zog sie von der Seitenwand des Monitors, wo er sie angeheftet hatte.

FLEISCHWARE Version 1
16. 4.
Übernahme: 17424 05071
Schlachtung: 17441 05086

FLEISCHWARE Version 3
7. 5.
Übernahme: 17029 21067
Schlachtung: 17029 21067

HOLZKÖPFE
AHNUNGSLOSE HOLZKÖPFE

Der Killer wollte seine Verfolger hänseln, dachte Ellis Hoile.

Er wollte ihnen zeigen, wie dumm sie waren, er drehte ihnen eine lange Nase.

Was wahrscheinlich bedeutete, daß die Lösung ganz einfach war.

Ellis Hoile hielt die Zahlen für geographische Koordinaten. Aber sie gehörten keinem System an, das ihm bekannt war. Er hatte den Verdacht, daß der Killer sich sein eigenes Gitternetz geschaffen hatte.

Es gab eine Möglichkeit, das zu überprüfen. Hatte man zwei bekannte Punkte, so konnte man das ganze Netz rekonstruieren und zu einem bekannten Kartennetz in Beziehung setzen: der Mercator-Projektion. Es war im Grunde eine Rechenaufgabe.

Einer der Morde war am Internationalen Flughafen in Kansas City verübt worden.

Im geographischen Netz des Killers war dieser Punkt mit 17029 21067 bezeichnet.

Ellis Hoile öffnete einen elektronischen Atlas und suchte den Ort auf dem Bildschirm. Er zeigte die Standardkoordinaten: 39.21 Nord, 94.70 West.

Jetzt hatte er einen der beiden Punkte bestimmt.

Donald Trask hatte im Marina-Bezirk gewohnt. Angenommen, er war in der Nähe seines Wohnorts entführt worden.

Beim Killer hieß das 17424 05071.

Der Atlas zeigte 37.81 N, 122.42 W.

Ellis Hoile setzte sich an die Tastatur und begann zu arbeiten. Er schrieb mehrere Dutzend Zeilen eines einfachen Programms.

Er kompilierte es, und das Programm forderte ihn auf, eine Koordinate einzugeben.

Er tippte:

```
17441        05086
```

Dort war Donald Trask getötet worden, wenn die vom Killer hinterlassene Nachricht stimmte.

Und der Computer warf aus:

```
37.85 N        122.41 W.
```

Ellis Hoile wußte, daß das irgendwo in der Gegend der Bay war. Aber er wußte nicht genau, wo.

Er gab die Daten in das Atlasprogramm ein.

Die Karte zeigte die Bay. Ellis Hoile holte den Ausschnitt, der ihn interessierte, näher heran, um sehen zu können, wo Donald Trask gestorben war.

Dann starrte er fassungslos auf den Bildschirm. 37.85 N, 122.41 W war der Ort, der ihm auf der Welt der liebste war, ein Ort grasbewachsener Hänge und felsiger Ufer. Wäre er je gezwungen, ohne dunkle Räume, Tastaturen und Computer zu leben, so würde er diesen Ort zu seinem Exil wählen.

Angel Island.

Donald Trask war auf Angel Island getötet worden.

Und jetzt fiel Ellis Hoile ein, was er gerade getan hatte, als der Tumult unten ihn gestört hatte.

Er rannte in großen Sprüngen die Treppe hinauf in das fast leere Zimmer, in dem er gearbeitet hatte.

Auf dem Bildschirm war immer noch das verschwommene Gesicht zu sehen, in flüchtiger Spiegelung eingefangen. Er speicherte das Bild auf einer Diskette, steckte die Diskette ein und eilte hinaus.

Beinahe wäre er mit dem Polizeibeamten zusammengestoßen, der draußen vor der Tür stand.

»Kommen Sie wieder?« fragte der Beamte.

Ellis Hoile zuckte nur die Achseln und ging weiter.

Der Aufstieg im Inneren des Lüftungsrohrs war ein Fegefeuer der Qual und der Angst.

Stephen hatte am ganzen Körper Schmerzen. Erst hatte er in der einen Wade, dann in der anderen Krämpfe bekommen von der Anstrengung. Spinnweben klebten ihm im Gesicht. Er konnte sie nicht wegwischen, er brauchte seine Hände, um sich abzustützen, und zog sie mit jedem Atemholen tiefer in Mund und Nase hinein.

Er hatte keine Ahnung, wie lange er sich schon den Schacht hinaufquälte, aber es schien ihm eine Ewigkeit zu sein.

In der Dunkelheit konnte er nicht erkennen, wieviel Weg noch über ihm wartete. Aber er wußte, wenn er lockerließ, würde er so schnell abwärts sausen, daß der Aufprall unten ihn verkrüppeln oder töten würde.

Mit reiner Willenskraft trieb er sich vorwärts. Drückte die Handflächen gegen die Seiten des Rohrs, stieß mit den Beinen aufwärts, klemmte Hüften und Schultern in die Ecken, um Halt zu finden. Wiederholte die Folge von Bewegungen. Noch einmal. Und noch einmal. Und noch einmal. Immer fünf bis sechs Zentimeter vorwärts – vielleicht nicht einmal soviel, dachte er.

Hände. Füße. Hüften und Schultern.

Hände. Füße. Hüften und Schultern.

Hände. Füße. Hüften und Schultern.

Hände . . .

Seine Hände griffen ins Leere.

Seine Herz setzte einen Schlag aus vor Schreck.

Er strampelte mit den Beinen.

Er grapschte mit den Händen.

Und fand Halt. Eine Kante. Er umklammerte sie, stieß sich nochmals mit den Füßen ab, zog sich keuchend hoch.

Er lag im Rohr. Im horizontalen Rohr.

Er hatte den Aufstieg geschafft.

Der Killer hatte sie zu einem Boot getragen.

Fünfzehn oder zwanzig Minuten lang hatte Kate – immer noch in dem Seesack – das Brummen des Motors gehört, seine Vibrationen und das Stampfen des Rumpfs gespürt, der das Wasser durchpflügte.

Jetzt war der Motor ausgeschaltet, und er hob sie wieder hoch, auf eine schwankende, gekrümmte Unterlage. In ein Beiboot, dachte sie.

Weniger als eine Minute später lief das Beiboot in der Brandung auf sandigen Grund. Wieder hob er sie in die Höhe und schleppte sie fort.

Dann zog er den Reißverschluß des Sacks auf. Sie blickte sich um und erkannte, wohin er sie gebracht hatte.

»Ist das nicht eine Sauerei?« sagte er. Er grinste. Er amüsierte sich königlich.

»Aber vielleicht bist du ja nicht in der Stimmung für Ironie«, fügte er hinzu.

Dann stopfte er sie in die Öffnung eines Betonschachts, der in die Erde eingelassen war.

In der Dunkelheit.

Weg von Tageslicht und frischer Luft in die *Tiefe* . . .

62

Bei seiner Ankunft im Studio sah Ellis Hoile gleich den roten Miata, der am Pier geparkt stand.

Das mußte Kates Wagen sein. Er fragte sich, ob sie ihren Flug verpaßt hatte.

Der Portier wollte gerade nach Hause. Er trat aus der Tür, als Ellis Hoile ihm entgegenkam und sagte: »Wo ist die Chefin?«

»Hab sie nicht gesehen«, antwortete der Portier. »Sie ist wahrscheinlich irgendwo in zehntausend Meter Höhe.«

Sie hatte also nicht angerufen, war nicht zur Arbeit gekommen.

Ellis Hoile ging in ihr Büro und setzte sich an ihren Computer.

Er rief auf dem Hausboot an, aber niemand meldete sich. Er versuchte es über das Funktelefon und landete bei ihrem Voice-Mail-System.

Wahrscheinlich ist sie mit dem Kajak unterwegs, dachte er, oder beim Joggen. Sobald er hier fertig war, würde er zum Hausboot hinübergehen und dort auf sie warten.

Er schaltete ihren Computer ein und begann die Dateien zu durchsuchen. Kates Computer war an das interne Netzwerk des Studios angeschlossen, und er hatte Zugang zu sämtlichen Verzeichnissen auf dem großen Server, der das Herz des Systems war. Er selbst hatte das Netzwerk eingerichtet.

Er suchte nach einem bestimmten Programm; eines, das er selbst geschrieben und geladen hatte. Das war vor beinahe drei Jahren gewesen, und er hatte den Namen vergessen.

Aber er erkannte den Namen, als dieser jetzt in einem der Verzeichnisse erschien. Er fuhr das Programm hoch, gab dann die Datei ein – das verwischte Spiegelbild des Gesichts des Killers –, die er auf der Diskette mitgebracht hatte.

Wieder erschien das Bild auf dem Schirm vor ihm, genau so, wie er es von dem mit dem Scanner aufgefangenen Band übertragen hatte.

»Sharper« war der Name, den er dem Programm gegeben hatte, einem Fotokonvertierungsprogramm. Er hatte es eigentlich nur versuchsweise geschrieben. Die Kopie im Studio war die einzige, die er je weitergegeben hatte.

Das Programm arbeitete mit den Prinzipien der fraktalen Geometrie, um unscharfen Bildern Schärfe zu geben. Es täuschte eine höhere Auflösung vor, fügte interpolierend scharfe Ränder ein, wo vorher keine gewesen waren.

Manchmal interpolierte es falsch, und das Bild verlor dann an Detail, anstatt klarer zu werden.

Aber meistens funktionierte es, wenn das Bild nicht allzu stark verwischt war.

Er drückte jetzt eine Taste, um es zu aktivieren.

Das Programm führte vier Durchläufe bei einem Bild durch, wobei es mit der obersten Zeile von Pixels begann und dann abwärts glitt. Es sah aus, als wälzte sich langsam eine Welle den Bildschirm abwärts, die in ihrem Fortgang das Bild herausarbeitete.

Nach dem ersten Durchlauf zeigte sich kaum eine Verbesserung. Beim zweiten wurde das Bild schon klarer. Beim dritten noch klarer. Ellis Hoile konnte jetzt etwas erkennen – etwas, das ihm den Atem raubte und ihn trieb, förmlich in den Bildschirm hineinzukriechen, um genauer hinsehen zu können.

Beim vierten Durchlauf wurde das Bild langsam völlig scharf. Scharf und real. Es war ein reales Gesicht.

Ellis Hoile hielt sich an der Schreibtischkante fest.

Er kannte dieses Gesicht.

Als sich auf seinen Anruf wieder nichts rührte, rannte Ellis Hoile nach draußen, sprintete über den Parkplatz und dann den Pier hinunter zum Hausboot.

Die Schiebetür war nicht abgeschlossen. Er ging hinein, wollte sie rufen und ließ es sein. Er sah sofort, daß sie weg war, mit Gewalt entführt. Das Badezimmer war in Trümmern – der Duschvorhang heruntergerissen, ein Toilettentisch umgestoßen –, und der Kampf schien in die Küche hinausgetragen worden zu sein, ehe er geendet hatte.

Nun sprach Ellis Hoile doch den Namen seiner Frau, aber es war ein leiser, schmerzlicher Seufzer. Kate war fort.

Er blickte über das Wasser zu Angel Island, das ungefähr eine Meile entfernt war, und versuchte sich vorzustellen, warum ein Wahnsinniger seine Opfer gerade dorthin brachte, um sie zu töten.

Die Insel war ruhig und abgeschieden. Obwohl Millionen Menschen sie jeden Tag draußen in der Bay sahen, war sie so leicht nicht zu erreichen, höchstens mit dem Boot oder einem Hubschrauber.

Dem Killer würde das gefallen. Ein geheimes Versteck vor aller Augen. Ja, das würde ihm einen besonderen Kitzel verschaffen.

Gleichzeitig jedoch war die Insel ein offener, ungeschützter Ort mit großartigen Ausblicken, Panoramen von Himmel, Erde und Wasser.

Da würde er sich nicht wohl fühlen. Zu viele Unsicherheiten, zu viele Unberechenbarkeiten. Der Killer brauchte das Gefühl, alles unter Kontrolle zu haben. Wenn er tötete, würde er der absolute Herr des Moments sein wollen.

Er würde abseits der Welt töten wollen, an einem Ort, der ihm allein gehörte – genau das Gegenteil von Angel Island in seiner ungezähmten Wildnis und Offenheit.

Ellis Hoile blickte über das Wasser zu dem hohen grünen Buckel der Insel und erinnerte sich all der Tage und Stunden, die er dort verbracht hatte; rief sich alles ins Gedächtnis, was er über die Insel wußte.

Und stellte sich gleichzeitig ein Labyrinth vor, das völlig unsichtbar und unerwartet sein mußte.

Und da bewegte sich etwas in Ellis Hoiles Gedächtnis – als Erinnerungen und vergangene Eindrücke sich ineinanderfügten.

»Ich muß sofort mit Lee Wade sprechen. Er weiß, wer ich bin und worum es geht«, sagte Ellis Hoile.

Der Beamte im Morddezernat, der den Anruf entgegengenommen hatte, sagte, Lee Wade sei im Moment nicht im Haus, könne aber über den Piepser erreicht werden, wenn es wirklich wichtig sei. Ob diese Angelegenheit wichtig sei?

»Ja«, antwortete Ellis Hoile. »Sie ist wichtig.«

»Was sollen wir ihm ausrichten?«

»Schauen Sie in zwei Minuten nach Ihrem Faxgerät, dann wissen Sie's«, sagte Ellis Hoile.

Er legte auf und ging zu Kates Computer. Rasch loggte er in das Netzwerk des Studios ein, suchte die Datei mit der Karte von Angel Island heraus und überlagerte sie mit fünf Zeilen Text:

HARTMUNDT/STURMER HIER – SEIN VERSTECK
ER HAT MEINE FRAU
TREFFE SIE DORT
MACHEN SIE SCHNELL
ELLIS HOILE

Er markierte einen Punkt auf der Karte mit einem Pfeil und faxte das Ganze an die Mordkommission.

Dann stand er vom Computer auf und ging zum Heck des Hausboots, wo der Kajak war. Er ließ ihn ins Wasser, kletterte hinein und stieß ab, um in die Richardson Bay hinauszupaddeln.

Zu seiner Rechten war die Küstenlinie von Sausalito, hinter der sich die Ortschaft in die Hügel hinaufzog. Nebel wälzte sich über die Gipfel, schien stillzustehen, wallte dann in Kaskaden abwärts.

Er konnte das Golden Gate sehen. Eine dichte graue Nebelbank hatte sich vom Ozean landeinwärts geschoben und alles verdunkelt bis auf die obersten Spitzen der Brükkenpfeiler.

Und er paddelte weiter, immer in südlicher Richtung auf die struppige grüne Insel zu, die direkt vor ihm lag.

63

»Was wollen Sie?« fragte Kate den Killer.

Er hatte sie in den Lagerraum getragen und an der Wand niedergesetzt, während er an einem PC auf dem Arbeitstisch arbeitete.

Sie war immer noch gefesselt, unfähig, sich zu bewegen.

»Spielt keine Rolle«, sagte er, ohne aufzusehen. »Es ist völlig nebensächlich. Weil ich sowieso kriege, was ich will. Du hast damit nichts mehr zu tun. Du kannst nichts daran ändern.«

Jetzt sah er doch auf.

»Du kannst die Minuten zählen, die dir noch bleiben. Du kannst die Herzschläge zählen. Es ist vorbei, du hast's hinter dir.«

Er stand auf und kam zu ihr.

»Und passieren wird es folgendermaßen . . .«, sagte er. »Aber das wirst du schon selbst sehen müssen.«

Stephen Leviste lag reglos da und versuchte sich zu erholen. Seine Schultern schmerzten, die Gelenke seiner Arme und seiner Finger waren betäubt, seine Beine zitterten heftig von Muskelkrämpfen.

Er befand sich jetzt in dem horizontalen Rohr, das an der Decke der Betonhöhle entlangführte. Irgendwo hier in der Nähe, dachte er, war der Ausgang ins Freie. Und er würde diesen Ausgang finden, sobald er wieder bei Kräften war.

Er brauchte nicht sofort aufzubrechen. Hier oben war das Rohr viel größer, er war nicht so eingeengt wie während des Anstiegs.

Er atmete tief durch und fühlte, wie Leben in seine Gliedmaßen zurückkehrte.

Bereit, die nächste Etappe in Angriff zu nehmen.

Er wälzte sich auf den Bauch und begann vorwärts zu kriechen, mit den Händen im Dunklen den Weg ertastend. Bald erreichte er eine Verbindungsstelle, wo das Rohr in zwei Richtungen abzweigte.

Links befand sich seiner Ansicht nach ein langes Stück Rohr, das parallel zu dem Laufsteg an der Decke entlanglief.

Rechts stieß das Rohr, wenn er richtig vermutete, durch die hintere Mauer und führte zur Oberfläche hinauf.

Das war der Weg, den er einschlagen mußte. Und gerade wollte er sich in diese Richtung wenden, als er von der anderen Seite Geräusche hörte, die durch das Rohr getragen wurden.

Der Irre, dachte er.

Aber nicht nur der Irre.

Es waren zwei Stimmen. Und eine war die einer Frau. Sie klang erregt und ein wenig schrill. Die Worte konnte er nicht verstehen, aber der Ton pflanzte sich durch das Rohr fort.

Er war immer schon ein wißbegieriges Kind gewesen, das ergründen wollte, wie die Dinge funktionierten.

Jetzt zögerte er nur einen Augenblick. Irgendwas passierte hier, und er mußte wissen, was.

Er wandte sich nach links, den Stimmen entgegen.

Ellis Hoile zog das Paddel durch das Wasser, trieb sich vorwärts. Seine Arme waren müde, aber er hielt durch. Er dachte an die Nachmittage auf dem Wasser mit Kate, wie er sich gelehrt hatte, die Ermüdung zu überwinden, um mit ihr mithalten zu können.

Der Nebel wälzte sich jetzt durch Sausalito zum Wasser und rollte in dichten Schwaden auf ihn zu.

Die Insel vor ihm war viel größer geworden. Schon konnte er die Stelle sehen, zu der er wollte, ein felsiges Stück Strand am Südende, wo die Wellen sich knapp fünfzig Meter vor der Küste mit weißen Schaumkronen brachen.

Vor der Brandungslinie lag ein Boot vor Anker; ein großes Segelboot, vielleicht fünfzehn Meter lang.

Er umkreiste es einmal in seinem Kajak. Es schien leer zu sein. Er paddelte weiter in Richtung Ufer.

Der Nebel drängte jetzt schnell vorwärts. Er überholte ihn, als er durch die Brandung stieß, aber er paddelte mit unverminderter Kraft weiter, und dann glitt der Boden des Kajaks knirschend über Kies.

Er war auf der Insel.

64

Der Killer hob sie hoch und trug sie hinaus, hinüber in das Schlachthaus. Die Tür war einen Spalt offen. Er stieß sie mit dem Fuß auf.

»Schau dich um«, sagte er.

Im ersten Moment schien der Raum dunkel, aber sie konnte einige Konturen ausmachen.

Das erste, was ihr ins Auge fiel, war eine Videokamera auf einem Stativ, die einem Holzstuhl mit gerader Lehne zugewandt war. Ein Computer mit Tastatur und Monitor stand auf einem kleinen Tisch an der hinteren Wand des Raums.

Der Stuhl, dachte sie, war irgendwie sonderbar.

Er ließ sie auf den Boden hinunter, knipste einen Lichtschalter an, und sie konnte besser sehen.

Der Stuhl . . .

Der blecherne Klang der Stimmen begleitete Stephen Leviste, als er durch das lange Stück Rohr kroch, das sich an der Decke des Betonbunkers entlangzog.

Die eine Stimme war die des Irren, kein Zweifel.

Und die Frau steckte in Schwierigkeiten. Auch daran gab es keinen Zweifel.

Nach einem langen Stück gerader Strecke machte das Rohr einen rechtwinkligen Knick nach links. Stephen folgte der Biegung. Die Stimmen waren jetzt klarer, und sie waren nahe. Schmale Lichtstreifen zeigten sich in der Dunkelheit weiter vorn. Als Stephen näher kam, sah er, daß das Licht durch die Ritzen einer Belüftungsklappe in der Wand eines Raums fiel.

Er bewegte sich jetzt sehr vorsichtig. Lautlos.

Am Ende des Rohrs angelangt, spähte er durch die Luftschlitze.

Er blickte in einen Betonraum hinunter. Direkt unter ihm war der Irre, beinahe in Reichweite, ohne etwas von Stephens Nähe zu ahnen. Er stand beinahe genau unter der Belüftungsklappe.

Neben dem Irren auf einem Stuhl saß eine Frau. Sie saß mit dem Rücken zur Luftklappe, so daß Stephen ihr Gesicht nicht sehen konnte. Doch die hängenden Schultern drückten Hoffnungslosigkeit aus. Sie hielt den Kopf von dem Irren abgewandt, als wollte sie seinen Blick meiden.

Stephen kannte dieses Gefühl.

Er drückte sein Gesicht an die Klappe, um besser durch die Ritzen sehen zu können. Aus diesem Winkel konnte er nicht nur die Frau sehen, sondern auch den Stuhl, auf dem sie saß, und den Boden zu ihren Füßen.

Der Stuhl war an Armlehnen und Beinen mit Nylongurten

versehen und hatte zusätzliche, breitere Gurte auf Brusthöhe, die an der Rückenlehne befestigt waren.

Und aus einer Wand – Stephen schnappte unwillkürlich erschrocken nach Luft – ringelten sich zwei dicke elektrische Kabel, die mit schwarzem Isoliermaterial verkleidet waren.

Die Kabel führten über den Boden neben dem Stuhl und endeten in zwei flachen Kontaktpolen.

Der Irre hielt eine brillenähnliche Vorrichtung hoch – Stephen erkannte gleich, was es war: ein VRV, ein Visier, das seinen Träger in die virtuelle Realität versetzte.

»Spielstunde«, sagte der Irre.

Lee Wade war in der Upper Market Street in Diamond Heights, als er über seinen Piepser die Nachricht empfing. Er war nicht in einem Funkwagen – er brauchte drei oder vier Minuten, um ein öffentliches Telefon zu finden und zurückzurufen.

Ein Beamter im Dienstraum des Morddezernats las ihm das Fax von Ellis Hoile vor. Sofort sagte Lee Wade, er brauche Verstärkung, einen Hundeführer, wenn einer aufzutreiben sei, und einen Hubschrauber, der ihn über die Bay fliegen könne.

Mit Blinklicht und heulender Sirene raste er durch die Stadt. Neun Minuten später war er auf der Dienststelle. Ronson hatte einen Hund mit Führer organisiert, aber der Hubschrauber des Departments war in einer anderen Angelegenheit unterwegs. Sie mußten die Highway Patrol um Unterstützung bitten.

Über zehn Minuten standen sie auf dem Dach des Justizgebäudes neben dem Hubschrauberlandeplatz, in den Armen die Repetierflinten, die Ronson von unten geholt hatte, bis endlich der Jet Ranger der Verkehrspolizei über den Häusern sichtbar wurde und landete.

Sie sprangen in die Maschine, Wade als letzter, um sich vorn neben den Piloten zu setzen.

Inzwischen waren seit dem Eintreffen von Ellis Hoiles Fax fast fünfundzwanzig Minuten vergangen.

Der Hubschrauber hob ab, während Wade noch damit beschäftigt war, sich anzugurten. Rasch erhob er sich über die Dächer und legte an Tempo zu.

Das Wasser war nicht gleich zu sehen; Nob Hill versperrte den Blick.

Dann flogen sie über den Hügel, und die Bay kam in Sicht.

Lee Wade ließ seinen Blick über das Wasser schweifen, um Sausalito, die Richardson Bay, die Insel zu suchen.

Doch alles, was er sah, war eine tiefhängende, dichte Nebeldecke, die sich in die Bay hineinschob und alle Orientierungspunkte einhüllte.

Er wollte den Piloten fragen, ob sie es nicht dennoch versuchen könnten. Aber er kam gar nicht dazu. Der Pilot schob den Knüppel zur Seite und wendete die Maschine, um zur Bryant Street zurückzufliegen.

»Keine Chance«, sagte er.

Ellis Hoile stieg vom felsigen Strand aufwärts.

Er erklomm einen Buckel und sah, daß er sich am unteren Ende der grasbewachsenen Landzunge befand, die sich von der Insel wie ein Komma in die Bucht hineinbog. Der Buckel war hier vielleicht zweihundert Meter breit, zu beiden Seiten lagen Strände. Das Wasser konnte er nicht mehr sehen, dazu war der Nebel zu dicht. Aber er war viele Male hier gewesen. Seine Erinnerung füllte die Lücken, die der Nebel schuf.

Und dann trat er hinaus auf die große rechteckige Betonfläche, unter der sich früher einmal die Raketenbasis befunden hatte.

Kate war hier.

65

Der Killer hatte eine Schere. Er schnitt ihr das Haar, schor es ihr schnell und grob dicht an der Kopfhaut.

»Warum ich?« fragte sie.

»Ich hab dir schon mal gesagt, mach dir darüber keine Gedanken.«

»Sie wollen mich töten. Da sollte ich doch wenigstens wissen, warum.«

Er neigte sich dicht zu ihr und zischte ihr ins Ohr.

»Das müßtest du eigentlich wissen«, sagte er scharf und verächtlich. »Du bist doch so clever.«

Die Schere war jetzt vor ihrem Gesicht, nicht mehr als zwei Zentimeter von ihren Wangen, ihren Augen entfernt.

»Ihr alle«, sagte er. »Alle seid ihr so clever, bildet euch ein, ihr wüßtet genau Bescheid. Aber ihr habt keinen Schimmer.«

Er drängte sich noch dichter an sie heran. Sein Atem war heiß.

»Ihr spielt mit Dingen, die ihr nicht versteht. Ihr habt da eine Macht zu eurer Verfügung, die ist unvorstellbar, so groß. Und was tut ihr damit? Ihr mißbraucht sie für Trivialitäten. Ihr vergeudet sie. Geschwätz und Gezänk und Online-Porno. Ihr drückt auf den Schalter, ihr loggt ein, es ist alles nur zu eurem Vergnügen da.«

Es ging um Computer. Er sprach von Computern.

»Wie verwöhnte Kinder mit einem zahmen Tiger«, fuhr er fort. »Dieses herrliche Tier. Und für euch soll es Kunststücke machen. Ihr zwingt es, Pfötchen zu geben, Männchen zu machen, o ja, ihr bildet euch ein, ganz toll zu sein.«

Mit einem schnellen Griff packte er ein Büschel ihres noch verbliebenen Haars. Er riß ihren Kopf nach hinten, daß er gegen die Stuhllehne schlug.

»Aber der Tiger hat Zähne«, sagte er.

Er riß sie an den Haaren, tat ihr weh, und sie stöhnte.

»Wenn man mit dem Tiger spielt, dann beißt er manchmal zu.«

Er ließ ihr Haar los und entfernte sein Gesicht von ihrem. Sein Ton wurde beinahe beiläufig.

»Es geht über euren Horizont«, sagte er.

Ohne ein weiteres Wort machte er sich wieder an die Arbeit und schnitt schnell den Rest ihrer Haare ab. Dann schor er mit einem Plastikrasierer zwei Stellen an ihrem Kopf kahl, eine auf jeder Seite.

Er trat einen Moment von dem Stuhl weg, zog die Kabel auf dem Boden gerade und ging dann durch den Raum zu der Tastatur.

»Spielst du?« fragte er. »Computerspiele, mein ich.«

»Nein.«

»Schade. Das hier war eigentlich für jemanden gedacht, der spielt. Aber für dich taugt's auch. Du bist intelligent, du begreifst bestimmt schnell, worauf es ankommt.«

Er machte ein paar Anschläge auf der Tastatur, und auf dem Monitor erschien das Bild eines kahlen Betonkorridors, nicht viel anders als der, welcher sich außerhalb dieses Raums befand.

Das Visier – einer großen eng anliegenden Sonnenbrille nicht unähnlich – ruhte auf ihrem Schoß. Er trat zu ihr und setzte ihr das Ding auf, so daß es an ihrer Stirn anlag.

Jetzt konnte sie auf dem Minibildschirm des Visiers das gleiche Bild sehen wie auf dem Monitor. Doch das auf dem Minibildschirm war intensiver und unmittelbarer.

Nachdem er ihr das Visier aufgesetzt hatte, bückte er sich, hob die Elektrokabel auf und schob ihr in jede Hand einen Kontaktpol.

»Die Spielhandlung ist folgende«, sagte er. »Du befindest dich in einem gruseligen, verlassenen Gebäude. Na, kommt dir das bekannt vor? Du wirst von einem teuflischen Unhold gejagd. Du mußt versuchen, ihm zu entkommen. Denn wenn er dich erwischt . . .«

Auf dem Minibildschirm öffnete sich eine Tür, eine Gestalt trat hinter der Tür hervor. Mit gezücktem Messer in der Hand kam er auf sie zu.

Der virtuelle Killer schwang sein Messer in die Höhe und stieß es herab.

Der Bildschirm versank in blutigem Rot.

Die Metallkontakte kribbelten in ihren Händen – sie schrie auf und ließ sie los. Die Kabel fielen zu Boden.

»Nun stell dich nicht an«, sagte er. »Das war doch nicht so schlimm. Zwei Prozent Kapazität, mehr zeigt es nicht an. Ich weiß, daß das nicht weh getan hat.«

Er nahm ihr das Visier vom Gesicht und wies auf den Computermonitor, auf ein gelbes Rechteck am linken unteren Bildschirmrand. Sie hatte es auf ihrem eigenen Display schon bemerkt.

»Ein Balkendiagramm«, erklärte er. »Zwei Prozent der vollen Ladung. Das war gar nichts.«

Er zog die Kabel dicht aneinander und legte sie so auf den Betonboden, daß die flachen Kontaktpole etwa zwei Zentimeter voneinander entfernt waren.

Ein paar Anschläge auf der Tastatur, und das gelbe Rechteck dehnte sich aus, bis es fast die ganze Breite des Bildschirms erreicht hatte.

»Neunzig Prozent Kapazität«, sagte er. »Das ist eine Nennleistung von zehntausendachthundert Volt – jetzt paß auf!«

Der Monitor zeigte wieder den Korridor, den sie kurz zuvor gesehen hatte.

Gleich darauf öffnete sich, wie zuvor, eine Tür und eine Gestalt trat in den Korridor heraus. Diesmal mit einem Knüppel.

Der gelbe Balken am unteren Rand des Bildschirms schien zu pulsieren.

Der Mann trat näher, hob den Knüppel, schwang ihn abwärts.

Wieder überschwemmte blutiges Rot den Bildschirm.

Unten auf dem Boden zuckten die Kabel, während ein blendend blauer Funkenbogen sich zwischen den Kontaktpolen spannte.

Die Lichter im Raum verdunkelten sich einen Moment.

Als der Killer erneut die Tastatur anschlug, verschwand das gelbe Rechteck.

»Der Computer steuert einen Schaltmechanismus«, sagte er. »Wenn der Schalter geöffnet wird, fließt Strom in diese Leitungen.«

Er hielt eine große Rolle Isolierband. Er hob einen der Kontakte vom Boden auf, drückte ihn an die linke Seite ihres Kopfs, auf die Stelle, die er kahlgeschoren hatte. Das Metall war warm – nein, heiß – vom Feuerwerk der Funken.

Er klebte den Kontaktpol an ihrem Kopf fest.

66

Beinahe direkt über ihr stand auf der dicken Stahlbetonplatte Ellis Hoile in der naßkalten Luft der Bucht.

Die Cops würden bald kommen, dachte er – sie *mußten* bald kommen, und er wollte ihnen den Einstieg zeigen können. Er glaubte, ihn gefunden zu haben, eine Metallklappe mit einer leeren Haspe für ein Vorhängeschloß.

Aber als er die Klappe hochziehen wollte, merkte er, daß sie von innen festgemacht war.

Als die Installation noch in Betrieb gewesen war, waren die Marschflugkörper durch ein Ladetor hereingebracht worden, das in den Hang eingeschnitten war – er hatte es schon gefunden. Doch diese Öffnung war jetzt mit Erde zugeschüttet.

Er beschloß, noch einmal das Gelände abzugehen, um zu prüfen, ob er etwas übersehen hatte.

Der Nebel verschluckte den Klang seiner Schritte und entzog die Welt seinem Blick. Die Spätnachmittagssonne war nur ein trüber, diffuser Glanz im Westen.

Er versuchte, beim Gehen den Rand der Betonrampe im Auge zu behalten. Dies war zu jener Zeit ein abgeschiedener Ort; im Nebel schien sich das Universum auf eine Fläche von wenigen Schritten zusammenzuziehen. Man konnte glauben, man wäre allein auf der Welt.

Aber er war nicht allein. Kate war hier, irgendwo ganz in der Nähe, und ihr Entführer ebenfalls.

Er ging weiter.

Plötzlich tauchte aus dem Nebel ein großes Standrohr auf, direkt auf seinem Weg. Das Rohr war beinahe sechzig Zentimeter breit und ebenso hoch. Oben war es offen. Die Öffnung war durch ein Gitter und eine spitze Metallhaube geschützt.

Ein Luftschacht, dachte er.

Aus dem Inneren des Rohrs schrie jemand: »Holt mich hier raus!«

Als die beiden Kabel an ihrem Kopf befestigt waren, setzte ihr der Killer das Visier wieder auf.

Auf eine Armlehne ihres Stuhls, unter die Finger ihrer rechten Hand, legte er einen Trackball.

»Sieh zu, daß du dem Bösewicht nicht in die Hände fällst«, sagte er. »Jedesmal, wenn du in dem Spiel stirbst, kriegst du einen elektrischen Schlag.

Zuerst ist es nur ein Kribbeln, nichts Schlimmes. Schließlich mußt du erst noch lernen. Aber dann wird's richtig ernst.«

Er ging zu dem Camcorder auf dem Stativ, schaltete ihn ein, blickte durch den Sucher, stellte die Kamera so ein, daß sie direkt auf sie gerichtet war.

»Und wenn du dann einen Fehler machst«, fuhr er fort, »war's das schon. Dann kommst du in die Video-*Hall-of-Shame* zu den übrigen Holzköpfen.«

Er stand dicht neben ihr und murmelte ihr ins Ohr.

»Ich sitz an einem anderen Gerät«, sagte er. »Ich werde dir zusehen. Zeig mir ein gutes Spiel, mehr verlange ich nicht. Wenn du's tust, laß ich dich am Leben. Wie Scheherazade – wenn du deinen Arsch retten willst, mußt du mich unterhalten. Spiel das Spiel richtig, und du bleibst am Leben.«

Er ging hinaus und schloß die Tür.

Wenige Sekunden später erschien wieder der virtuelle Korridor auf dem Minibildschirm des Visiers.

Ein schmales gelbes Rechteck leuchtete am unteren Rand des Blickfelds auf.

Sie bewegte den Trackball unter ihren Fingern. Das Bild auf dem Minischirm veränderte sich: Sie ging durch den VR-Korridor.

Aber nicht schnell genug.

Eine Tür öffnete sich vor ihr . . . Der Teufel trat heraus. Mit einer Kettensäge.

Er stürzte sich auf sie.

Der Bildschirm färbte sich rot. Unter den Metallkontakten spürte sie Nadelstiche.

Sie machte sich steif. Das war mehr als ein Kribbeln.

Auf ihrem Minibildschirm erschien wieder der Blick in den Korridor. Das gelbe Rechteck schien gewachsen zu sein.

Diesmal rannte sie . . .

Der Killer beobachtete, wie sie rannte.

Er saß im Lagerraum, ebenfalls mit einem Visier vor den Augen. Sein Computer war durch Ethernet mit dem ihren verbunden.

Sie spielten dasselbe Spiel. Aber sie spielten nicht nach denselben Regeln.

Er hatte vor sich nicht nur einen Trackball, sondern auch eine Tastatur. Er beherrschte das Spiel. Es würde sich automatisch entwickeln, aber er konnte jederzeit eingreifen.

Wenn er wollte, konnte er die Bewegungen des Bildschirmkillers steuern, um der Jagd zusätzlichen Reiz zu geben.

Er konnte außerdem jede ihrer Bewegungen verfolgen; ihr durch das Labyrinth folgen, sehen, was sie sah. In sie hineinschlüpfen, wenn er den echten Kitzel wollte.

Der Unterschied war nur, daß er nicht an eine Hochspannungsleitung von 12 000 Volt angeschlossen war.

Er konnte die Spannung jederzeit regulieren, ganz wie er wünschte.

Die Behauptung, sie könne ihr Leben retten, wenn sie das Spiel schnell erlernte und geschickt spielte, war eine Lüge. Eine notwendige Fiktion, dachte er. Sonst würde sie vielleicht einfach aufgeben.

Aber sie konnte sich nicht retten. Ganz gleich, wie schnell sie lernte, ganz gleich, wie geschickt sie spielte. Er würde seinen Spaß mit ihr haben. Und dann würde sie sterben.

Er erhöhte das Spannungsniveau auf sieben Prozent. Ein kräftiger Stromstoß, aber kurz.

Auf seinem Minischirm hatte er die Sicht des Killers auf dem Monitor gewählt. Er trat ihr in den Weg, als sie davonlaufen wollte, und ließ seine Axt auf den Kopf der virtuellen Gestalt niedersausen, die sein Opfer repräsentierte.

Die Lichter flackerten.

67

Draußen an der Oberfläche schlug Ellis Hoile auf die spitze Metallhaube ein, die die Öffnung des Standrohrs bedeckte. Er hatte einen großen Stein gefunden, hielt ihn fest in beiden

Händen und hämmerte mit ihm von unten gegen den Rand der Haube.

Die Haube war aus Blech. Sie war alt und hier draußen in der Salzluft langsam rostig geworden. Unter der Wucht der Schläge begann sie sich langsam, aber sicher aufwärts zu bewegen.

Ellis Hoiles Fingerknöchel bluteten. Er hatte sie sich immer wieder am scharfen Rand der Metallhaube aufgeschürft, aber er hämmerte ohne Pause weiter.

Jetzt faltete sich die Haube unter einem harten Schlag zusammen. Ellis Hoile warf den Stein weg, stemmte sich mit seinem ganzen Gewicht gegen die Haube, drückte aufwärts und nach außen.

Gleichzeitig stieß im Inneren des Rohrs Stephen Leviste von unten gegen die Haube. Gemeinsam gelang es ihnen, sie wegzudrücken. Ellis Hoile schob einen Arm in das Rohr. Stephen packte seine Hand, zog sich hoch und warf sich über den Rand des Rohrs zu Boden.

Ellis Hoile half ihm auf die Füße. »Hast du da unten eine Frau gesehen?« fragte er.

Stephen nickte.

»Wie geht es ihr?«

»Sie lebt. Aber ich weiß nicht, wie lange noch.«

»Komm ich auf dem Weg zu ihr runter?« Ellis Hoile wies auf das Lüftungsrohr.

»Ja. Aber er ist auch da unten«, sagte Stephen.

Ellis Hoile sah sich um. Der Nebel war undurchdringlich. Er hörte kein Boot. Es schien keine Hilfe zu kommen.

Der Schrei einer Frau wehte durch das Rohr herauf.

Ohne ein weiteres Wort schwang Ellis Hoile ein Bein über den Rand des Standrohrs, zog das zweite nach und ließ sich in den Schacht hinunter.

Stephen Leviste, zum erstenmal seit zwei Tagen in Freiheit, sog die frische Luft ein und nahm gierig die Weite in sich auf.

Aber nur ein paar Sekunden lang.

Dann stieg auch er in das Rohr hinunter.

Er kannte sich da drinnen aus. Und er kannte den Irren – er hatte ihm in die Augen gesehen und seine Stimme gehört.

Wer mutig genug war, es mit ihm aufzunehmen, konnte Hilfe gebrauchen.

Kate floh vor dem Killer.

Die virtuelle Welt auf dem Minibildschirm war ihr zur Wirklichkeit geworden. Sie keuchte, ihr Herz hämmerte, als trügen ihre eigenen Beine sie über harten Beton.

Der gelbe Balken am unteren Rand des Sichtfelds hatte sich wieder ein Stück verlängert – der letzte Stromstoß war qualvoll gewesen, und der nächste würde noch schlimmer werden.

Sie stand auf einer Betonbühne. Von der Betonbühne gelangte man auf einen Laufsteg aus Stahl. Diesen Teil des Labyrinths hatte sie noch nicht gesehen.

Sie rannte auf den Laufsteg hinaus.

Zu spät sah sie, daß er mitten in der Luft hing und im Nichts endete.

Der Boden war viel zu tief unten.

Der Killer folgte ihr auf den Laufsteg. Er hielt ein Messer. Er kam immer näher.

Sie sah zum Boden hinunter, dann sprang sie in den Abgrund und fragte sich dabei, ob sie diesen Sprung überleben konnte.

Der Bildschirm versank in blutigem Rot.

Ein Stromstoß brannte durch ihren Schädel.

Als sie wieder sehen konnte, war das Bild wiederhergestellt. Der gelbe Balken schien ein kleines Stück länger geworden zu sein. Sie hatte den Eindruck, einen Moment das Bewußtsein verloren zu haben, aber mit Sicherheit konnte sie es nicht sagen.

Sie rannte.

So tief war sie in die virtuelle Szene eingetaucht, daß sie nur ganz allmählich die Bewegung hinter ihrem Stuhl wahrnahm. Die leise gesprochenen Worte.

Hände umfingen ihren Kopf. Ergriffen die Datenmaske. Hoben sie von ihren Augen.

Tu das *nicht*, dachte sie. *Die brauche ich doch.*

Ihre Hand auf dem Trackball wurde zur Seite geschoben. Von einer fremden Hand ersetzt.

Die fremde Hand begann schnell und sicher zu arbeiten. Da wußte jemand, was er tat.

Wie betäubt beobachtete sie die Hand. Dann glitt ihr Blick weiter, den Arm hinauf zu einer Schulter.

Sie drehte den Kopf, um das Gesicht sehen zu können.

Ellis.

68

Im Rohr hinter der Lüftungsklappe hatte Ellis die Szene mit einem Blick registriert – Stuhl, Computer, Kabel – und begriffen, was da geschah.

Er erkannte das Spiel – Try Me. Er hatte seinen Programmcode geprüft, er hatte es viele Stunden gespielt.

Er kannte dieses Spiel.

Kate war so absorbiert, daß sie nicht hörte, wie er die Klappe herausstieß. Und sie merkte auch nichts, als er, gefolgt von Stephen Leviste, in den Betonraum hinuntersprang.

Auf dem Computermonitor konnte er verfolgen, was geschah. Er schob seine Hand unter die ihre und übernahm.

Jetzt spielte er.

Auch der Killer war absorbiert.

Hinter seinem Visier folgte er seinem Opfer einen Treppenschacht hinunter in einen Korridor mit fünf Türen auf jeder Seite. Neun dieser zehn Türen führten in identische leere Räume ohne Ausgang. Sackgassen. Die vierte Tür auf der rechten Seite öffnete sich einer weiteren Treppe – der einzigen Chance, zu überleben.

Er packte eine Machete und wappnete sich zum tödlichen Schlag.

Ohne zu zögern, rannte sein Opfer auf dem Bildschirm zur vierten Tür rechts und verschwand die Treppe hinunter.

Reines Glück, dachte er.

Die Treppe führte in eine andere Ebene hinunter, in einen großen Vorraum, den Vorhof zu einem komplizierten Labyrinth, aus dem es nur einen einzigen Ausweg gab.

Von hier zweigten wie die Speichen eines Rades sieben Korridore ab. Nur einer der sieben Gänge bot die Chance, den Ausgang aus dem Labyrinth zu erreichen; wählte man einen der anderen, so verurteilte man sich damit zum Tod im Labyrinth.

Unbeirrt lief das Opfer auf dem Bildschirm in den richtigen Korridor hinein.

Wirklich ein Riesenglück, dachte der Killer.

Sie schaffte es, den Abstand zu ihrem Verfolger zu wahren. Und wieder schlug sie, am Ende des Korridors angelangt, den richtigen Weg ein. Und am nächsten Scheideweg entschied sie sich erneut richtig.

Die wurde ja richtig übermütig, dachte er. Sie brauchte einen Denkzettel.

Er tippte einen Befehl, und augenblicklich reagierte der gelbe Balken. Er reichte jetzt von einem Ende des Bildschirms bis zum anderen.

Einhundert Prozent.

Der nächste Stromstoß würde sie mit zwölftausend Volt treffen.

Wenn sie das nächstemal starb, dann wirklich.

»Schneid es runter, reiß es runter, aber tu was«, sagte Ellis Hoile.

Er hatte ihren Platz auf dem Stuhl eingenommen und die Datenmaske aufgesetzt. Aber die Kabel waren immer noch an ihrem Kopf befestigt. Stephen riß an dem Isolierband, aber jedesmal, wenn er eine Schicht abgezogen hatte, kam eine neue zum Vorschein.

Ellis sah, wie das Balkendiagramm auf einhundert Prozent sprang.

Ihr Leben lag jetzt buchstäblich in seiner Hand, wenn dieses Diagramm das bedeutete, was er glaubte.

Er raste durch das Labyrinth.

Hinter ihm sagte Stephen Leviste: »Das wäre Nummer eins«, und ein Kabel fiel zu Boden.

Aus dem Labyrinth heraus, einen langen vertikalen Zylinder hinunter, der ihn in einen aus Beton gemauerten Korridor führte.

Vier Türen. Hinter drei von ihnen waren Räume, aus denen es kein Entkommen gab. Die vierte war der Zugang zu einer Betonbühne, und jenseits dieser Bühne war ein Laufsteg aus Stahl.

O Mann, den Ort kannte er.

»Zwei«, sagte Stephen.

Den Blick auf den Minibildschirm des Visiers geheftet, sagte Ellis Hoile: »Jetzt tu mir nur noch einen Gefallen.«

Stephen Leviste hörte ihm aufmerksam zu und grinste.

»Das könnte klappen«, sagte er.

Um aus dem Labyrinth zu entkommen, mußte man sechzehn richtige Entscheidungen treffen, ohne einen Fehler zu machen. Eine einzige falsche Wendung machte jede Fluchtmöglichkeit zunichte.

Sechzehn Möglichkeiten, einen tödlichen Irrtum zu begehen – der Killer hatte sie gezählt, als er das Spiel programmiert hatte.

Sechzehn Chancen zu sterben.

Und sie rannte auf ihrer Jagd durch das Labyrinth an einer nach der anderen vorbei. Vierzehn, fünfzehn, sechzehn.

Niemand hatte soviel Glück.

Man konnte nicht einmal behaupten, sie lerne schnell. Sie hatte das Labyrinth nie zuvor gesehen.

Da stimmte etwas nicht.

Der Killer riß sich das Visier herunter und stand auf. Auf dem Minibildschirm setzte der virtuelle Killer seine fruchtlose Verfolgungsjagd fort, jetzt vom Computer automatisch gesteuert.

Der Killer aus Fleisch und Blut packte eine zweischneidige Axt, die an seinen Arbeitstisch gelehnt stand, und schlich in den Korridor hinaus.

Kate Lavin beugte sich aus der Rohröffnung oben in der Mauer und half Stephen Leviste herauf.

Ellis Hoile hatte ihnen befohlen, sich so weit wie möglich zu entfernen. Er selbst blieb auf dem Stuhl sitzen, das Visier vor den Augen, und fuhr fort, das Spiel zu spielen.

Aus der Sicht seines Minibildschirms stand er am Rand der Betonbühne, dort, wo der Laufsteg begann. Zu seiner Rechten war eine lange Treppe. Er wußte, daß dies eine leichte Entscheidung war: Der Laufsteg war eine absolute Sackgasse. Wenn einen der teuflische Verfolger nicht tötete, so tötete einen auf jeden Fall der Absturz. Wollte man eine Überlebenschance haben, mußte man die Treppe hinunterlaufen und dann sehen, wie man weiterkam.

Er lief auf den Laufsteg hinaus. Hier draußen war er allein, völlig preisgegeben.

Hinter ihm öffnete sich eine Tür. Der gesichtslose Verfolger trat auf die Betonbühne hinaus.

Und folgte ihm auf den Laufsteg.

Hinter Ellis Hoile, der fast reglos auf seinem Stuhl saß, rüttelte jemand an der Tür.

Der Killer draußen im Korridor fluchte. Jemand hatte die Tür von innen abgeschlossen.

Der Killer stellte die Axt nieder und zog seinen Schlüsselbund heraus.

Im Todesraum machte Ellis Hoile einen Spagat in zwei Welten.

Auf seinem Minibildschirm stand er auf dem Laufsteg aus Stahl, während der virtuelle Killer auf ihn zuging.

Hinter der Tür hörte er das Klirren von Schlüsseln. Er hörte das leise Knirschen, als ein Schlüssel ins Schloß geschoben wurde.

Auf dem Minibildschirm schwang der virtuelle Killer im Vorwärtseilen die Machete in die Höhe.

Im Korridor umfaßte der Killer den Türknauf und drehte den Schlüssel.

Im Angesicht des nahenden Verfolgers sprang er vom Laufsteg in die Tiefe.

Er fiel und fiel . . .

Wie immer war der Absturz tödlich.

Der Minibildschirm ertrank in Blut. Es geschah genau in dem Moment, als der wütende Killer den Türknauf packte und den Schlüssel im Schloß drehte.

Zwölftausend Volt schossen durch die Kabel, durch die Kontaktpole in den Metalltürknauf, an dem Stephen Leviste sie befestigt hatte; in den Türknauf, den der Killer umfaßt hielt.

Der Stromstoß barst durch die Tür, durch Fleisch und Knochen, krachend wie gewaltiger Donner. Schlag folgte auf ohrenbetäubenden Schlag, und die Lichter wurden dunkler.

Dann hörte es auf.

Das gelbe Balkendiagramm stand wieder auf Null.

Ellis Hoile zog sich das Visier herunter und stand auf.

Die Leiche lag im Korridor hingestreckt. Ein, zwei Augenblicke blieb Ellis Hoile vor ihm stehen und blickte in ein

Gesicht hinunter, in dem Schrecken, Wut und Verblüffung im Tod gefroren waren.

Es war das Gesicht Jon Wreggetts.

Ellis Hoile kehrte in den Todesraum zurück. Oben in der Öffnung des Lüftungsrohrs sah er Stephen Levistes Gesicht, das zu ihm hinunterblickte.

»War's das?« fragte der Junge.

»Ja. Es ist erledigt.«

Hinter dem Jungen Kates Stimme: »Wie geht es dir?«

»Mir geht's prima.«

»Dann verschwinden wir hier.«

»In Ordnung«, sagte Ellis Hoile. Er schob den Stuhl mit der geraden Lehne an die Mauer, um über ihn zur Rohröffnung hinaufzuklettern.

Dann fiel ihm noch etwas ein.

Er lief zum Computer. Er schaltete ihn aus.

Der Monitorbildschirm wurde dunkel.

Er drehte dem abgeschalteten Gerät den Rücken zu. Er kletterte in das Rohr und durch das Rohr in die Welt hinauf.